サグラレ堕メ

The road to marriage

089タロー
原作・挿絵／水原優（サークル Rip@Lip）

KILL TIME COMMUNICATION

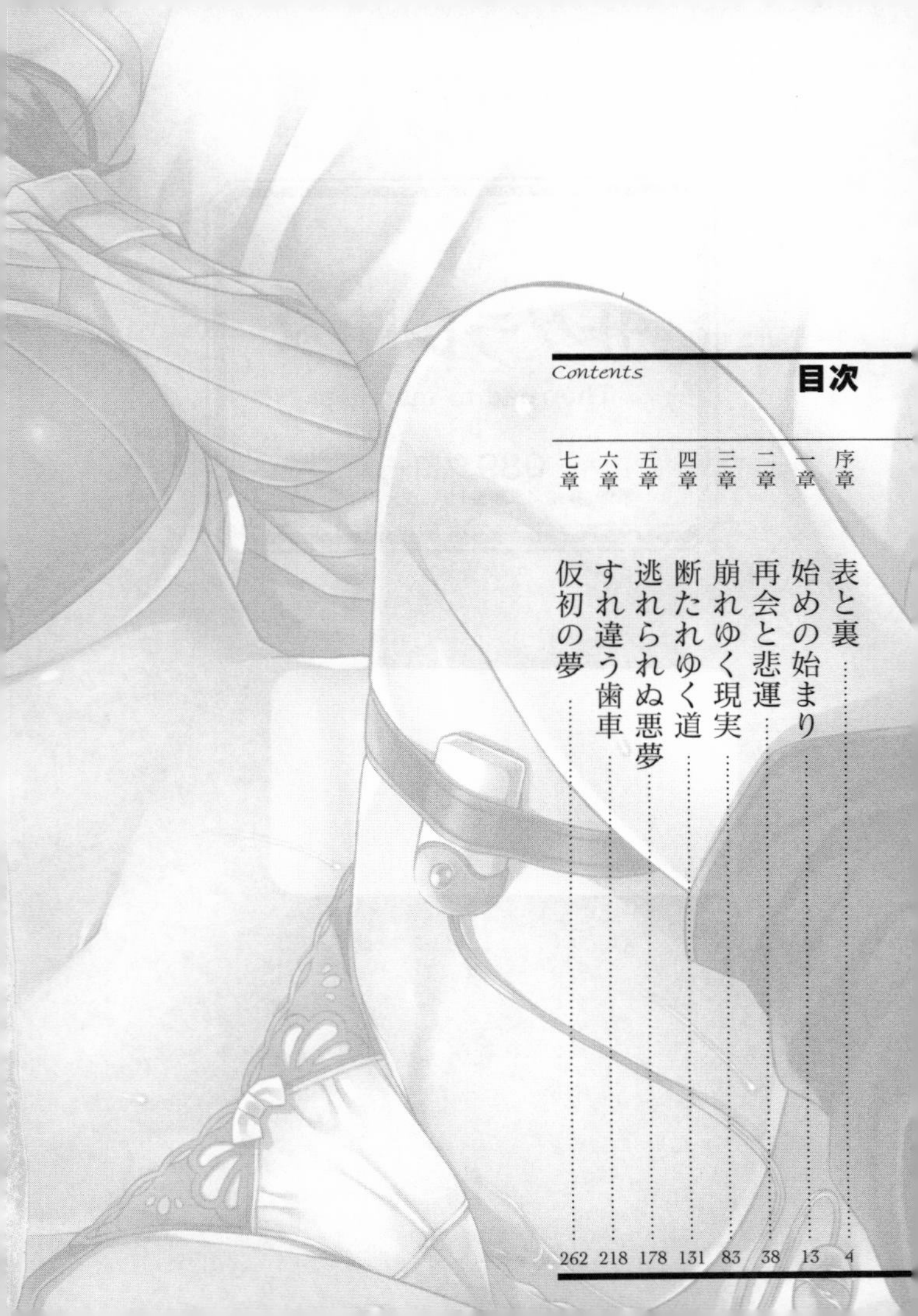

Contents

目次

登場人物　*Characters*

吉川 柚月
（よしかわ ゆづき）

小柄だが並外れた巨乳を持つ美人若妻。やや楽観的なところがあり、恋人の彰浩と結婚を考え資金繰り目的でエステ嬢を務めた経歴がある。

吉川 彰浩
（よしかわ あきひろ）

柚月の夫。大学時代から柚月と交際し卒業後に結婚をと考えていた。真面目で温和な性格で、少し優柔不断でもある。

堀井 正也
（ほりい まさや）

彰浩の職場の上司。元は柚月が務めていたエステ店の常連客で、柚月目当てで日頃から足しげく通っていた。

序章　表と裏

チチチと雀の鳴き声が聞こえる、祝日の早朝のことだった。

初夏の日差しを浴び、白く照り返す集合住宅の、とあるマンション。

その一室の玄関内にて、ひと組の男女が外出に向けて、慌ただしく動いていた。

「もうこんな時間だ、急がなきゃ」

「待って彰浩、ネクタイ忘れてる」

「ああごめん、うっかりしてたよ」

歳若い二人は夫婦だろうか。傍目にはそう見える。今いる新居にすら不慣れな感を残す、新婚ほやほやの若夫婦だ。

「はい、これでオッケー。シャツもパンツもバッチリ♪」

甲斐甲斐しくも男のネクタイを締めてやり、にっこりと笑う妻と思しき若い女性。

その夫と思しき青年が少しばかり照れるのも道理。なぜなら彼女は控えめに言っても美人だからだ。

ややあどけなさを残す顔立ちの、愛くるしい見た目の美人だった。成人しているに違いないのだが、一見すると十代後半かと思えるほどに若々しい。ぱっちりとした丸い瞳、小ぶりな鼻に桜の花弁のごとき唇、綺麗な曲線を描く頬、爽やかと言える美貌を持った、人好きしそうな印象の女性だった。

その一方で身体の線は、比較的小柄であるにもかかわらず起伏に富んで女性らしい。童顔と言える顔立ちとは裏腹に、そこはしっかりと出産適齢期の女の造形美を象っていた。

「じゃあいってくるよ。ごめん、せっかくの休日なのに」

その彼女と触れ合う青年にも初々しさが残って見える。恋愛気分を未だ残した新婚の気配が丸出しだった。

「ううん。がんばってね」

新婚空気の抜けやらぬ二人はご近所の目がないのを良いことに、マンションの玄関先で軽く抱きあい唇を重ねる。

「ん……柚月(ゆづき)……」

「んっ――もう、だ～め、遅刻しちゃうでしょ」

「あ、ごめん、じゃあいくよ。続きはまた」

「ふふっ、いってらっしゃい♪」

やもすれば舌が絡むところを女がやんわりとした手つきでたしなめ、名残惜しげに離れた青年が手を振りながらカバンを小脇に出社していく。

一人残された若い女も笑顔で手を振り、階下に消えていく青年を見送った。

「あら、おはよう吉川(よしかわ)さん。今朝も早いのねぇ」

ちょうど顔を出したお隣さんが、眩しいものでも見る態度で目を細めて笑顔を作った。

「祝日なのに大変ねぇ。どう、新婚生活は？」

「おはようございます。まだまだ不慣れなことばっかりで」

「がんばってね、何かあったら相談に乗るから」

皺の目立つ熟年の女性は、そう言ってカラカラと笑い、ゴミ出しに階段を降りていった。

それを見た若い女は、はたと思い至り、自身もゴミ袋を取りに引っ込む。

「つい忘れちゃう。こんなんじゃ新妻失格になっちゃう」

サイドで束ねたセミロングの豊かな黒髪が、ゴミ袋を手に階段を降りるたび、ふわりふわりと軽やかに揺れる。

半袖短パンというラフな軽装は、専業主婦ゆえの無防備さをありありと示していた。シミのない白い手足を隠しもせずに出歩けるのは、二十代前半の若い女性ならではの特権と言えよう。歩を進めるごとに揺れる尻周りは、やがて元気な子を産むであろう、健康的な色香に満ち満ちていた。

そんな彼女を目にした人々は、幸せいっぱいの新妻と見て、皆一様に笑顔をこぼすに違いない。

事実、彼女は幸福の只中にあった。

あった——はずだった。

あの男が——この男が、現れる日までは。

「やあ、おはよう。——みおんちゃん」

ゴミステーションにて背後より声がかかると同時、女の華奢で小ぶりな背筋がびくりと強張り、その場で固まった。

「っ——やめて、その呼び方……ここじゃ私、吉川柚月、なんだから……」

「ああごめんごめん、お店での癖が抜けなくってねぇ」

恐る恐る振り返れば、道端に立っていたのは、老け込んだ印象が妙に目に付く、三十代半ばほどのサラリーマン風の一人の男。

くたびれたシャツにスラックス。ひょろりとした痩身。短く整うも不思議と清潔には見えぬ黒髪。どこか不気味な印象を醸し出す落ち窪んだ細い双眼。

その奇妙に場違いな雰囲気を持つ男は、いやに馴れ馴れしい態度でもって、女の両肩に後ろから手を置いてくる。

「今日は祝日だからね、朝から来ちゃったよ」

「やめて、誰かに見られたりしたら……」

女は俯くも、振り払う真似はしなかった。肩に手を回されたまま、隠れる風にして自宅に戻り、男が身体をまさぐるに任せて、玄関口にて小さく震える。

「はぁ……やめて、ここ、お店じゃない、から……」

「そう言わないでよ、残業続きで疲れてるんだからさぁ」

男は内なる欲望を隠そうともしないばかりか、ずけずけと女の邸宅にあがりこみ、奥の浴室をアゴでしゃくって指し示した。

「今日もアレ、お願いしようかな。みおんちゃん？」

「っ……」

女は目を伏せ、しばし迷うも躊躇いがちに小さく頷いた。

彼の、夫のいない、一人きりのマンションの自宅。

そこに怪しい男を招き入れ、人目を避けるよう、ガチャリとドアをロックする。

※

――そして、二人が屋内に消えてから、数分ほどが過ぎた後。

奥まった場所に位置する浴室では、二つの人影が重なるようにして絡みあっていた。

「あ～いいよ、気持ちいい。やっぱりみおんちゃんのマッサージは極楽だよ」

狭い浴室にはマットが敷かれ、その上で二人は絡みあっていた。男はうつ伏せで泡まみれとなり、女はその上に跨り同じく素肌に泡をまぶして。男は全裸で女は下着同然の薄着という半裸。しなやかな両腕が男の背筋に伸び、ゆったりと滑って撫で擦っていく。知る者が見れば何事かなど、すぐに分かる光景が、そこでは繰り広げられていた。

「っ……こ、凝ってます、ね……肩とか腰とか……」

「でしょ？　給料安いけど忙しいから、ウチの会社」

　手のひらで泡を塗り広げながら女は消え入りそうな声で言う。愛撫するように肩や肩甲骨を手で洗い、凝った筋肉を揉み解しつつ、脇腹や首筋にも順を追って細い指を這わせていく。

　気配には躊躇を感じさせるも、その手並みは実に慣れたものだった。昨日今日での技でないことは素人目にも明白。見てくればかりの行為とは異なるプロさながらの洗体マッサージであった。

　その光景に多くの者は、夫の留守中に客を連れ込む、大胆不敵な風俗嬢だと思うことだろう。

　あながち誤解とも言えまい。リラックスした男の態度と女の慣れた手つきを見れば、客と風俗嬢という図式は容易に連想出来る。

　とはいえ女の表情からは、プロとしての体裁や余裕など微塵も感じられはしない。羞恥と迷いとに頬を赤らめ、下着同然の己の身体を時折小さく震わせていた。

「それじゃあ次は、仰向けになって、くださ――っっ……！」

　言い終えるより先に男が体勢を入れ替えたせいで、元よりつぶらな女の瞳は、ますます大きく見開いた。

　すでに興奮は先んじており、むき出しとなった男の性器は天井を向いてそそり立っている。求めるものはなんなのか、そんなことは言わずとも知れた。

「じゃあ早速お願いするよ。しっかり頼むよ、みおんちゃん」

「は、はぃ………ん、はぁ……」

両の手のひらに泡を追加し、たっぷりとまぶしてからサオを包んでゆったりとしごく。

マッサージではない、確かな性器への刺激と愛撫。包みこむ指が微かに震え、男の口元には笑みが浮かび気持ち良さげに軽く呻く。

「あ〜いい、気持ちいいよ、みおんちゃん、プロらしからぬこわごわとした手つきが堪らないねぇ」

言われて女は一瞬眦（まなじり）を吊り上げたものの、その手を休めはしなかった。睾丸にも触れ、ゆっくり丁寧に肉棒をさすり、汗蒸れて浮いた牡の恥垢を指の腹でこそぎ取っていく。

「はぁ……こ、こんなにも、硬くして……」

こうして手で磨くことは、決して初めてというわけではない。異性と同居する若い女が牡を知らぬなどあり得ぬ話だ。経験豊富というわけではなくとも、その手つきとてプロさながらになめらかなもの。

しかしだとしても、女は自らの行為によって、知らず吐息を熱っぽくしていった。世辞にも浮かれてなどいない、むしろ不本意極まる、そのことを百も承知のうえで。

「びくびくしてきて……はぁ……い、いかがです、か……」

「あ～いい、いいよ、いいい、僕そろそろ出したくなってきちゃったよ」

　手順としては未だ序の口で、この後オイルマッサージとなるのだが、肉棒はみるみる力を溜めていき、亀頭を隅々まで膨らませ脈を打つ。

　その浮いた血管をも丁寧に指の腹で刺激し、女は頬を染め、軽く目を伏せた。

「はぁ……はぁ……じゃあ、このまま、手で……」

「ああ待って、手コキもいいけど今日はコッチの気分なんだ」

　男はそう言って身体を起こし、逆に女を仰向けにした。「きゃ」という小さな悲鳴が浴室の壁に反響し、軽くバウンドする背中に合わせて豊かな胸元がぷるりと揺れる。

　男はその腰に手を伸ばすと、泡と湯で濡れた白いショーツをするすると捲って足首から引き抜いた。

　あらわとなった、微かにほつれた淡い色合いの薄い亀裂。

　その窮屈そうな秘芯目がけ、いきり立つ肉棒が先端を向ける。

「だめ、待って、入れちゃうのはだめぇ――！」

「大丈夫だってば、最初は強くしたりしないからさぁ」

　射精欲求を溜め込んだ肉棒がぴたりと亀裂に触れてくる。精を放つならばこの孔(あな)の奥で――言葉以上にそう物語り、ゆっくりと亀頭を沈めてくる。

(だめぇ、本番は、本番はNG、なのにぃ……！)

　女は拒絶の姿勢を示したが、無駄だということも、とうの昔に分かっていた。

どうしたところで、この男には逆らえない。拒絶可能な立場にない。

自分は今やこの男専用のエステ嬢、もとい性処理係も同然なのだから。

（どうして、どうしてこんなことになっちゃったの……？）

粘膜同士が触れ合いを深める中、涙ぐみながら過去の失態に思いを馳せる。

愛する夫と共に過ごす、恋と愛欲の甘い日々。そうなるはずだった、少し前まではそうなっていた。

それがなんの因果か、夫以外の男の相手をする羽目になっている。間男と呼ぶのも憚られる相手を朝っぱらから自宅に招き入れている。

今思っても実につまらないボタンの掛け違い。些細な出来事。小さな不運の積み重なり。

少し以前の己の浅はかさを今さらながらに深く悔いながら、女は――みおんこと吉川柚月は、望まぬ男の望まぬ性器を、その秘芯に埋められるのだった。

「ああっだめぇ、中は、だめ、えぇぇ……っ！」

窓からは眩しい朝日が差しこみ、外では雀がチチチと呑気に鳴いていた。

一章　始めの始まり

——ことの起こりは、恐らく一年と少し前辺りになるだろう。

当時柚月は、掛け持ちで複数のバイトをしていた。

そしてその内のひとつが、夜の歓楽街にひっそりと居を構える、完全予約型のエステ店だった。

「いらっしゃいませ。本日担当させていただく、みおんと申します」

そう言って笑顔で客を迎えるのは、吉川柚月こと、源氏名みおんであった。

「こちらへどうぞ。まずはお身体を洗わせていただきますね」

男性客を奥へと案内し個室に入ってドアを閉めきると、そのまま備え付け型のシャワールームに誘導する。

客の脱衣を手伝いつつ、自らも脱衣し柔肌を晒す。全裸ではなく下着に酷似したトップとボトム姿。店側が用意した専用の衣装が、予め着用されていた。

男側は全裸で、それとなく股間を手で隠しシャワールームで立ち尽くす。客は自分で洗いはしない、それもエステ嬢の仕事の一環なのだ。

バルブを回し湯加減を確かめてから、シャワーヘッドを取り「失礼します」とひと言。シャワーをかけ軽く流し、次いでボディソープを手に取り満遍なく泡で洗浄していく。

「お姉さん、すごく綺麗ですよね。こんな綺麗な人が、その、こういうお店にいるなんて」

「そんなことないですよ。でもありがとうございます」

雑談にも笑顔で応じ、それとなく相手を意識する。本人はさりげないつもりだろうが、視線がしきりに胸や腰に向いてくるのがよく分かる。

きっと早くも欲情し、脳内でこちらを裸にしているのだろう。それを承知で胸板や腹やらを素手で洗浄し、上が終わると前で屈みこみ、下の部位にもすっと手を伸ばす。

あっ、と客が小さく呻き、股間のモノがびくりとなる。全裸なのだ、ソコも当然むき出しである。それに指で触れている時点で、ここがどういった趣旨の店なのか言わずと知れようというもの。

洗うにつれて硬くなるソレに「元気ですね」とはにかんでひと言。つい恥じらいが出てしまうのは不慣れと秘めたる背徳感ゆえか。強くならぬよう手のひらでさすり、多量の泡でことさら丁寧に洗浄を行う。

「痛かったりしたら、すぐ仰ってくださいね」

上目遣いに確認を取ると、客はどきっとした様子で「痛くないです」と答えた。「気持ちいいです」とも。

その言葉が嘘でないことは、勃起しきった硬い肉棒が何よりも雄弁に物語っていた。

柚月には、その時の彼女になら分かった。この客は不慣れだ。童貞でこそなさそうだがこういった店はきっと初めてだろう。

そのことに多少なりとも高揚感を覚えながら、柚月は両手で肉棒を挟み、ゆっくりと丁寧に泡立て刺激をしていった。

「あぁ、気持ちいい……ま、待っ、このままじゃ、僕……」

「はぁぁ……。うふふ、では、流しますね」

「え、あ……」

このまま出させてもらえるのを期待したに違いない、客の口からは戸惑いを帯びた声が漏れる。

生憎とシャワーはコースの時間内に含まれない。逆に言えば、ここでの行為は金銭を生まない。タッチはあれど洗浄のみなのは常識だ。

もっともこの先は限りではない。名目上こそエステなれど、何が起こるかは客とエステ嬢のみぞ知る。ここまでしておいて何もない方がかえって不自然というものだ。

(ごめんね彰浩。あなたの知らないところで、こんなバイトに手を出しちゃうなんて……)

心の中で恋人に詫びるも営業スマイルは絶やさない。これから始まるのは淫靡なひと時、紛うかたなき金銭の絡む、性的なサービスなのだから。

「それでは、こちらへどうぞ」

シャワールームを出て準備を整え、改めて客を個室へと案内する。水気に強い専用のベッドに横たえる形で客を導き、腰に巻かれたバスタオルを預かり、代わりのタオルを股間の前だけに軽く被せる。

「それでは、マッサージの方、始めさせていただきますね」

着替え直した衣装は、先ほどと大差ない下着同然の際どいもの。薄い生地にはうっすらとだが乳首が透け桃に色づき、淡く茂った陰毛のせいで局部は少し黒く見えている。

それをしきりに横目で眺め男性客は股間をいきり立たせる。手を出せぬのを承知しているも手を出したくて仕方ない様子だ。

それを知りながら柚月は手のひらにアロマオイルをトロリと垂らし、人肌で軽く温めてから、そっと客に手を伸ばした。

「それではまず、腕の方から失礼しますね」

もはや問うまでもないだろう。ここはそういった店だった。メンズエステ、性感エステ、呼び名は様々にあるだろうが、マッサージと称して性的サービスを行う点は、文字通り風俗と紙一重であった。

※

——これが、一年と少し前の話である。

ではなぜ、彼女がこんなバイトを始めるに至ったのか。

その発端までも語るならば、ここからさらに以前の話、学生時代にまで遡る。

当時大学生だった柚月は、サークル関連から、同校の吉川彰浩と交際を始めた。

当時はまだ吉川姓でなかった柚月は、彼との交際を経て結婚を意識しあうまでに至った。

大学卒業後すぐにでも結婚しよう。

二人してそんな夢まで思い描いた。燃え上がった恋の炎は行き着く場所まで行くことを希望していた。

しかし言わずもがなと称すべきか。

現実はそう甘くはなかった。彼の両親から猛反発を食らったのだ。

「ロクな社会経験もない男女がいきなり結婚など馬鹿げている」

そう言われてはぐうの音も出なかった。バイト程度なら経験はあれど社会人としての経験値はゼロ、これで立ちゆくほど結婚生活は甘くないと叱責までされてしまった。

もちろんそれで引き下がるようならばハナから結婚など言い出さない。柚月も彰浩も本気だった。特に柚月は、運命の相手だと信じて微塵も疑わなかった。

だが現実の壁は情け容赦なく襲い掛かった。大学卒業間近にして柚月の就職の内定先が不祥事にて倒産、就職活動はもはや手遅れでバイト生活を余儀なくされた。彰浩に至っては大手はすべて落ち、しがない中小企業に勤めることとなった。

この事態が逆風となったのは言うまでもない。「結婚資金すら貯められぬ者に許可を出すなどとてもとても」そう言われれば返す言葉もない。

元より彰浩の実家は地方では多少名の知れた旧家だった。長男は一流大学を出て優良企業に勤めており、夫婦で実家暮らしをしている。次男である彰浩が安易に頼りに出来るはずもなく、二流大学出を快く思わず不安視しているのは明らかであった。

かくて二人は結婚を夢見ながら各々の暮らしをスタートさせた。

当然ながら資金繰りには難儀した。バイト暮らしと弱小企業勤め、これで余裕を持てと言う方が無茶な相談である。結婚資金など夢のまた夢だった。

「こんな調子じゃ、いつになったら結婚出来るの」

不安と苛立ち（いらだ）に駆られた柚月が友人に相談したのも無理からぬ話であった。

そして、その際に転機は訪れた。奔放な友人は伝手を使って、とある店を紹介してくれたのだ。

「ちょっとフーゾク片足突っこんでるけど、小遣い稼ぎにはもってこいだよ」

まさしくその通り、そこはヌキありのメンズエステ店だった。表向きこそ健全を装うも、その実態は風俗と言っても過言ではない店であった。

当然、柚月は大いに迷った。彰浩という将来を誓いあった人がいながら、よりにもよって不特定多数の男に性的サービスを行うなど。

しかし渡りに船であったのも事実だった。聞けば確かに実入りは良い。昼のバイトなど霞むレベルだ。短時間でこの賃金なら飛びつく女が多いのも頷けた。

「柚月なら絶対人気出るって。めちゃ美人だしスタイルだってバッチリだし」

友人が言うように、柚月は昔から異性にモテた。やや童顔で女性にしても小柄な方だが、美人なのは疑いようがなく、スタイルとて抜群だった。

ことにスタイルにおいては高校時代からすでに秀でていた。細身でありつつ出るべきところは出た起伏に富む女性らしい体型。上から93、59、88、バストサイズはGカップ。大学時にはそこまで発育した肉体は、今や大多数の異性を惹きつける女の魅力を誇示していた。

柚月とて己のプロポーションが男ウケするのは知っている。なるほど、外見のみに目をやるならば確かに務まるやもしれない。

「こんな調子じゃ結婚出来るかだって怪しいし……ちょっとだけ、ちょっとの間だけなら……」

正当な目的がある点も決意させるのを後押しした。本番行為は基本NG、完全個室で他に知られない、この条件も呑むに足りた。

「ごめんね彰浩。お金が貯まるまでだから……」

かくして柚月は夜の顔を持ち、メンズエステ店で働き始めた。

無論、最初期は背徳感に強く苛まれた。ヌキあり、つまり性器に触れ射精まで導く仕事なのだ、世の大多数が不貞行為と認識するのも無理からぬ話である。柚月とて男を知らぬわけではないが、この手の経験はこれが初だった。

最初に受けた説明では、本番は基本ご法度であるも実際は各々次第とのことだった。言及されたわけではない、遠回しに不問を仄めかされたのだ。裁量権はエステ嬢にあり完全個室であるのも相まって、店側の与り知らぬ場でならば半ば黙認されている。

要は金次第、交渉次第。上手く取り入って本番を楽しむ客もいる。追加料金欲しさに自分から売り込む店員も多い。そういう場なのだ。

そんな中、柚月は源氏名みおんを名乗り、あくまで本番は拒否し続けた。お触り等も基本厳禁。際どい部位へのマッサージはあり。ヌキは基本手で行う。金銭次第でスマタまでならば検討。それら彼女なりの独自のルールを決めて。

「それではまず、腕の方から失礼しますねー」

そしてしばしの時が流れ、先のマッサージへと至る。

最低限の線引きはしたが、やはり初めは辛かった。恋人への罪悪感でいっぱいだった。相手が彼ならばいくらでもしてあげるのにと思った。

それでも不思議と少しずつ慣れ始め、ぎこちなさも消えていった。貞操観念がないわけではない。けれどセックスは好きだった。男の人と素肌で触れ合うのも恋愛に熱くのめり込むのも、粘膜を重ねて抱擁しあうのも元からとても好きだった。こうして愛撫してあげることさえ恋愛込みならば好んで行えるほどに。

だからだろう、割り切ることに慣れていけば不快感はさほどでもない。相手を彰浩に重ねて見れば少しどきどきしたりもするし、元より好きだった異性との触れ合いに余裕を持てるようになっていた。

「す、すいません、その……胸が、額に……」

「あ、失礼しました。ちょっとその、大きいので、当たってしまって……」

さりげなく自慢の豊乳を押し当て時間も考慮してマッサージを続ける。原則として40分のコースメニューだ、客が延長するならばともかく、こちらが時間内に終えられないなどあってはならない事案だった。

細かな規定は設けられていないが、主な手順は手足や首などの局部から遠い部分から始まる。名目上はエステだ、きちんとリラックスさせ揉み解す必要がある。そうした技の善し悪しも顧客を得るのに必須だった。

続いて胸板やら背中やら脇腹、こちらは適度に愛撫を交えて刺激していくのがポイントだ。徐々に局部へと迫っていく、もう少しで触ってもらえる、その感覚が客を興奮させ気分良くしていくのだ。

「では次に、こちらの方も、刺激していきますね」

ひと通り他をマッサージしたら次はいよいよ鼠径部だ。ここは敏感であると同時に焦らすにもってこいのポイントである。大事な部分に触れそうで触れない絶妙な塩梅が大変好評で、時折偶然触れてしまうのが、また堪らなく興奮するそうだ。

「ここ、凝ってますね、お客様……」

甘い声音で囁いてやると客の喉からぐびっと音がした。タオルの裏側まで指先が進み偶然を装って睾丸に触れると、さっきからびくびくと跳ねていたタオルが目に見えてテントの支柱を立てた。

「あぁ……お姉さん、そこは……」

鼠径部ごと睾丸を撫でていくうちに、客は仰向けで身動ぎし、もどかしげな視線を送ってくる。豊かな胸や腰に目を留め一層テントの支柱を高くする。

そろそろだ——そう判断し、腰のタオルをそっと取って、今度はむき出しの硬くそそり立つ肉棒に触れる。

「こちらもマッサージいたしますね……辛かったりしたら言ってくださいねー」

その日の客はやはり不慣れだったに違いない。オイルを足して軽く握り、ゆったりと上下に動かすだけで、「ああっ」と呻きたちまち肉棒を痙攣させ始めた。

柚月は少しだけ警戒しながらちょっとずつ刺激を強めていった。この手の客は主にふた通り、素直に身を任せ果てて満足するか、衝動に流され半ば強引に迫ってくるか。無論後者なら店側に声をかけ即退店願うまでだった。

「ああっ、僕もう……ああ……！」

幸いこの客は前者だったようで、為されるがまま震えしごかれながら、腰を小さく浮かせ始める。

やがて限界が訪れたらしく、声もなく畏縮し、びゅくびゅくと体液を撒き散らした。

「はぁ、すごい……たくさん出ますね……」

勢いの良さと体液の熱さに思わず声が潤うものの、努めてプロらしく穏やかに振る舞い、ぐっとこらえて笑顔を作る。

「じっとしててくださいね、今、拭きますから……」

腹部にかかった白い体液を丁寧にタオルで拭き取ってやり、軽く弛緩した客の素肌に仕上げのオイルを塗っていく。

「——はい、終わりました。お疲れ様でした」

見れば時間ぴったりだった。適度に焦らし興奮させ、手での刺激で射精へと導き、最後に綺麗に整えてあげれば一人分の相手は完了。当店は歩合制なため、一人でも多く客を取った方が手取りが増すのだ。

(最初の頃はすごく嫌だったけど、今じゃすっかり慣れちゃったかな。収入だってすごく多いし、気が付いたら人気まで出ちゃって)

恥じらう客を笑顔で見送りつつ、自身の変化に少し驚く。

住めば都と言われるように、人間、慣れれば慣れるもの。これもすべて仕事だと思えば私生活との区別はついたし恋人は恋人できちんと愛せた。稀にタガが外れる客もいるが「そういう店ではない」「困ります」などと本気で言えば大抵は大人しく引き下がった。中には嫌いな客もいたが、元来セックスが好きだったのもあって、多少のことなら許容出来るようになっていた。

友人が言った通り客にウケたのも大きい。中には「ヤラせてくれないから」と毛嫌いする客もいたが、美貌とスタイルの良さと人好きする笑顔も相まって「いつか落としたい可愛いコ」などと妙な人気を博していた。

おかげで収入は右肩上がり、わずか半年足らずで当初の目標金額は超えた。こうなると欲がかさみ「もう少し続ければもっと余裕が持てる」と考えるようになってきてしまう。

(結婚したら二度とやらない仕事だもん。彰浩のためにも今のうちに少しでも貯めておかなきゃ)

――後にして思えば、この頃から甘く見ていたのかもしれない。週一程度しか会えないせいか彼に知られる気配はない。人気は上々でまだまだ稼げる。上手くいけば結婚資金ばかりか新居購入の頭金くらいは作れるかもしれない。そう考えていた。慢心がガードを下げ余分な欲をかいていた。

そこにどんなリスクが潜むのか、考えることさえしようともせず。

※

「一、十、百、千、万、十万、百万、って――おぉ……」

昼は普通のバイト、夜はエステ嬢、二足の草鞋(わらじ)にもすっかり熟(こな)れ、独身生活も板についてきた頃だった。

自宅の安アパートにて一人通帳を眺めていた柚月は、当初の想定を大幅に上回る金額に相好(そうごう)を崩していた。

「こんなに貯まっちゃうなんて。嘘みたい。なんだか彰浩に悪いかも」

弱小企業で働く彼には到底目に出来ない金額だろう。水商売の実入りの良さを改めて思い知るに足る。考えもなく見せれば彼のお株を奪うことになりかねないほどだ。

「でも、これで彼のご両親だって納得してくれるわ。式を挙げたって、充分おつりがくる金額だもの」

当面の生活にも困る額ではなく独立可能だと主張するに足るだろう。全額見せれば怪しまれるだろうから、一部のみ出せばお株を奪わずにも済む。

まだまだ稼ぎたい心境ではあるが、すでにあれから一年も経過している。結婚意欲は衰えるどころかますますもって隆盛するばかり、一刻も早く彼と同居し愛欲に満ちた生活を始めたかった。

「もう充分、これ以上待ってたら子宮が切なくなっちゃう……」

週に一度は会っているものの、彼の方は忙しいらしく、こちらも夜は仕事がある。なかなか思うようにはいかない。

繰り返しになるが柚月はセックスが大好きだ。濃密な絡みが特に好きで、在学中などは朝から晩まで一歩も外に出ず交わっていた経験さえあった。異性と接する時間そのものが純粋に好きなのだ。

そんな彼女が週一で満たされるはずはなく、結婚願望を掻き立てられたとて無理もない。

かくて柚月は潮時と断じ、店を辞めることにした。

退社の意を伝えてから、ひと月後に正式に辞める運びとなった。

驚いたのは、それを聞きつけた常連客らがこぞって来訪したことだ。

「本当に辞めちゃうのかい、みおんちゃん」

「お気に入りだったのに残念だなぁ」

「もうちょっとで落とせると思ってたのに」

その手のことを口々に言い、皆一様に別れを惜しんだ。欲望丸出しな者もいたが、多くは素直に会えぬのを惜しんだ。

そして、その中に含まれる客の一人に、堀井（ほりい）という名の男がいた。

「ん、と――じゃあ、仕上げのオイルに入りますねー」

「みおんちゃん、今日でほんとに辞めちゃうの？」

その男が来店したのは、勤務最終日のことだった。

いつものように洗浄から入り、ひと通り刺激し終えた後で、締めのオイルマッサージに移り残り数分となった頃である。

ベッドの上でうつ伏せとなり背中にオイルを塗られている途中、男は言った。

「俺ずっとお気に入りだったのになぁ。――もしかして彼氏と結婚する、とか？」

「えー、違いますよー。彼氏なんていないですしー」

内心どきっとしたのは言うまでもないことだった。彼氏の存在だけならいざ知らず結婚まで口にされるとは思いもよらなかったのだ。

無論そんなことはおくびにも出さない。仕事とプライベートは別、それがこの業界での鉄則なのである。

しかし堀井はいやに食い下がった。蛇を思わせる目で肩越しにこちらを見てくる。

「残念だなぁ、みおんちゃん目当てだったのにさぁ。もっと通うからさ、もうちょっと続けない？」

「無理ですってばー、もう決まっちゃってますし」

「うーん、それじゃあさあ……」

こちらの営業スマイルの意味を理解しているのかいないのか。

こけた頬に笑みを作り、堀井は面倒なことを言いだした。

「お願いだから一回ヤらせてよ。一回だけでいいからさぁ」

「またぁ、だからダメですって、そういうお店じゃないんでココ」

爽やかな笑顔で対応はしたものの、柚月は内心うんざりした。

この男が常連で贔屓（ひいき）にしてくれているのは間違いなかった。比較的金払いも良く、そういった意味では貴重な顧客の一人と言えた。

反面、未だにしつこく本番を求めてくるという悪癖があった。最初などは本気でヤレると思ったらしく、実力行使とはいかぬまでも執拗に手指を伸ばしてきたものだ。

金銭次第で許可してくれる子も確かにこの店にはいた。それで荒稼ぎする者も。しかし基本はご法度であり応じる道理もありはしない。下手に知れれば店から厳重注意を受け場合によってはクビもあった。世間に知られれば危ういのは店側の方であった。

(そうでなくっても私には彰浩っていう恋人がいるのに)

多少のサービスはあったにしても本番は決して許してこなかった柚月である、ここに来てOKなど出すはずもない。

それにこの堀井という男を実は好みではなかった。上背があり比較的痩身、それ自体は悪くないが顔は世辞にも美形ではない。どこか粘着な雰囲気を漂わせ、生理的に肌に合わなかった。

「じゃあさ、せめて口で……」

「だめですってば」

加えてこの懲りぬ態度、これもあまり好ましくない。この手の客は他にもいたが、こうまでしつこいのはこの男だけだった。

仰向けになるよう促してから黙らせるつもりで顔にタオルをのせ、胸板や太腿にオイルを塗っていく。

(みおん……ここでの私の名前。ここに来てからもう一年かぁ)

手早く仕上げをこなす傍ら、ふとこれまでに思いを馳せる。

ここでのバイトには意義があった。これがなければ今頃はまだ結婚資金繰りに四苦八苦していたに違いない。就職活動も考えはしたが、どう計算してもこれ以上に稼げる見込みはなかった。ここ以上に稼ぎたければ本物の風俗店にでも行く他ない。それを思えば割の良いバイトであったと考えざるを得なかった。

（でも、この名前とも今日でお別れ。結婚資金は充分貯まったし来月には同棲開始かぁ♥）

客を取るのもこれで最後、文字通り本当にこの客で最後だ。あとは後日、最後の給料を受け取るだけ。それでこの店とも仕事ともおさらばだった。

その思いが油断を生んだのかもしれない。安堵し気が抜けていたのは事実だ。

「ねえ、どうしてもダメ？　みおんちゃんのマッサージ目当てで通ってたんだからさぁ」

ゆえにだろうか。あまりにしつこい男の態度にも緊張感を持てなかった。

（うるさいなぁ、もう……早く帰ってくれないかなぁ）

このまま食い下がられても無駄に時間を取られるだけだ。次の客がいるなら良いが生憎とこの後は予定もない。最後の最後で揉め事を起こすのも精神的に気が引けた。

それを察したとも思えないが、男はなおも諦めることなく食い下がってきた。

「じゃあさ、最後に――その巨乳！　撮らせてよ！」

「え……？」

堀井はカバンからスマホを取り出し、レンズをこちらの胸に向けてきた。

（呆れた、普通そこまでしようと思う？）

飢えた童貞というわけでもなかろうが、こうまで執拗なのは異常だと思えた。最後だからと焦りもあるのか釣果無しでは帰らないという態度に見えた。

もちろん柚月は断る気だった。ただでさえ下着同然の姿だ、これ以上サービスしてやる気などさらさらなかった。

だが、男が財布から紙幣を出すと、珍しく心が揺れ動いた。

「チップもはずむから！　ね？　ね？」

（う……意外と多い……）

いつも以上に今日は気前が良く、客三人分はあった。下手すれば行為ありで取れる値段だった。

（そういえば彰浩、古くなってヨレヨレだから新しいカバン欲しいって言ってたっけ……うーん、今日で最後だし……もうひと稼ぎくらい……）

ここにきて欲が湧いてきてしまう。これまで貯めた額からすれば諦めがつく値段でしかない。それこそ小遣い程度と言えよう。しかし得てして大金を稼ぐ者ほど金に目が眩むのが世の常だった。

「……ちょっとだけですよ。トップは見せませんから」

「おっ！　やった、嬉しいなぁ！」

こっそり嘆息などを漏らし、背を向けて胸布をたくし上げると、片手で先端を軽く隠しながら、渋々振り向いて撮影を許可する。

「おぉすごい、みおんちゃんって着痩せする派？　脱いだ途端にますます大きく見えるよ」

男の品のない歓声と共に、一メートル弱ほど離れた正面でスマホがカシャカシャと音を立てた。

（うぅ、結構恥ずかしい……）

みおんこと柚月は思いがけず小さく震え、羞恥に頬を赤らめる。

確かに着痩せするかもしれない。平素は邪魔になるほどの胸が、薄い着衣を取った途端にたわわにこぼれ出て柔らかに歪んでいる。自分でも気づかぬうちに、また少し育ったかもしれなかった。

その白い柔肉を撮影されるのが、これまた予想以上に恥ずかしかった。ただ異性に見られる以上に緊張し胸がどきどきと高鳴った。

（お、落ち着いて、大事なところまでは見られてないんだから……）

これで先端の桜まで撮られれば、さすがに黙っていられないだろう。客でしかない男に何が悲しくて自身のエロ画像を与えねばならぬのかと。

しかし腕に力が入るため、乳房はなおのこと柔らかに歪んで上下からもちっと溢れ出ていた。色気が誇張されているのが自分でもよく分かった。

「すごくいいよぉ、おぉ、もうちょっとで乳輪見えそうだ」

しかもこの堀井の言動、これも羞恥に拍車をかけた。正面から撮るだけに飽き足ら

ず、右へ左へと角度をつけてアングルを変えて撮影してくる。

「ま、まだ撮るんですか、そろそろ……」

何やら妙な気分になって柚月はそれとなく猫背になる。

「もうちょっとだけ……うーん、もう少し手、ずらしてくれないかなぁ……ちょっとだけだから、ね、ね？」

「だめです、トップは見せないって、あっ……」

一歩近寄られ一歩下がると膝裏に何かが当たってよろけた。ベッドだ。バランスを崩してベッドに尻をついてしまう。

堀井はなおもスマホのレンズを向け、上から谷間を撮影してきた。恥ずかしさに柚月が身を捩る。意図せずベッドにうつ伏せとなった。尻を突き出した姿勢となり、それを堀井がレンズに収める。

「おぉ、胸も大きいけどお尻もすごい、丸くて大きくて綺麗だよ」

「だめですってば、胸だけって約束で……！」

「そう言わずにさ、ねえみおんちゃん、最後にもうちょっとサービスを――」

「ちょ、ちょっと――⁉」

この状況を好機と見たのか堀井はショーツに手をかけてきた。こちらが左手しか使えないのを良いことに、そろりそろりと捲って脱がせようとしてくる。

このままではショーツまで脱がされ肝心な部分を見られてしまう。

柚月は焦り、いよいよ声をあげんと決めた。男性店員が来れば堀井はつまみ出されるだろう。最後に禍根を残すことになるが、これ以上は危険だ。

だがその時幸運が（後にして思えばむしろ不運だったやもしれない）舞い降りた。

終了時間を告げるタイマーが二人の間に割って入ったのだ。

「はい、お時間です！　施術終了です！」

「ええっ、そんなぁ」

堀井はがっくりと肩を落とし「あとちょっとだったのに」と無念そうに呟いた。

無論、知ったことではない。着衣を直して柚月は退店を促した。

さしもの堀井も潮時と見たか、大人しく引き下がり着衣し出ていった。

「じゃあねみおんちゃん。後で楽しませてもらうねー」

手にしたスマホをくいくいと振り「これをオカズにさせてもらうよ」と言外に言って店を去っていく。

「ご来店ありがとうございましたー」

飛びっきりの営業スマイルで男を見送るみおんこと柚月。

（これでもうつきまとわれなくって済むよね。気持ちわる～、着替えて帰ろっと）

せいせいしたというのが率直な感想であった。最後ゆえにと大目に見てやったが、そうでなければ店側に言って入店禁止にしてもらうところだった。

（これでもし、あのまま本番までされちゃったりしたら……ああもう、考えただけで

ゾッとしちゃう）

仮にそうなったら彰浩になんと言えば良いのか。否、このバイト自体が秘密なのだ、言えるわけがない。これまでやってきたことでさえ決して表に出せぬものばかりだ。

が、それも今日までだ。風俗の世界にどっぷり浸かったわけではないし、たかが一年だ、口を噤んでさえいれば何食わぬ顔で平穏な日常へと戻れるはず。

これでいい。貞操は守られ揉め事も回避出来た。立つ鳥跡を濁さず、円満に店を退職出来る。

そして週末の後日、その確信は喜びへと変わった。

「聞いて彰浩、私やったの。一生懸命貯金して、結婚資金貯めたの！」

彼のアパートに早朝から押しかけ貯金の一部を披露すると、彼は感涙するほどに喜び、その場でひしと抱きあった。

「すごい、どうやったの一体⁉　こんな金額見たことないよ！」

「頑張ったの、いろいろやりくりしたんだから！」

口をついて出た嘘は、しかしあながち嘘ばかりでもない。昼間のバイトにも精を出したし無駄な出費を抑えもした。

恋愛感に飢え、惚れた男に愛し愛されたくて止まない。盲目的なまでに恋に溺れ、燃え上がるままひた走れる女。

良く言えば一途、悪く言えば恋愛脳。

それが柚月という人物であった。ゆえにこそ結婚にこうまで固執し今まで耐えられたと言えた。

「これでご両親もきっと納得してくれる。もうすぐ結婚出来るから！」

「うん、これならきっと大丈夫、すぐにでも実家に行こう！」

ともあれ二人は抱きあったまま喜びを分かちあった。現実的に見てどうやればこれだけの貯金が出来るのか、そこに思い至らぬ点では彰浩とて柚月と大差なかった。

「待ってよ。せっかくの休日なのに、すぐ出かけなきゃいけないの？」

ひとしきり笑顔を振りまいたところで柚月は軽く声を潜め、彼の耳朶に唇を寄せた。

「まだ朝だし、時間はたっぷりある、でしょ？」

「柚月……んっ——」

言わんとすることを彼はきちんと理解してくれた。抱きあったまま唇を奪い、ベッドにもつれ込んでくれる。

続いてボタンをひとつずつ外し、開いた胸元にゆっくりと舌を這わせてくれた。

「あぁん、彰浩ぉ……」

「柚月……こうやってじっくりするのも、久しぶり……」

たちまち肌の感度があがり膣が疼いていくのが分かる。今日は久々に時間が取れる。濃密な時間を得られる。期待感に心も身体もあっという間に蕩(とろ)けていく。

「はぁ……はぁ……ん、あぁ……」

やや性急な愛撫にさえ今はもどかしさを覚えてしまう。彼の居ぬ場でさんざ男に触れてきた。そこで覚えた身体の寂しさを一刻も早く埋めてほしい。欲求がとにかく先に立ち、セックス好きな牝の本性が呆気ないほどにあらわとなっていく。

「柚月、すごい濡れてる、もうこんなにも……」

ショーツの内側に忍び込む指がちゅくちゅくと卑猥な音を立て始める。撚った糸がほつれるがごとく内側で肉ビラが花開いていく。

堪らなくなって、柚月は言った。

「ちょうだい……彰浩の、熱いの……」

彼が肉棒をあらわにすると、それだけで子宮すらもが切なさにきゅんと甘く疼く。

「柚月……いくよ?」

「うん、きて……あぁあああんッ……!」

愛する男に貫かれた悦びが、全身を駆け巡り感覚を熱く躍動させる。

──後にして思えば、この時は完全に浮かれきっていた。結婚への道のりが見え、そこにしか目が行かなかった。

そう、この時はまだ想像すらしていなかった。

秘密のバイトと些細な気の緩みが、あんな事態を招くなんて。

二章　再会と悲運

春先が過ぎ、袖付きの衣装では、そろそろ暑くなり始めていた頃。

柚月と彰浩の恋人二人は、真新しい白さの目立つ、とあるマンションの一室にいた。

「やっと決まったね。ここが僕らの新居になるんだ」

引っ越しの荷物を運び終えた彰浩が、清々しい表情を浮かべていた。

「柚月のおかげだよ、本当にありがとう」

「いいのよ、私たちもう夫婦になるんだから」

隣の柚月も似たような表情であった。

(ここから新婚生活が始まるのね。あ〜、長かったなぁ)

一年にも亘る孤独なバイト生活にも、これで本当にピリオドが打たれたのだ。

社会人生活からおよそ一年の後。二人は念願叶って、ひとつ屋根の下で同居する運びとなっていた。

ここまでの道のりは長いようであり短いようでもあった。大学卒業を機に結婚をと決めはするも、経験面やら金銭面やらで親族に反対され頓挫した。若い二人にはそれを押し退ける力がなく、恋焦がれながらも別々の暮らしを余儀なくされてきた。

それが今ようやく終わった。不貞すれすれの仕事に足を突っこみはしたものの、甲斐あって資金の調達を終え、親族の許可を得るばかりか新居まで用意出来たのだ。

(彰浩のご両親、驚いてたなぁ。でも良かった、すんなり結婚認めてくれて)

同居とは言っても同棲とは異なる。書類上では入籍を終え、れっきとした夫婦となっていた。

その時から柚月は、吉川柚月となっている。玄関の表札にもそうあった。挙式はまだ少し先になるが、それさえ終えれば夫婦への儀式はすべて完了だった。

(待ってられなくって急いで入籍しちゃったけど、別にいいよね、もうすぐ式だって挙げるんだもの)

彼のご両親は挙式を先にと訴えたが、柚月はそれまで待てなかった。

二人きりの愛の巣が、一刻も早く欲しかったのだ。

「ね、彰浩。ベッドの用意は出来たんだし……ね？」

まだ片付けが残っているが、柚月はそれすら待てなかった。

(真新しい寝室で彰浩と二人っきり。こんなんじゃお腹の奥、あったかくなっちゃう)

これから彼と自分のにおいが沁みついていくのだ。生活臭だけではない、濃厚な夫婦の営みのにおいも。そこに思いを馳せるだけで女の秘芯がじわじわと綻びを生みそうだった。

「え、でも、お隣さんとか挨拶にいかないと」

「そんなの後でいいじゃない。可愛い新妻がせっかくその気になってるのにぃ」

彰浩は少し迷ってみせたがポーズでしかないのは分かっていた。柔和で人懐っこい性格だが、セックスが好きで火のつきやすい一面もある。柚月が初めての相手だったらしく、交際当初は飢えた子犬みたいに尻尾を振る勢いで求めてきたものだ。

柚月にしても、そんな本性が好ましい。セックスが好きなのはお互い様、だからこそ夢中になったのだ。さして上手というわけでもないが、とにかく求め触れ合う姿勢に彼女は愛おしさを感じていた。

「柚月、外暑かったから汗かいてるね……」

「ごめん、シャワーいく？」

「ううん、柚月の汗のにおい、僕好きだから」

「あぁん……」

ベッドに行くことさえもがもどかしく、フローリングの上で互いの服に指をかける。

「ゴム、つける？」

「平気。今日は大丈夫な日だから」

「良かった、僕もナマが好きだから」

玄関の鍵がかかっていなかったのを知ったのは、ことが始まってより一時間以上も経ってからだった。

もっとも仮に気づいていたとして、二人が止まったかは甚だ疑問であったのだが。

※

こうして二人は新婚生活をスタートさせた。

初めは順風満帆を絵に描いたような駆け出しだった。

専業主婦となった柚月が甲斐甲斐しく妻を務め、彰浩は仕事に精を出し帰宅すれば夫婦の語らいと営みを行う。

若く美しい新妻と、毎夜愛を囁き抱く若い夫。

恐らく誰もが一度は思い描くであろう、理想の夫婦像であった。

しかし既婚者の多くが知るように、そう上手くは進まないのが夫婦の現実でもある。

同居生活が始まってから二週間。

柚月は早くも現実の壁にぶち当たっていた。

『もしもし、あ、柚月？』

宵のうちも過ぎ、そろそろ夜半前という時刻。

自宅で夕食を温めていた柚月は、夫からの電話を携帯片手に受けていた。

「お疲れ様、彰浩。今日も残業？」

『うん、まあ、忙しくってなかなか時間取れなくって……』

それを聞いた柚月の肩が、がっくりと落ちていた。肩の開いたサマーセーターがずるりとずり下がり落胆を物語る。

「そうなんだ……腕によりをかけてお夕飯作ってたのにぃ……」

『ゴメン、仕事も忙しいし付き合いとかもあってさ……』

これが二人の前に立ちはだかった、思いもよらぬ現実の壁であった。

弱小企業勤めの彼は、連日多忙で定時帰宅など望むべくもなかった。来る日も来る日も夜遅くまで残業ばかり、週休二日を謳ってはいるもののその実態は週一のみ。理想の新婚生活とは程遠いという有り様だった。

彼曰く、自分が新人で不器用ゆえにこうなっているのだという。

分からなくもない。彼は人好きし可愛がられるタイプの男だが、実家が旧家で兄と歳の差があったせいか、どこかお坊ちゃんで要領の悪いところがあるのだ。

けれどだからといって、こうも毎晩帰宅が遅くなるとは。一年もの間、別々に暮らしてきたがゆえの感覚の落差が、ここに来て思わぬ弊害となっていた。

(もうすぐ結婚式だし忙しくなるっていうのに)

式の日程も概ね固まり、やることはこれからもっと増える。親族間での交流も今以上に増やさなければならないだろう。

それは二人きりの生活時間を削ることに他ならない。

柚月としては今のうちに思う存分夫婦生活を堪能したいところであった。二人きりの時間を長く持ち、夜の生活をより一層充実させたかったのだ。

『実はさ、今、会社の上司と飲んでてさ……』

「えぇ……?」

それなのに、これだ。就業時ばかりかプライベートさえ仕事に費やされてしまっている。これで夫婦生活を充実させるなど無理な相談だった。

(そんなに貰ってるわけじゃないのに、ちょっと前までの私より忙しいなんて。おまけに飲むだなんて、彰浩ってばお酒弱いのにぃ)

いくら付き合いがあるからといっても少々度が過ぎるのではないか。こちらは新婚夫婦なのだ、もう少し気を使ってくれたとて良いだろうに。

だがここで文句を言ったところで夫を困らせるだけだ。上司に知られれば心象も悪くなるに違いない。

そう考えて聞かれぬようにため息をついた時、さらなる問題がスマホの向こうから飛びこんできた。

『それでさ、その人が今、うちに来たいって聞かないんだよ』

「ええっ、今から⁉　何も出すものないよ!」

『いいよいいよ、飲み直すだけだから。じゃあ、すぐ行くから!』

「ちょ、彰浩……もう!」

返答を待たずして通話は切れていた。声から察するに、すでに酔いが回っているのだろう。普段はこうもせっかちな男ではない。

(もぉ!　今日こそ二人きりでゆっくりって思ってたのにぃ)

彼と恋とに夢中な柚月とて、さすがにムッとしてしまう。

何も夜だけではない、衣食住を共にする間ももっと親密に触れ合いたかった。他愛ない出来事だろうとちょっとした話題だろうと、共に暮らせば楽しくなるに違いない、そう考えていた。交際時には実際そうだった。そこからセックスに雪崩れ込むのも大好きだった。

にもかかわらず待ち受けていたのは、思うように共に過ごせぬ寂しい時間の数々だった。

こんなはずじゃなかった。もっと楽しくて、もっと甘くて、恋と愛欲とにまみれた生活が待っているとばかり思っていたのに。

(昨日だって、結局……)

思い返されるのは昨晩の出来事。その日は珍しく早めに帰宅してくれたため、着替えもせぬまま早速ベッドにあがったのだ。

(一緒に暮らし始めてから、やっと本格的に……だったのにぃ……)

これまでの時間を埋め合わせるように彼は強く求めてくれた。前戯のキスすら普段より濃厚で、耳を舐め、乳首を摘み、ショーツも取らぬまま指を入れて浅い部分をほじくってくれた。さほどのテクニックがあったわけではない、すべてこちらの身体で覚えた前戯だ。それでも彼の手と指と舌からは欲望と愛情が強く伝わり、入居時以来の濃密な時間を期待させるに足るものだった。

が、さあこれからという時であった。

彼の携帯にコールが入り、せっかくの情事に水を差したのだ。

「ゴメン柚月、会社のシステムがトラブったって。今から行かないと……」

その時はさすがに会社を恨んだものだ。ようやっと出来た夫婦の時間を時間外労働で塗り潰すとは。彰浩も酷く申し訳なさそうで何も言えず終いだったが。

「どーしてくれるのよぉ、コレ……」

結局柚月は自宅に取り残され、満たされぬ思いを抱え込んだまま一人自分を慰める他なかった。虚しかった。愛する夫のいる身でありながら若い肉体をこんな形で持て余す羽目になろうとは。入籍し晴れて夫婦となった今、精液無しでは昂れぬほどに子宮が熱を帯びていたというのに。

(——ダメ、焦っちゃ。せっかく一緒になれたんだもの、いい奥さんでいなきゃ。時間だってまだまだあるんだし)

柚月は物思いから覚め、目を閉じ小さく首を振った。昨日の欲求と官能の残滓か、下腹部と胸に微かな疼きと熱を覚える。夫がいるのに自慰などつまらない、感じるならば彼の腕の中がいい。キッチンにて一人自粛し来たるべき夜まで待とうと決める。

「っと、いけない、会社の人が来るんだっけ。お酒くらい用意しておかなきゃ」

その前にまずは身だしなみのチェックだ。黄色のサマーセーター、良し。デニムのミニスカート、良し。ヘアスタイル、問題無し。半袖で肩が大きく出ているのと太腿までむき出しなのが少々露出多めだろうが、適度に色気が出ていたとて今時期ならば問題にはなるまい。

あとは相手がどの程度飲むかだが、買い置きはあるので事足りるだろう。自分の好きな酒も念のため出しておくべきか。

急な来客にも即座に対応し、ないならないなりに用立てる姿は、若いながらも良く気の利く出来た妻だと言えただろう。

彼女はまだ知らない。そんな自分を幸せの頂点から引きずり下ろす存在が、今まさに足音を立てて、歩み寄ってきていることを。

※

「ただいまー」

自宅の玄関のドアが開き、サラリーマン風の男性二人が揃って足を踏み入れた。

「おかえりなさい、夜遅くまでお疲れ様ー」

トトトと軽快な足音を立て、柚月は玄関に向かい夫の帰宅を出迎えた。

案の定、夫の彰浩はすでに頬が赤かった。どこかで飲んでいたに違いなく、ほろ酔いといったところだった。

お酒弱いのに毎晩毎晩――柚月が内心呆れる前で、彼は隣の男性を紹介した。

「柚月、こちら、会社の上司の――」

「どうも、いきなりすみません――」

しなびた髪質の短髪の男が、ぺこぺことしきりに頭を下げた。

「い、いえいえ！　初めまし――て――」

恐縮した柚月も慌てて頭を下げ――と、相手の顔を見た瞬間、満面の笑みがぴくりと固まる。

「どうも――上司の、堀井です」

(え、この人、どこかで……な、なんで……?)

柚月の背筋に、うすら寒いものが走った。

蛇を彷彿とさせる落ち窪んだ細い目。粘着質な雰囲気を持つ造形。

思い出すのに一瞬の間が開いたが、間違いない、店で見た最後の客だ。

一体なぜ――頬がさっと青ざめるのが分かる。唐突な再会に混乱をきたしたが、どうあれ状況は非常に悪い。何ぶん常連であった客だ、今の自分、吉川柚月と店のみおんとを結び付けてしまうやもしれない。

まずいことになったと思う。件のバイトは彰浩には秘密なのだ。万が一知れようものなら夫婦生活が破綻する。

(待って、人違いってことも……それに私のこと覚えてるかどうかだって……)

だが、じっと見てくる男の目を見ると、不安は急速に募っていった。腰を低くしてはいるが、その一方でこちらを値踏みしている風でもあった。

「どうぞ、あがってください! あ、僕ちょっとトイレ」

「あっ……」

奇妙な雰囲気に気づいた様子もなく彰浩は奥へと一旦引っ込んだ。

取り残され、どう接すべきか迷う柚月に、堀井は薄く笑って言う。

「――久しぶりだね、みおんちゃん」

（っ――気づいてる……！）

俯いた柚月の肩が、びくりとなって硬直する。

その名と結び付けられるのなら、もはや間違いない。最後に相手した例の客だ。名前も確かに堀井と言っていた。

（どうしよう、店の客とこんな形でまた会うなんて……）

柚月は己が不運を呪わずにはいられなかった。人数多いる大都会にて偶然昔の客に再会する、それも偶然夫の仕事の上司として。確率的に見て極めて低く、まさに不運としか言いようがない。

「あ………彰浩には……だ……黙って……」

なんにせよ、こうなったからには口を噤んでもらうよりない。柚月は青ざめた顔を隠しも出来ずに小声で懇願した。

「大丈夫大丈夫！　まだ何も言ってないって」

堀井は言ったが柚月はなんら安心出来なかった。男の口元にはいやらしい笑みがある。舌なめずりすらある。これを見て何を信じろというのか。

（どうしよう、どうすれば黙っててもらえるの……？）

強い不安に肩が震え額には汗が浮いてくる。ひとまず今日は帰ってもらいたい、考える時間が欲しい、切実にそう思う。

「でも、今後は——」

男は笑みを一層深め、

「柚月ちゃん次第だけどね……！」

「あっ、やめっ……!?」

ガッと手首を掴んできたと思いきや、残った腕を下腹部に忍ばせミニスカートをたくし上げてきた。

「お店の格好もエロかったけど、私服姿もイイね、柚月ちゃん……！」

「やっ、めて……あ、あっ……！」

蝶をモチーフとした紫のショーツに男の指が無遠慮に食いこんだ。身体を密着させる体勢で秘裂のある中心部をなぞり、少し汗蒸れる温かな恥丘ごとグニグニと押して刺激してくる。

（まさか、この人……！）

柚月は恐怖と刺激に慄（おのの）きつつ相手の意図をなんとなく察した。こちら次第、つまり口止め料として対価をよこせというのだ。

その対価とは性的行為に違いなく、女としての防衛本能が太腿を閉じさせ身体を畏縮させる。

よもやこのままこの場所で？　——動揺のあまり声すら出せず固まっていると、代わりに「フゥ」と息をついて彰浩がすぐそこのトイレから出てきた。

「お、っと」

さしもの堀井もまずいと見たか掴んだ手首を離して身を引いた。結果的には彰浩にバレずに済んだとはいえ、果たしてそれで良いものか否か、柚月には判別がつかなかった。

「とりあえず、お酌してよ——新妻さん？」

「っ………」

否などとは間違っても言えず、柚月は黙って男を自宅にあげる他なかった。

※

——カキッ、プシッ！

缶ビールのステイオンタブが、炭酸の抜ける小気味良い音色をリビングの床に響かせた。

外で飲んできたにもかかわらず帰宅して早々にぐいっと呷っている。

気前良く缶を傾ける彰浩は、とうに呂律が怪しかった。

「先輩にはほんっと、お世話になってるんだよ〜、あぁ柚月、ほら、注いであげて」

「え、えぇ……どうぞ……」

柚月はぎこちなくビールを手にし、真隣に座する堀井のコップに缶の中身を注いだ。

（彰浩、ほんとに何も聞かされてないんだ。でなきゃこんな平気な顔してられるわけないもの……）

夫は目の前でへらへらと笑って呑気に酒を呷っている。酔いのせいばかりではない、単純に気を抜いているのだ。

安堵する反面、柚月は少し憎らしくも思う。こんな男を自宅に招き妻の目の前で褒めちぎるなど、と。

先に覚えた不安感は未だ強く燻っている。この男が何をしでかすのか、まだ一向に読めない。

（さっきは襲われるかと思ったけど、いくらなんでも彰浩がいるんだし……）

この先どうなるかは分からないが、よもやこの場で無茶な真似などするまい。そう考え、様子見の心地で貞淑な妻を演じる柚月。

「ありがとう。――しかし驚いたなぁ、キミにこんな可愛い新妻さんがいたなんて」

「っ、ぁ……!?」

が、予想はいともあっさりと裏切られた。隣で床に胡坐をかく男は、正座していたこちらの恥部に早々に手を出してきたのだ。

（ちょ、ちょっと、まさか……!?）

柚月は狼狽のあまり、思わず「ひっ」と声を漏らす。

甘かった。男は場をわきまえることもなく、ここで手を出そうというのだ。

「ぁ、ぁは……っ、ぅぅ……」

テーブルで隠れるのをいいことに、無骨な指は恥部をまさぐりショーツごと筋を引っかいてくる。

その行為は痴漢を思わせ、柚月に恐怖感と憤りを与えた。

(信じられない、夫の目の前で妻に手を出すなんて……！)

この事実だけで堀井という男がどういった人物かが分かろうというもの。少なくともまっとうな性格ではあるまい。反射的に横目で睨んだのも無理からぬ話であった。

だが、そうと知ったとて柚月は振り払うことも、嫌悪を示すことすらも出来ない。

柚月ちゃん次第だけどね——男の言葉が確かな楔(くさび)となり反抗の思惟を押し留めている。

「可愛いだってさ、良かったね柚月～」

「そ、んな……私、なん、て……はっ!?　ぁ、ぅウッ……！」

男の右指が筋目を開き、中から真珠を探り当ててショーツ越しに摘み上げてきた。

柚月の腰が小さく跳ね、奥からじわりと蜜汁が漏れる。

「ん、どうした柚月～？」

「えっ、あ、なんでもないの、あはは……んんっ……」

気の抜けた表情でこちらを見る彼に咄嗟(とっさ)、作り笑顔を向ける。言えるわけがない、今あなたと話している間にも弱い真珠が摘みこねくり回されているなんて。

「ん、は……ふぅ……んぅ……」

「それはそうと、いつ～籍、入れたんだっけ？」

「ついこの前です、式はまだですけど、新婚ほやほやなんですよ〜」

「ごめんね〜、うちの会社、今忙しいから、あんまりイチャイチャできないでしょ？」

こちらが声を我慢する中、隣の堀井はいけしゃあしゃあと人のよい台詞を吐く。夫も何ひとつ気づく様子もなく照れ笑いなど浮かべている。

「い、いえ、そんな……っゥ、あぁ、うぅ……っ」

柚月は唇をきゅっと閉じたまま歯噛みし俯いて肩の震えをこらえる。思わぬ状況に半ば混乱し耐え凌がねばと己に念じながら。

(我慢しなきゃ、こんなとこ彰浩に見られたりしたら、秘密にしてること話さなきゃいけなくなっちゃう……)

別の男に突如迫られそれを拒めぬ妻、これを疑問視せぬ夫などいない。良くて浮気か過去の男と誤解されるか。この事態を隠さねばならぬのは、こちらとて同じだった。

何をされようと頑(かたく)なに面に出せぬ立ち位置。

それが相手を増長させたのは確実であった。

「でも、こんな可愛い新妻さんほっといたら――」

「ひッ⁉　やっ――！」

――すすっ……クパァ……

「誰かに悪戯されちゃうかもしれないよぉ？」

「っ⁉　んんッ、ゥウ……ッ！」

――ヌプッ、クチュ……

このままいけると見て取ったのだろう、堀井は大胆にもショーツをずらして秘裂を左右にぱっくりと開いた。ばかりか手探りで中心を探り当て、中指と薬指とを同時に中へと押し進めてくる。

「も～冗談言わないでくださいよ～」

「ハハハハ」

男二人は笑いあうも、この場で唯一の女である柚月はそれどころではない。予想以上の大胆不敵さに心底から畏縮してしまい、奥への刺激に頬を赤く染めていた。

(そんな、中まで入って――やめて、ぐちゅぐちゅしないでぇ……ッ！)

真珠への刺激が特に効いていて粘膜はしとどに濡れ始めていた。脂の浮いた指の侵入を無防備にも許してしまう。それとなく伸びた手と震える太腿が辛うじて抵抗を示しはしたが、それとても膣に覚える感覚だけは、どうにも抑えられはしなかった。

(ダメ、最近ずっとご無沙汰だったから、身体、感じやすくなってて……！)

悔しさに頭はカッとなるも、神経の方は意に反して徐々に着実に昂っていった。自覚はあるが、自分は感じやすい体質だ。学生時代の初体験時でさえ痛み以上に快楽を得たほどだ。セックスが好きなのは、何も精神面ばかりではない。

それを苦にしたことはなかったが、今この時は苦になった。呆気なく濡れた膣粘膜を軽く開かれほじられるだけで、欲求募る快楽神経が勝手に熱くなってきてしまう。

（こんな程度で感じちゃうなんて、私っ、どうしよう……！）

ヒクつく太腿すら早くも汗ばみ絨毯にツツゥと雫を垂らしていた。尻を動かさずにいられるのは自制と恐怖の賜物だが、膣は次第に潤いを増し、ずれたショーツに蜜汁が沁みていく。

アクメにはまだ遠いものの、反応を隠すにはそろそろ辛い。頬が赤いのは酒のせいだと誤魔化せるだろうが、目が潤み汗が増えていくのはどうやって誤魔化せば良いものか。

このまま言いなりになっているのも精神的な意味で辛い。痴漢に怯え声すらあげられない、その手の心境以上だろう。

「でもせっかくの新婚だし、ほんとは寂しいよねぇ？ ──みおんちゃん？」

「っ──ッ!!」

と、堀井が唐突に、意味深な口調でその名を告げた。

「ンクッ、ハァ──え……みおん……？」

ビールをぐいと呷っていた彰浩が一拍遅れてその名に気づき、酔いで瞼の落ち気味な目を、不思議そうに向けてきた。

「っ、わ、私、何か──お、おつまみ、持ってきます……！」

柚月は表情をさっと変えて、逃げるようにしてその場を立った。

※

（どうしよう、このままじゃ、私……！）

キッチンに駆け込むなり柚月は大きく息をついた。鍋の置かれたコンロの前に立ち、右腕で左腕を抱くようにする。

極めてまずい展開だった。弱みを握る男が夫の上司として唐突に現れ、さして迷う風でもなく秘密を盾に手を出してくる。滅多にある不運ではなく、なんの対策も用立てていなかった。

みおん——男の口から出た、かつてのエステ店での源氏名。それを耳にした際の心境は、背筋に冷や水を浴びるがごとくだ。

今この幸せを築き上げた不貞すれすれの過去の行い、それが今度は反旗を翻し、不幸を招き寄せつつあった。

「僕も手伝いますよ、お邪魔してるんだし」

「っ——!?」

ふと背後に気配を感じ柚月はビクリとなった。

いつの間にやら堀井まで入ってきて、すぐ真後ろに立っていた。黙考に耽ったためか、キッチンの戸が開く音に気づけなかったらしい。

柚月は努めて狼狽を見せまいと、慌ててコンロに手を伸ばす。

「け、結構です、温めるだけですから……——ひっ!?」

突き放すような口調と態度は、しかしあえなく潰された。夕食用の汁物の前で、柚月は身を強張らせる。

返事など聞く気はないのだろう。背後から密着してきた堀井が、腕をするりと前に回し、開いた肩口にぬるりと舌肉を這わせてきている。

「や、やめて、はぁ……！」

「さっきは随分濡れてたねぇ柚月ちゃん。びっくりした時なんてキュッと締まっちゃったりして」

夫の目がないのを良いことに、腕は裾を捲りあげて、脇から前へと侵入してくる。

「私、か、感じて、なん、か……はぁ……ッ」

——ぎゅうっ、こり、こりっ。

腕は着衣のまま胸へと到達し、豊満な膨らみを下から上へと撫でつけた。ブラの裏側で指が動き、親指と人差し指とで先端の桜を摘み上げる。

柚月は菜箸を手放さぬまま、残る左手で腕の動きを封じようとした。

「ん、はっ、やめ、て……こんなところで、私には、彰浩が……！」

「おぉ、すごく大きなオッパイだねぇ。この前は写真だけだったけど、柔らかくっていい感触だなぁ」

堀井は欲情を隠そうともせず、こちらが嫌がっているのも無視して、たわわな柔肉をむにむにと指で揉みしだいてくる。

「いいなぁ吉川君、こんな新妻さんに毎日ご飯作ってもらえて」

「はぁ、あっ、そんなこと、あなたには関係な……んッ⁉」

「しかも、チュクッ――こんな美味しそうなのを堪能出来てるなんて、ねぇ」

堀井は顎を掴んで振り向かせ、舌を唇に押し入れてきた。驚きわななく柚月の唇を指を入れて無理やり開かせて。

ばかりか空いた左手でもって、ブラごと黄色のサマーセーターをぐいと襟元までたくし上げる。

そしてまろび出たたわわな乳房を、両手で掴んでぐにぐにと揉み始めた。

「やめて、んッ、触らない、はぁァ……!」

「レロ、クチュッ……いやぁすごい、こうして見るとほんとに大きいねぇ、人気が出るわけだよ、ほんと」

あらわとなった白い乳房は男の手の中でやわやわと形を変え、その豊満さと柔らかさを存分に披露していた。93のGカップ、その数値は伊達ではない。細い体躯に見合わぬ巨峰は、ダイナミックな円錐型を色気たっぷりに誇示していた。

見ればその桜の先端は、あらわとなったその瞬間から早くもピンと尖っている。しっとりと浮いた汗珠も相まって、つやめいていてはっきりと艶めかしい。

その己の乳房を見た途端、柚月は下腹部に募る熱を実感した。

(か、感じちゃってる、胸触られて、乳首立ってる……!)

舌を舐められ胸を触られる中、意図せず起こる自身の変調に動揺し焦る。決して望んだことではない、むしろ今だとて不本意極まる。だというのに性感神経が身体の隅々まで熱を伝播し、興奮という名の性の昂りを身勝手に示していた。

やだ、夫がいるのに、こんな男で――そうは思うも四肢からは力が抜け、唯一抗っていた左腕すら胸を揉む手から離れてしまう。

「はぁ、はぁ、はッ、は――ぁ……！」

「クチュ、ジュルッ――柚月ちゃん、だんだん声、荒らげてきてないかい？」

堀井の舌が唾液の糸を引き、こちらのそれと離れていった。代わりに背後から腰が押しつけられ、スラックスの前を押し上げる肉先が太腿の間に割って入る。

「はうっ、はぁ……！」

「ココもうトロトロだったしねぇ。そんなに旦那以外の指が良かった？」

(ち、違う……そんなはず、ない……！)

粘着質な声を耳にして柚月は歯噛みし小さく首を振る。こんなものが快楽であるはずがない、自分が望むのはこれではない、そう思わねば本当に押し負けてしまいそうな気がした。

その一方で下半身は出産適齢期の牝らしい応答を示していた。一センチにも満たぬ距離に牡の硬い肉棒がある。挿入意欲に燃え太腿の間で尻肉を割って入ろうとしている。その感覚、その認識と緊張感が、牝としての生殖衝動を内から独自に引きずり出してくる。

それでなくともつい先日には肉棒を欲して綻んだ秘裂である。生殖衝動は常日頃以上に身の内に溜まり、今夜も燻っていたところだ。

（違う、私が欲しいのはこんなんじゃない……そうよ、私は彰浩のお嫁さんなんだから、こんな脅しなんかで！）

屈するものかと柚月は続け、そのための方策に思考を巡らせた。かつて店ではどうだったか。店員を呼び退店願うのがセオリーだったが、そう出来ぬ場合はどうだったか。答えは簡単だ、どうあれ満足してもらえば良い。一度ヌけば男は大抵すっきりして引き下がる。一旦出せばじき平静が訪れる、そこが男と女との違いのひとつだ。

「ほっ、堀井さん……立ちっぱなしで疲れるでしょ……座って？」

そうと決まれば善は急げだ、自ら背後に手を伸ばし、すすっと股間を撫でつけてやる。内心の屈辱と憤懣を押し隠し、肩越しに誘う視線を送る。

「おっと、これはこれは……」

「お店で……口でしてほしいって、言ってましたよね」

肉体の疼きを振り切る心地で抑えつけつつ、柚月は男を椅子に座らせ、店で馴染んだ手つきでもってスラックスの前を開いた。

（大丈夫、脱がせることくらいあったんだもの。触ったことや洗ったことだって……）

それと同じだと意識を切り替えればどうということはない、聞き分けのない客に、やむなくサービスしてやるようなもの。

努めて己にそう言い聞かせ、パンツの紐もすっと下にずらしてやると、痩身な体躯には不似合いな牡肉が外気に触れてビンとそそり立った。

柚月はそれを見て反射的にコクッと唾を飲む。見るのはこれが初めてではないが、堀井のペニスは存外立派で逞しい。不気味な色合いの赤黒い皮膚はなかなかにグロテスクで、巨根とまではいかずとも威圧感さえ伴って男らしかった。

硬いサオに指先を触れさせつつ、ふるふると震えながら「はぁ……」と吐息を吐く。率直に言って彼より大きい。描く円弧もなかなかに鋭い。好みというわけでもないのだが、女の本能に響くものがある。

これは不貞ではない、愛する夫との未来を守るため。

迷う己を今一度説き伏せ、柚月は小ぶりな唇を伸ばし、亀頭にちゅぷっと吸いついてから、ゆっくりと口内に飲みこんでいった。

「おぉすごい、柚月ちゃんのお口、あったかいよ」

蛇に似た両眼をすっと細くし堀井は嬉しそうな表情となった。

「唾液でいっぱいでヌルヌルしてて、お店でオイル塗ってもらってる気分だよ」

「んっ、んっ、は、はぃ……たっぷり塗り、ます、から……」

柚月はすっと前髪を耳にかけ、床に膝をつき男のモノをしゃぶっていった。

(よりにもよって、こんな男のモノを咥えちゃう、なんて……)

進んでやっておいてなんだが、客のペニスを口でするのはこれが初めてだった。基本は手で行い金銭によってはスマタまで、それが彼女なりの譲れぬ線引きであった。

それがまさか収益もなければ客でもないのに夫以外のモノを口にするなど。ましてや好みとは程遠い男の。考えるだけで屈辱感が湧き、いっそ歯を立ててやりたくなる。

(でも……何……すごくどきどきしてきちゃう……！)

初夏ゆえか汗のにおいは強く、つーんと異臭が鼻腔に突き刺さる。世辞にも好ましいにおいとは言えず、ややもすれば吐き気すら催しかねない。

それでも漲る男臭さは汗に混じって伝わってきた。店の時とは違う、洗浄を経ていないあらゆるものの混じった体臭。アンモニア臭すら含むそれは夫のそれよりもなお強く、粘膜表面を舌肉が這うたび緊張感に動悸が速まった。

「あぁいい……積極的だねぇ柚月ちゃん？」

「ん、んぷ、ずっ、じゅっ……！」

柚月は応えず薄目を開けて口に含んだまま頭を揺すった。勘違いしてもらっては困る、これはただのサービスに過ぎない。好き好んでやっているなどと思い違いも甚だしい。

そうとも、これはあくまで満足させるための手段。分別のない客にお帰りいただくためでしかない。

いつからか柚月はかつての店勤めの感覚を思いだし、文字通りサービスの一環のつもりで、じっくりと唇で肉棒を梳いていた。

「んっ、ゞんんっ、ぢゅつっ、すごい、こふぇ、とっれもかたい、れふ……！」

かつての感覚を想起すると嫌悪感も多少なりとも薄れた。この心境には覚えがある、初めて客を相手した時のものだ。あの時も嫌悪でいっぱいだったが、やっていくうちに慣れることが出来た。慣れると案外、楽になった。

ならばこれにも慣れぬ道理などあるものか。たかがこの程度何ほどのものか。

「あぁ、すごい上手……吉川君、毎日こんなことしてもらってるなんて」

ゆったりとしたリズムながらも刺激を絶やすことのない丁寧なフェラに、堀井は微かに腰を震わせ官能の昂りを示し返した。

「いいよ柚月ちゃん、もっと根元まで……！」

「ゞんぷッ!?　ゞんゞんッ!?」

と、その堀井が急に立ちあがり、こちらの頭を掴んできた。もっと根元まで、その言葉通り頭部を引き寄せ深くまで咥えさせる。

（ちょっ、待っ……そんな……！）

柚月は驚いたが口は塞がれ声も出せずもごもごと呻いた。陰毛茂るサオ元が迫り鼻先にまで触れそうになる。喉の奥にカリが当たって一気に呼吸が辛くなる。衝撃に瞳がぶれ、頬が一層紅潮する。

（苦しい、口の奥までずんずん突かれて、急に何よ、こんなこと彰浩にだって……！）

舌の根元でガードしようにもかえってカリ首を舐める羽目となってしまう。唇も同じだ、閉じようにも閉じきらずサオをじゅぶじゅぶと咥えしごくだけ。歯を立てるという発想は息苦しさと動揺の前にかき消され、出来ることと言えば相手の足を軽く押し返そうとする程度。

堀井は当然その程度で怯むはずもない、「ハッハッハッ」と息を弾ませ気持ち良さげにフェラを強要する。こちらがボタボタと唾液を滴らせ、むき出しの乳房を暴れるがごとく揺すろうともだ。むしろその様がかえって興奮を呼んでいるのやもしれなかった。

「゛んっ゛んっ゛んッ、ぢゅぷっ、ぢゅぷぷッ……！」

——ガポッガポッガポッガポッ……！

「あ～いいよすごい、舌が吸いついて……思ったとおり、最高だよ柚月ちゃん……！」

(何が最高よ、こんなにまでして……やっぱりもう嫌、こんな男のなんてぇ……！)

未体験の奥深いフェラに柚月は何度も咽せそうになるも、懸命にカリに舌肉を這わせ、サオを唇でせっせとしごく。

隣の部屋を横目でちらと見る。ガラス張りの格子戸の向こうでは、今も夫の彰浩が一人で座して酒を飲んでいる。こちらに気づく素振りはない、が、いつ気づくとも知れない。気づかれる前にどうにかしてことを終えなければ。

そのためにと彼女は横暴に耐え、早くイってと願いながら舌肉を絡ませ根元から先端まで念入りに舐めしごく。熱く硬く牡臭い粘膜を、頬肉と喉の粘膜をも駆使してじゅぷじゅぷと音を立て磨き上げていく。

「あ～すごい、ほんと上手、これが新妻のテクだなんて……！」

どうやら堀井も相当に昂り暴発しかねない様子だった。喉の奥でカリが膨れ上がり尿道口が呻いているのが分かった。

これならもうじき射精させられる——そう内心安堵した柚月だが、あと少しと思えたところで堀井は口から肉棒を引き抜いた。

「はぁ、はぁ、あ～もうダメ、もう我慢出来ないよ……！」

「んぷっ、え……ちょっ——!?」

果てることなく自ら腰を引いて下げると、代わりにこちらの腰を掴み、手近にあったテーブルの上にうつ伏せの形で横たえてくる。

そしてピクピクと痙攣する肉棒を、丸い尻の割れ目の間にねじ込むようにしてぐいと押しつけた。

「い、いやっ、そんな、嘘ッ……!?」

「はぁ、はぁ、お腹空いちゃって我慢できないよぉ、柚月ちゃん……！」

上半身のみテーブルに乗ったため必然的に尻が突き出される。しばらく屈んでいたこともあってデニムのミニスカートが容易く腰まで捲れあがった。ぱんと張りのある豊かな尻たぶが紫のショーツごと室灯のもとあらわとなる。

堀井は左手で背中を押さえつけ右手でショーツのクロッチをずらすと、裸に剥かれた濡れそぼつ秘裂に直にカリ首をこすりつける。

「あぁ、こっちもすごく綺麗だよぉ柚月ちゃん、綺麗なピンク色の可愛いマ○コ……こんな美味しそうなの目の前にしたら……！」

（あ、当たってる、ぴくぴくしてる硬いおちんちんが……待って、まさか、本気で……!?）

柚月は相手の意図を悟って豊かな尻たぶを逃れんと揺すった。不本意ながらも膣肉は蜜濡れ、裂け目は柔らかに綻んでいる。恥丘ごと裸にされたソコはまさに無防備も同然で、焼けた鉄のごとき硬い牡肉には貫くに容易いことだろう。

（嘘よそんなの、これ以上は本気で嫌！　お願い許して、それだけはダメ！）

しかしそんな願いとは裏腹に、肉体は反応し悩ましげに震えた。熱く濡れそぼつピンクの裂け目はカリがくちゅりと触れた途端、浅ましくもヒュクッ、とヒクつき物欲しげにぴたりと吸いついてしまう。

「あんッ、ダメ、いやぁ……！」

「吉川君には悪いけど、お先に……」

「あッ、そんな、入っ――」

逃げる豊尻がしっかと捉えられ、柔らかく綻ぶ淫唇にカリがぐぐっと押しこまれる。

「いただきまぁす……！」

――ズプンッ、ぬちゅるっ！

「はぁぁ゛んッ……！」

新妻の儚(はかな)い抵抗も虚しく、熱く漲る男のモノが、膣口を捉え、ひと息に奥まで挿し貫いていた。

(本当に入れちゃうなんて、そんなッ……！)

柚月は額をテーブルにこすりつけ、膣内に広がる感覚に打ち震えた。

強く覚えたのは官能などよりも身を焦がすほどの屈辱だった。

世辞にも好みではない、弱みにつけこんで夫持つ女に手を出すような輩。そんな男に無念にも逆らえず口ばかりか挿入まで許すとは。気分はさながら暴漢に襲われるか弱い女、もしくは逆らえぬままセクハラを受けた立場の弱い女性社員であった。

(悔しい、ココはもう、彰浩だけのものだった、のにぃ……！)

彼以外の男を知らぬではない。それでも今後は知る気はなかった。愛する彼に毎晩のように愛でられ、身も心も彼の女となり、ゆくゆくは彼の子を腹に宿す、そのつもりだった。

それがよもや、入籍わずかひと月足らずで、あえなく貞操を汚(けが)されようとは。

いくら状況が状況とはいえ、さすがに度が過ぎるというもの。もはや許容出来ぬとばかりに柚月は肩越しに振り向き、キッと眦を吊り上げる。

その堀井はというと、背後から挿し貫いた姿勢で、うっとりした表情となっていた。

「おぉぉ、すごく柔らかいマ○コだねぇ……こりゃあ気持ちいい、堪んないよ」

笑みすら浮かべて愉悦に小さく震える姿には、後悔や罪悪感といったものが塵ほどとて見当たらない。柔らかな膣肉の感触を得て純粋に悦んでいると見えた。

その態度が余計に柚月の苛立ちを助長し、ある種の敗北感を与えてくる。

「入れた傍からこんなに締めつけて、旦那とヤってないってのはホントみたいだねぇ」

「そ、そんなこと、大きなお世話ッ……ふッ、ああ……！」

挿入で一旦止まった腰が、しばし置いた後、ゆっくりと前後に揺れ始める。

「こんな美人さんほったらかしにするなんて、吉川君も案外冷たいんだねぇ。僕だったら仕事辞めてでも毎日オマ○コしてあげるのにさぁ」

「あぁやめて、うっ、動かない、でぇッ……！」

腕を捕られたまま掠れ声で訴えるも、相手の男はカクカクと腰を振り、柔らかに綻んだ膣口だけでなく濡れた肉孔まで男根で擦ってくる。

そう、濡れている。不本意にも入り口ばかりか奥までじっとりと蜜汁が広がっていた。堀井の弁は間違っていない、入居からこちら滅多に時間が取れなかったせいで、適齢期の女体は満たされることなく悶々とした日々を送ってきた。

そのためであろう、抱かれるその日を待ちわびた肉体は、夫と勘違いしたかのごとく火照って反応を始めていた。

「ホント柔らかいよ、あぁ、ヒダヒダもぷりぷりで吸いつくみたいだ……！」

「はっ、はっ、ふぅ、もっ、もう、抜いてぇ……！」

パンパンと小気味良く尻たぶを打たれつつ、柚月は黒髪ごと首を振った。

「なんで、あなたなんかと……こんなところで、なんてぇ……！」

場所が自宅で夫の傍である点も憤懣に拍車をかけた。ここは二人の愛の巣なのだ、そのような場で犯されるなど新妻としてあってはならない。

しかしその声は早くも力が抜け、悩ましげな音色を帯び始めていた。

「はぁ、くぅん……こ、こんなとこ見られたら、あなただってぇ……んぐっ……！」

「いやいや、こんな状態で終われだなんて」

堀井が背後から腕を伸ばし唇に指を挿しこんできた。声を出させぬためだろうか。いや違う、もっと性的な意味だ。口内に指を押し入れ舌や頬肉をまさぐってくる。

柚月は思わず「んうっ」と呻き、首と共に背筋を持ち上げた。戸惑う。膣と口とを同時に責められるなど初めてのことだった。キスならばあるが、指を咥える経験などなかった。

（やだっ、口まで指で犯す、みたいにぃ……嘘、なんだかどきどき、しちゃうッ……⁉）

そもそもからして犯されること自体が初めてなのだ。狼狽と困惑は強く、未体験の感覚に思考が一向にまとまらない。暴れれば良いのか、悲鳴をあげれば良いのかも判断がつかない。

（ダメ、彰浩に聞こえちゃう……声っ、我慢しなきゃ……！）

舌肉をまさぐる硬い指を歯でぎゅっと噛んで声を押し殺す。悲鳴など論外だ、夫ばかりか下手すれば隣人にまで聞かれてしまう。

だが声を我慢するその姿勢が堀井を燃え上がらせたに違いなかった。緩やかであった尻打つピストンが、少しずつ勢いづきリズミカルになってくる。

「はは、偉い偉い、必死で我慢しちゃって……いかにも新妻って感じで可愛いよぉ」

「んぐっ、ふーッ、も、やめッ……んっんっんッんッ……!」

否が応でも熟れていくのか背筋が小さく波打ち始めた。背後から貫く動作に合わせて豊尻でしっかと受け止めるように。

(う、嘘、そんな……か、感じてる、私、こんな男に……?)

ふとそう思い始めたのは、尻の動きに無自覚であったためだった。逃れんとしていた腰が、知らぬ間にクナクナと小さく踊り始めている。

認めたくない。けれどだんだんと分かってくる。このペニスとのフィット感はこれまでにないほど強くて深い。夫よりひと回り大きなそれは膣への刺激もひと回り大きく、最初こそキツいと感じたものの徐々に粘膜に馴染んでいく。

そして馴染んでくると同時にじんじんと熱を覚え始めた。これまでにない、肉ヒダと強く擦れ合う感覚。粘膜をぐいぐいと押し広げる圧迫感。それは適齢期の生殖衝動を目覚めさせるに充分だった。

(こ、この人のおちんちん、相性が、いいッ……? 気持ちいいトコ、すごく、当たってぇ……！）

そんな馬鹿なと慄きはするも、身体の反応はすでに止められなくなりつつあった。愛でられるのを渇望しながら愛でられることのなかった肉体、その鋭敏となっていた粘膜神経が久方ぶりの牡に湧き立ち始めていた。

「ぐんッぐんッふーッふーッ、い、嫌ッ……ダメぇ……ッ！」

熱感から逃れんとするように柚月は肩を左右に揺すった。むき出しのままの豊満な乳房がつられて揺れて谷間でぱちんと音を立てる。

無意識に膣洞がきゅうっと窄まり、リズミカルに掘り進むペニスをみちみちと柔らかく締め上げる。背後で堀井が快感に呻き、意地の悪い笑声を漏らす。

「おぉすごい、またまた締まってるねぇ、ひょっとして、もうイキそうなのかい？」

「ぐんうッ、だ、誰、がぁ……ッ」

指を噛んだまま否定するも、その声はすでに熱っぽく弾み、明確な拒絶とはなり得ない。ひたすら声を押し殺しつつ、ことが終わるのを待つばかりだった。

「はぁ、はぁ……隣の部屋が、ずいぶん気になってるみたいだねぇ……！」

と、堀井が一旦ピストンを止め、下から乳房を掬い上げながら、結合を解かぬまま移動を始めた。

「そんなに気になるんなら、ちょっと様子見てみようか」

「なっ……！」

終わるのかと一瞬期待した柚月は、次には表情を強張らせた。
堀井の手が背後から伸び、目の前に来た格子戸を、すっと横に開いていく。
「はぁ、はぁ、やめて、それだけはッ……！」
(ダメ、開けないで、それ以上開いたら……！)
この向こうでは今も夫が一人酒を飲んでいるはず。万が一にも見つかろうものなら
結婚生活の破綻は必至。それだけは避けたい、お願い、どうか許して……！
しかし内なる懇願も虚しく身体は言うことを聞かなかった。格子戸に手をつきずち
ゅずちゅと突かれ、膣奥に広がる確かな官能にどうにも力が入らない。
ダメぇ、このままじゃ感じてるところをっ――ぞわぞわと湧きあがる恐怖と興奮と
に堪らず身震いが起こる中、ついに格子戸はがらりと開かれ、
(っ、あ――ね、寝て、る……)
「はは、驚いた？　かなり酔ってたからねぇ、あの後すぐ寝ちゃったよ」
見れば彰浩は胡坐をかいたままテーブルに突っ伏し寝息を立てていた。無理もない、
元来酒に弱い上に外と自宅とで飲んだのだ、今まで静かだったのも道理だろう。
柚月はへなへなと足から力を抜き、良かった、と胸中で安堵した。絶望的瞬間から
は辛うじて逃れられたのだ。
が、気の緩みが、さらなる恥辱を招くこととなった。堀井がバックで大きく腰を引
き、ひと際強く突いてきたのだ。

「はぁあ゛んッ⁉　あッあああ！」

「気を抜いちゃダメだよ柚月ちゃん、まだ終わってないんだから！」

膣底をずしんと打たれた瞬間、これまで我慢してきた嬌声が堰を切るように溢れ出た。気持ちいい、感じる、その思いすら胸中から溢れ出て、全身の神経をカッと熱く燃え上がらせる。

もちろん柚月は再びこらえんと口を噤もうとした。けれど出来ない。堀井がガツガツと腰を振りつつソファに移動し尻を乗せる。背面座位に変え下から突き上げ、弱い膣底をなおも責めてくる。

それも夫のすぐ目の前で、こちらの股を盛大に開かせて！

「やっ、やめて、嫌、こんな格好ォッ……⁉」

「安心した途端、大きな声出しちゃって、こんなに感じてるんだし旦那さんにも見せてあげなよ」

「嫌、いやぁ、はぁあ゛んッ、はぁあ゛あッ……！」

経験したことのない強烈な羞恥が荒波のごとく胸中へと押し寄せる。夫に隠れて別の男に抱かれるばかりか、すぐ目の前で痴態を晒し、あまつさえ大股を開いている。ショーツのずれた無防備な膣孔に別の男根を咥えこんでいる。これほどの不貞、これほどの背徳、現実ではまず見られまい。

ゆえにこそ敏感になっていくのを柚月は身体で感じ取っていた。恥ずかしいと思うがゆえにこそ、悔しいと思うがゆえにこそ、神経は熱をあげ皮膚も粘膜も鋭敏となっていく。

そんな状況下で膣底を打たれ、クリトリスをも摘みあげられれば、心はともかくも身体は抑えが利かなかった。

「ひ゛ぅッひい゛う゛うんッ!?　はあはあダメぇ、ソコっ、弱いぃッ……！」

「旦那さんにも見られちゃってるよ、柚月ちゃんの恥ずかしい姿。そんな大声出しちゃってたら、いつ気づくか分からないよぉ？」

「ひうッ゛ん゛ん゛んそんなぁ……ッ！」

それだけは駄目だと己を諭すも、執拗に擦られて火照った膣肉は一向に官能を押し留めなかった。認めるしかない、やはりこのペニスは相性が良い、クリトリスへの官能も相まって見る間に昴り頂へと追い込んでくる。

「ふぅ、ふぅ、ああすごい、ぎゅうぎゅう締まってホント堪らないよ……！」

さらにはこの男の不遜な要求が心にまで揺さぶりをかける。

「ほら、自分から言ってごらん？　自分がどういう女なのかね」

「はあはあ、な、何をぉ……!?」

「ありのまま言えばいいんだよ、私は夫に隠れて股を濡らすいやらしい新妻です、ってね」

耳元で囁かれ柚月は頬を灼熱させた。この男はどこまで辱めれば気が済むのかと。

当然そんな真似出来るわけもなく唇を噛んでふるふると首を振る。

「嫌よ、はぁあ゛んッ、そんなの嫌ぁッ……！」

「困るなぁ、そんなんじゃいつまで経っても終わらないよぉ？」

（そんな……!?）

ただでさえ悪い状況を逆手に取られた形だった。ここでこのまま続ける分だけ気づかれる危険性は増していく一方だ。こうなっては仕方ない、心底から腹立たしいが背に腹は代えられない、兎にも角にも見つかる前に終わらせなければ。

「はぁはぁッ、わ、私、はっ……彰浩に隠れて、股を、濡らす……！」

恥辱と官能とに涙さえ浮かせ、柚月はたどたどしくも不名誉な宣言を口にする。

「穢れた、女、ですっ……他人のに犯されて感じる、いやらしい新妻、です……っ！」

「そうだよ柚月ちゃん、嫌がってても柚月ちゃんはそういう女なんだよ」

「゛あッ、やッ……！」

「新妻の役目より、んんっ、悪戯されて、よがりまくってる……！」

堀井が微かに声を上擦らせ、身体を入れ替えてソファに仰向けに転がしてくる。

そしていよいよと言わんばかりに、ぐっと圧し掛かり正常位にて激しく腰を振ってきた。

「あんッ゛あんッダメ、ダメぇ！」

「はぁはぁ、目の前で何度も突かれて、淫らな声まで出して、旦那に申し訳ないと思わないのかい……！」

「はあはあ゛ん、そんな、ことぉッ……！」

連なる屈辱とますます押し寄せる官能の波の中、柚月はもはや嬌声を押し殺すことは出来なかった。

「はあっはぁあ゛んッ、ダメぇ激しいッ、ダメなの、ダメぇエ……！」

（ごめん、彰浩……私、私っ、あなたの目の前で無理やりされてるのに、か、感じちゃってエ……！）

――ヌポッヌポッヌポッヌポッ！

――ぱんぱんぱんぱんぱんぱんぱんっ！

スパートの激しい腰打ちに合わせ、粘り気の強い蜜汁の音と尻たぶのぶつかる打音が重なる。今度こそこのまま果てる気に違いなく、巨大な律動にソファがギシギシと軋みを立てる。互いの呼吸も激しさを増し、熱っぽい空気が間に充満した。

「はぁはぁ、ああ゛んあ゛あ゛ん゛んッ、ダメぇ、こんなぁ、私、ああ私ぃッ……！」

「はぁはぁ、早く終わらせないと、吉川君が起きちゃうかもしれないからねぇ……！」

ガツガツと腰が振り下ろされるたび胸の巨峰がたわわに揺れ踊る。汗にまみれ光沢を浮かせ先端の桜をぷくりと膨らませて。官能に溺れる痴女よろしく柔らかに肌を波打たせ続ける。

その扇情的な有り様がまた、持ち主自身の興奮を煽る。

（乳首、もうこんなに勃起して……ダメぇ、感じちゃうっ、久しぶりすぎて、気持ちいいの止まらないィッ……！）

破廉恥な台詞を口にしたためか、胸中では次々と淫らな己を認めていく。口には出来ない、けれど心では官能の昂りを訴え続ける。悔しい、でも気持ちいい、なまじ愉悦を恐れるがゆえに官能は累積され一気に瓦解へと突き進む。

「はぁはぁはぁ、ああぁ、さっきよりウネウネしてきたよ柚月ちゃん、本気で感じてるの丸分かりだっ……！」

「はあはあ、だっダメぇぇえッ！」

愉悦の波涛に振り回される中、開脚によってむき出しのクリトリスが再び指でコリリと摘まれた。より一層の激しい官能に柚月の腰がびくびくと痙攣する。無防備に穿たれるピンクの秘裂が咥えこむ肉サオをこれ見よがしにきゅうきゅうと締めつける。

堪らず漏れ出る大量の蜜汁と甘く甲高い快楽の嬌声。

そこへ男がとどめとばかりに覆い被さり乳首をぢゅるるっと吸う。

「ああッはあ゛あッ、胸ダメ、ダメぇぇえッ！」

豊満な乳房もぶるぶると揺れ惑い内なる官能をあらわにした。永らく愛でられずにおかれた乳神経、それさえも望まぬ男の手によってあえなく高められてしまう。

「はあはあ、゛あ゛あッ゛、ダメぇ胸ぇ、アソコも、いやぁあ゛んッ……！」

（ごめん彰浩、私のせいで、こんな奴、にぃッ……！）

目を閉じ悩ましげにきゅっと眉根を寄せ、腰震わせつつ柚月は心中で夫に詫びる。同居開始から二週間、二人の生活はまだこれからというところだった。思うように時間が取れず夜の生活は滞りがちだが、ゆくゆくは濃厚な語らいをして深く満たされるはずであった。

それなのにまさか、このような形で思わぬ邪魔が入ろうとは。夫の目の前で無様に喘がされ、胸と膣とを執拗に責められ、不覚にも気持ち良くなってしまうなんて。

「ぢゅるっぢゅるるっ、はあはあ、いいよ、すごくいいっ、ますます締まる、ヒダヒダ食いつくっ、イキそうなんだね柚月ちゃん、僕ももう出るよ、お、おおっ……！」

「はあッあはぁ゛あ゛んッ、いっ、イキそうなんかじゃ、私、私ィ、はあッ゛ん゛んッ！」

今や下腹部の芯は蕩け、弱い膣底を責められた子宮がひくひくとわななないて下へと降りてくる。永らく求めた子種欲しさにじっとりと熱を帯び奥で待ち構える。

その熱子宮ごと膣洞が揺さぶられ牝の生殖本能がいよいよ頂へと指をかける。肉の愉悦はもうすぐそこ。粘膜同士の熱い擦れ合いに四肢が緩みきり吐息は弾む。柔らかな乳肉と膣肉とが不規則に揺れ、あるいは艶かしく蠢く。

ごめんなさい、もう、もう――イっちゃう――！

あどけなさの残る顔立ちをすっかり上気し蕩かせながら、柚月は夫に今一度詫び、堰き止められぬ忌むべきアクメにガクガクと背筋を痙攣させた。

「くうっはあッ゛あ゛あ゛あ゛ん゛んッッ！」

「はあはあっ、おおイクっ、出すよ柚月ちゃん……！」

「ダメぇ、そっ、外にィッ……！」

――ヌプッ――びゅびゅっびゅびゅびゅびゅるるる～～っ！

膣肉がアクメにわななくと同時、間一髪というタイミングでペニスが引き抜かれ白濁を腹へと撒き散らした。

危ないところであった。今日は排卵日、月の内もっとも孕みやすい時間帯だ。子宮に精を浴びてしまえばどうなっていたことか。

あのまま出されるかとも思ったが、さしもの堀井とて父親になる気はないのだろう。最後の一線だけは引いた。

「あぁすごい、久しぶりなんでいっぱい出ちゃったよ……さすが大人気のみおんちゃん、柔らかいのによく締まるオマ〇コで最高だったよ」

手でしごき残り汁までも撒き散らし、堀井は汗を軽く拭ってから言う。

「ホントは中で出したかったんだけどね、さすがに吉川君に悪いかなぁって」

「はぁ、はぁ、あ、当たり前、でしょ……そんなこと、したら……」

柚月は睨みつけてやりたかったが、久々に味わう余韻によって身を起こすことさえままならなかった。

（ごめん彰浩、私、穢れちゃった……）

視線だけを彼に向けて三度(みたび)、胸中で詫びる。

身体は確かに満たされた。決して口に出せはしないが、久しぶりにしっかりとした高みを見た。

しかし直後に訪れたのは例えようもない寂莫感であった。いかに身体は満たされようとも心までは満たされぬ、相手が愛する夫でないことを今さらになって痛感した。

(なぜ、どうしてよりによって、この男だったの……?)

あるいは別の客であったなら、恐らくこうはならなかったろう。気まずい思いをするかもしれないが、それだけの話だ。他人の妻に手を出そうなどと、ふざけた思考を抱く者は少なかろう。

己が蒔いた種だということは不承不承ではあるが認める。が、不運であるのは疑いようがない。到底許せぬ相手ということも。

「ふぅ……あ〜、もうこんな時間か」

と、悲嘆と後悔とに思いを馳せていた時である。

ペニスを仕舞い込むでもなしに、堀井は壁の時計を見て言った。

「もう終電は無理だしタクシー呼ぶのもねぇ。このまま泊まってっちゃおうかなぁ?」

「そ、そんな……!?」

どうあれこれで、やっとこの男を帰らせることが出来る。その予想は、先の台詞でいとも容易く覆されることとなった。

「でも寝る前に、もうちょっとだけ、ご馳走になろうかなぁ?」

「い、嫌……もう嫌よぉ……」

男の好色な笑みを見て、柚月は、なぜペニスが仕舞い込まれていないのかを悟った。

三章　崩れゆく現実

「いや～参っちゃうよ、ホント最近忙しくってさ～」

夜半も過ぎた時刻のことである。くたびれきった様子で帰宅した彰浩が、風呂からあがるなり最初に言った台詞がそれだった。

「そんなに忙しいの？　お夕飯だって外ばっかりで」

「ホントはここで食べたいんだけどさ、そうもいかなくって」

就寝前の一杯だと彰浩は缶ビールを開ける。断っておくと、彼は酒に弱いが決して嫌いではなく、むしろ好きな方だ。ゆえにこそ余計に酔いやすいのだが。

最近はことに酒量が増えている——若干の不安を覚えつつ柚月はリビングに座り、テーブルを挟んで彼と向き合う。

「あの、彰浩？　やっぱり、今日も……」

「ごめん、疲れちゃっててさ。明日も早いし、もう寝なきゃ」

こちらの意図するところを察し、彼は小さく目を伏せた。

「一年経つけど、まだまだ勉強不足でさ。先輩にも迷惑かけっぱなしなんだ」

「っ——そう……」

彼の何気ないひと言に、今度は柚月が小さく目を伏せる番だった。

彼が「ごめん」と口にするが、夫の未熟を嘆いたわけではない。

静かなリビングに時計の秒針の音だけが響く中、彼女の意識は別の時間軸に飛んでいた。

※

「お願い、もう、やめてぇ……！」

柚月がそう懇願したのは、果たして何度目だったろうか。

忘れもしない、つい先日の出来事である。リビングでの情事を終えてから後、彼女の身は再びキッチンにあった。

辛うじて夫の目は避けられる場所。それでも隣室では夫が寝息を立てており、大声など出せぬ状況。

堀井はそれを気にした風もなく、なおも身体を求めてきていた。

「いい声で鳴くようになったね柚月ちゃん、そんなに日那とご無沙汰だったのかい？」

大声出すと聞かれちゃうよ？　テーブルの上にこちらを寝かせ、そう言って彼は時間をかけて淫行を楽しんだ。

柚月は拒絶を示しながら、幾度も膣孔を穿たれて鳴いた。なぜこんな目にあわねばならぬのか、ずっと胸中で嘆き続けながら。

どうにか膣射だけは免れたものの、一戦一戦が非常に長く、計三回を終える頃には日を跨ぎ未明を過ぎていた。

ようやっと解放され堀井が就寝した頃には、すっかり疲弊しきってしまい身体を清めるのも難儀したほどだ。

ともあれこれでやっと終わった、そう安堵したのは、しかしまだまだ甘かった。

翌朝となり、すっかり寝過ごしたと彰浩が慌ただしく出社していくも、堀井はいけしゃあしゃあとこう言ったのだ。

「ちょっとシャワーだけ借りてもいい？　すぐ追いつくからさ」

その後どうなったかは、あえて語るまでもないだろう。

居残った堀井は早朝から身体を求め、入浴がてら浴室で再び貫いてきた。

夫の目を失った柚月は声を押し殺す必要性も薄れ、結局昼前まで相手させられ嬌声をあげ続けたのだった。

※

「――どうしたの柚月、ぼーっとしちゃって？」

「――えっ？　あ、ううん、なんでもないの」

夫の声で我に返り、柚月は現実に引き戻された。

あれから数日。夫に何ひとつ気づいた様子はなく、あの男からの音沙汰も――ない。

果たしてあれで満足し手を引いてくれたのだろうか。

分からない。分かろうはずもない。去り際の愉快げな男の顔だけが脳裏に浮かぶ。

「――ねえ。あの――堀井、さん？　あれから、どう？」

極力自然な風を装い、柚月はそれとなく夫に問うた。

「え？　どうって？」

「えっと、その——変わったコトとかないかな、って……会社の人とか来たの、初めてだったから……」

取って付けた理由でしかないが、気になって聞かずにはいられなかった。

「ん～別に？　特に何も言ってなかったけど？」

「そ、そう……ならいいの」

少なくとも夫に秘密を漏らしたりはしていないらしい。柚月は少しだけほっとし、豊かな胸を撫で下ろした。

(きっと満足してくれたのよ。いくらなんでも会社の部下の妻に、本気で手を出すなんてこと……)

それがどれほど非常識か知らぬではなかろう。浮気ならまだしもあれは脅迫だった。凌辱と言って差し支えない。まっとうな人間なら怖気付くなりして手を染めたりはしないはずだ。

もちろんあんな真似をしておいて、今さら真人間などとは言えまい。

それでも大抵の人間は理性が先立つものであった。

多分、大丈夫。あれで終わったのだ。あれからなんの音沙汰もないのがその証拠だろう。

柚月は己をそう説き伏せ、あえて笑顔で夫に言った。

「ねえ彰浩？　その、この前みたいなこと、あんまりない方がいいと思うな」

自分たち自身が未だ新生活に馴染めておらず、他人の出入りが激しくなれば近所の目にも奇異に映る。

そういった内容を遠回しに伝えると、彼は不思議そうに首を捻った。

「そうかなー、気にしすぎだと思うけどなー」

「あなただって今忙しいんでしょ。家でくらいゆっくりくつろげなきゃ、ね？」

「うん……分かったよ」

夫は頷いたが、あまり納得していない雰囲気だった。

柚月は内心ほんの小さな苛立ちを覚える。お坊ちゃん育ちなせいか彰浩は素直だが察しが悪い。説明してやらねば理解してもらえぬことも多々あった。

言えるわけがない、あの晩あの男に無理やり関係を迫られたなどと。それを拒めぬ理由が自分にはあるなどと。

不安は残るが彼を信じる他今はない。

欠伸をし席を立つ夫に連れ添い、柚月は静かに寝室へと向かった。

※

それからさらに数日が経ち、何事もなく平穏な日々が続いた。

微かに残っていた不安も、日が経つにつれて、少しずつ薄らいでいった。

あの夜はいっ時きりの稀有な事故だったのではないか。そんな思考すら去来するほどに不穏な気配は訪れなかった。酔いがそうさせたのではないか。油断があったのは事実だった。安堵し忘れたかったとも言えた。

一週間が過ぎた、その日までは。

『ごめ〜ん柚月、今日も外で飲んじゃってさ〜……すぐ帰るから〜……』

携帯にそう連絡があったのは、夜半に差し掛かった頃だった。

夫の彰浩は、どうやらとうに酔っているらしい。電話口での呂律は怪しく今にも潰れる寸前に聞こえた。

柚月は呆れるも手早く出迎えの準備にかかった。とある理由から苛立ちもなくはないが、会社勤めの付き合いもあろう。

特に何も言ってはこなかったし、ふらふらになって一人タクシーで戻ってくるのだろう。

そう考え、チャイム直後に自宅のマンションのドアを開けたが、次の瞬間、己の浅慮を悟った。

「っ——ど、どうして……!?」

「いや〜テンションあがって飲みすぎちゃいましてね。吉川君はご覧のとおりですよ」

夫に肩を貸し連れ立って現れたのは、誰あろう堀井であった。くたびれた半袖ワイシャツとスラックス姿。以前となんら変わらぬ格好だ。

柚月は顔色を一変させ、さっと頬を青くした。言わずもがな、二度と見たくなかった顔である。自宅に招くなど以ての外だった。

堀井とてそのくらい想像がつくだろうに、夫を担いだまま、ぬけぬけと玄関にあがりこんでくる。

「ちょ、ちょっと、何勝手に……！」

「吉川君をベッドに運ばないと。ささ、どこです寝室は、案内してくださいよ」

了承も得ず男は靴を脱ぎあがりこむ。名目こそまともだが行動は一見して不躾だ。

柚月は表情を強張らせつつも、やむなく寝室へと案内する。ベッドにぼふっと倒れ込む夫を見て、ふと疑問を持つ。自力で歩けぬほど酔うのは珍しい、こうまでべろべろな姿は初めて見る。よりにもよってなぜ今日こうも飲んだのか、奇妙に思い不審感を覚える。

「さてと、これで良し」

ベッドで泥酔し首までまっ赤にして眠りこけている彰浩を眺め、堀井は軽く息をついた。

「久しぶりだねぇみおんちゃん。おっと、ここじゃ柚月ちゃんだったね」

ずいと覗きこんでくる素顔は、以前見た時となんら変わることのない、陰湿で欲望溢れるものだった。

「なかなか会えなくて寂しかったよぉ、せっかくこうして再会出来たんだからもっと仲良くしたいんだけどねぇ」

「やっ……やめて……近寄らないで……！」

ぬっと伸びてきた手は豊満な胸に向かっていた。そうはさせまじとその手を払い、柚月は壁に背を預ける。

「痛いなぁ、何もはたくことないじゃないか」

「そっちこそ、彰浩が寝てるからって……！」

柚月は冷や汗をひとつ垂らし、キッと相手を睨みつける。

「いいのかなぁ、そんなことしちゃって。あんまりつれないと僕の口もつい軽くなっちゃうかも、ねぇ？」

「っ…………」

やはりそうだ。以前と同じ手口でこちらをまたも脅す気だ。

この男は危険だ――今さらになって悟った柚月は、睨みつけたままこう言った。

「こんなことが会社に知れたら、あなただってタダじゃ済まないわ」

自分のしたことは不貞にはなるかもしれないが、それはあくまで家庭内での問題に過ぎず刑事罰の対象ではない。対してこの男の所業は脅迫罪、ひいては強姦罪（正しくは強制性交等罪）に当たる。出るところに出れば制裁を受けるのはこの男なのだ。

「いいのかなぁ、愛しい旦那さんがどうなっても」

しかし堀井には意に介した素振りすらもなかった。

「公になったりしたら、きっと会社にはいられなくなるだろうねぇ。結婚一年待たず他の男に寝取られた男だって後ろ指さされるんじゃないかな。おまけに新妻さんは元風俗嬢。そりゃー居心地悪くなるだろうねぇ」

「っ、くぅ……！」

誰が風俗嬢かと怒鳴り返してやりたかったが、世間的には似たようなものだと押し黙る他なかった。余人に言えない業種なのは紛れもない事実なのである。

「それだけじゃないよ。柚月ちゃんだって、きっと大変な目にあうだろうねぇ」

男はいやらしく歪んだ笑みを息がかかるほど耳元に寄せてきた。その手が自身のスマホを掴み、某かの映像を見せつけてくる。

その映像に目をやった瞬間、柚月は「ヒッ」と頬を引きつらせた。

「どう？　この一週間、いろいろ漁って調べたんだよ。お店の名前だけじゃ難しいけど、本名も分かればいろいろと……ねぇ？」

そこには柚月の個人情報がいくつか表示されていた。出身地、実家、家族構成、母校、果ては少々の友好関係まで。興信所を疑うほどの情報が提示されていた。

「名前とか経歴とかを元にＳＮＳで探ったんだよ。便利だよねぇ、知り合いのふりしてちょっと話題振っただけで食いついてくる人はいるんだから」

今やメディアに乗らずとも犯罪者の身元が割れる時代、工夫を凝らせば他人の経歴を漁る真似も出来る。そういったことを堀井は自信たっぷりに語った。

知らぬ間に脅迫材料を増やされたと知り、柚月は目に見えるほどに狼狽した。己が浅はかさを呪う。この数日なんの音沙汰もなかったのは、このためだったのだ。

「ひ、秘密にするって、約束だったじゃない！　お店のことは言わないって！」

「もちろん覚えてるよー。みおんちゃんってコについては何も話したり調べたりしてないから」

吉川柚月については別だと暗に告げ、空とぼけていた。

（最低、最悪っ、SNSなんかに晒されたりしたら、もう日本中どこ行ったって……）

これがネットに晒される者の心境なのか。不意に足場が消失したかのごとき感覚に、柚月はくらりと眩暈すら覚える。

「そうそう、とりあえず服を洗濯してもらいたいなぁ。吉川君ここに来る途中ちょっと吐いちゃってねぇ」

比喩抜きで真っ青になっている柚月に、服を脱ぐ傍ら堀井は言った。

※

夜も更けつつある時間帯に、最新式の洗濯乾燥機が物静かな音を脱衣所にて奏でている。

すぐ傍の浴室からは、湯を流す音が漏れ聞こえてくる。

柚月は胸元をぎゅっと握り、洗濯の終了を待つ間中ずっと不安に苛まれていた。

（たった一週間で、ここまで追い詰められちゃうだなんて……一体どうしたらいいの……）

この男、堀井正也と言ったか。ここまでする男だとは思ってもみなかった。侮っていたのは事実だが、よもや個人情報をも入手し脅しをかけてくるとまでは。

これで一気に逃げ場は無くなった。仮に彰浩を退職させ遠くへ転居したとしても、SNSに晒されれば彼ばかりか知人にまで知られることとなる。縁談は恐らく破談だろう。家族のもとへも戻れるかどうか。どうにかしてやり込め秘密にしてもらい続ける他ない。

（こんなことになるくらいなら写真なんて許すんじゃなかった。ちょっとお金が多かったくらいで、こんな大事になるなんて）

例の撮影データさえなければ、あるいは知らぬ存ぜぬで通ったやもしれない。あれがあるからこそ首根っこを掴まれているも同然なのだ。

もっとも、すでに後の祭りである以上、今さら言っても始まらない。

とにかく妙な気を起こさせぬよう交渉し取り入るしかない。

乾燥機が止まり洗濯が終わると、別室へ向かってざっとアイロンをかける。

後はどう交渉するかだが――良案閃かぬままキッチンに行くと、とうにシャワーを済ませた堀井が、席に着いて箸を動かしていた。

「あ～終わったんだね、ありがとう柚月ちゃん」

「ちょ、ちょっと、何勝手に食べてるのよ！」

「ああこれ？　とっても美味しいよ、随分と豪勢な夕食なんだねぇ」

テーブルにあったスモークチキンを堀井は美味そうに食べていた。柚月は目を剥き憤る。これは彰浩と二人で食べるために用立てたものなのにと。

「ん～美味い。吉川君お給料安いのに、よくこんなの出せるねぇ。やっぱり奥さんがお金持ってるからかなぁ？」

堀井は平然と箸を進め、またも遠回しに過去の事案を突っついてくる。

「あなたには関係ないでしょ……」

「羨ましいなぁ、僕なんて独り身で毎日コンビニ弁当なのに」

「知らないわよ、そんなの！」

「にしてもさぁ、こんなのわざわざ用意してあったってことは、今日、何かの記念日だったりする？」

言われて柚月は不覚にも返答に窮した。空とぼけるべきだったが一瞬の間が手遅れとなった。

「ふ～んそうかぁ。結婚記念――じゃないか、付き合った記念日とかそういうのかな？そんな風なこと吉川君も言ってたっけ」

無駄に勘が良いところが、こちらとしては余計に腹立たしい。そうと知った上で箸を止めぬ図々しさにも。

「ひょっとしてだけど……する気だった？　旦那と二人でディナーを楽しんで、そのましっぽり、とか」

「っ……関係ないでしょ、適当なこと言わないで……！」

ずばり正解だった。今夜は早めに帰宅するよう言い含めてあり、ゆえにこそ先の苛立ちに繋がったのだ。

堀井はぺろりと唇を舐め「なるほどねぇ」と意味深に独語する。借り着として渡していたスウェットパンツには、内なる本性を示すかのごとく股間に微かな膨らみを帯びていた。

「せっかく待ってたのに残念だったねぇ、寂しかったでしょ。ね、どうかな？　いっそここで発散しちゃうってのは」

「っ、冗談言わないで、なんでそんなこと……！」

「朝からその気だったんでしょ？　分かるよぉ、一日中ムラムラしてたのに、また今度なんて言われちゃ辛いよねぇ」

堀井は店でもそうだったように、無粋なまでにしつこかった。

その蛇に似た眼差しが舐めるようにこちらを眺め、口端をにぃっと持ち上げる。

「てことは、下着もそれ用なんじゃない？　見たいなぁ僕、柚月ちゃんの可愛らしー下着」

「っ……！」

迂遠な言いぐさではあるが、拒否の余地などないことは暗に態度が示していた。自分の立場分かってるよね？　――視線と笑みとが言葉以上にそう物語っている。

逆らえばどうなるか、柚月とて想像出来ぬではない。

今は従う以外にない――屈辱に瞼をぎゅっと伏せ、渋々衣服に指をかけた。

――するっ、シュル……

緩やかな無地のカットソーを脱ぎ椅子の背もたれにそれをかけると、花柄の刺繍(ししゅう)が施された、ラベンダー色のブラが室灯のもと、あらわとなった。

「こりゃ驚いた、随分大胆な下着だねぇ。色っぽいったらありゃしない」

ブラは肩紐のないストラップレスタイプだった。脇からぐっと中央に寄せ、谷間を深くし胸をアピールするデザインだ。

この手のブラは本来、胸の大きな女性には不向きである。自重で下がってきてしまうためだ。にもかかわらず豊かな胸を持つ柚月が着用していたのは、これを着て出歩く気がないためである。要するに実用ではなく「見せるため」のブラだった。

「誘惑する気満々だったんだねぇ、こんなの用意しておくなんて、柚月ちゃんはやっぱりいやらしい新妻なんだねぇ」

（っ、また勝手なこと言って……！）

愛する夫を誘って何が悪いのか、そう内心で悪態を吐き、続いて下にも手をかける。

ミニスカートの下から出てきたのは、お揃いのデザインのショーツであった。一見すると面積は普通でさして特筆すべき点はない。が、よくよく見ると生地は薄く、局部以外がうっすらと透けて見えていた。

　堀井は「へぇ」と小さく呟き、ぐるりと周囲を一周する。柚月は立ち尽くし微かに頬を赤らめる。このショーツは後ろがなかなか大胆なのだ、そこも特に透けているため、白い肌と尻の割れ目が外からはっきり見えるはずだった。

「そこはかとなくセクシーだねぇ、大人っぽくてぐっとくるよ。下手に脱がせちゃうのも勿体ないくらいだ」

　堀井は言ってスマホを手に取り下着姿を撮影し始めた。

「ちょっ、やめて、勝手に撮らないでったら！」

「いいじゃない、どうせ今夜は他に誰も見てくれないんだしさ。せっかく着たんだし勿体ないでしょ？」

　柚月は憤ったが無駄だということも頭では分かっていた。止めて聞くようなら、かつての店でも要求すらすまい。秘密を盾に関係を迫りはすまい。

　今の己に出来ることと言えば、少しなりとも被害を抑えるだけであった。

「お願い、今日は……これで許して……」

　視線に辱められる心地で柚月がそう懇願すると、堀井は意外にも承諾した。

「そんなに恥ずかしい？　この前はしたしチンポだって咥えてくれたのに。――まあいいよ、これはこれで燃えるしねぇ」

「あっ、ちょっと……!?」

堀井はぐぐっと胸元を覗きこみ白い谷間を近くから撮影した。声をあげるこちらを無視し、稜線に沿ってなぞるように角度を変更し下方からも撮影してくる。

「生々しい雰囲気が出てとってもいいよ、お店の服もエロかったけど、こっちの方が生活感あっていやらしいねぇ」

柚月は唇を噛み睨みつけてやることしか出来ない。こんな下種男の言いなりとなり無償で下着を見せるばかりか、データに保存され新たな揺すりのネタとされる。それも夫のためにと用立てたものを。屈辱感は羞恥より強く、叶うならばこの場で蹴り上げてやりたいところだ。

しかしそうした憤りも、続く恥辱の前には萎まざるを得なかった。目の前で屈みこんだ男が局部を至近距離から撮影したのだ。

「ココもとっても綺麗だねぇ、サラサラして光沢があって撫で回したくなっちゃうよ」

「っ、や、やめてよ、触るのはなし、よ……」

「分かってるってぇ」

男は頷いたが柚月は気が気でなかった。その手はわずか数センチの距離で今にも肌に触れんばかり。覗きこむ顔からは鼻息が吹きかかり、あわや舐められんといった気配だ。

その触れるか触れぬかの微妙な距離感が強い緊張感を生み出した。きゅっと太腿を閉じはするも、ぷっくらと膨らむなめらかな恥丘はそれだけでは形を隠せない。ぴったりとした下着だけが辛うじて秘裂を隠している状態だ。

（こんなところまで撮らせちゃって、何をやってるの、私……？）

心臓が音を立て始めたことに焦燥にも似た感情を覚える。嫌悪感は今なお消えず、許されるならば即座に膝をお見舞いしただろう。そうした一方で妙に視線を意識してしまい、頬と肌とが熱で色味を帯びそうに思えた。

（え、やだ、お尻まで撮影して……そんな近くで撮影されると、なんだか怖い、震えそうっ……！）

男が背後に回ったところで今度は尻に視線を感じた。薄布越しに鼻息を浴び、目で追えぬ状況に緊張感が一層強まる。それでなくとも後ろは透け気味なのだ、やもすれば裸の尻を見られている心境にさえなった。

（早く終わってよ、なんだか、変な気分になっちゃうじゃない……！）

柚月はさりげなく腕を回し尻を隠そうとする。心中で何気なく呟いた台詞、その意味を深く考えるでもなく。

堀井は「だめだめ」と回された腕を脇へと退けた。

「今いいとこなんだから、こう、きゅっと皺の出来てるとことかが下着の色っぽいとこなんだからさ」

「や、やだ、触らないで、ダメだったら、ダメ……！」

男は腕を退けたばかりか指を尻に這わせてきた。皺とやらを作るために片方の尻房を軽く握ってむにっと持ち上げる。そうして生まれた薄い横皺にレンズを向けて撮影する。

慌てた柚月が再び手をやるも這わされた指は一向に離れようとはしなかった。すべやかな生地ごとさわさわとまさぐり、自分好みの造形を作っては次々とデータに保存していく。

「やめて、きょ、今日は何もしない、ってぇ……！」

「柚月ちゃんが隠すからだよ、お店ではコッチは途中までだったし、いっそ中も撮影しちゃおうかなぁ？」

「嫌、やめて、ぬ、脱がすのは、嫌ぁ……！」

指は明らかに調子付いておりウェスト部分に引っかかった。こちらが腰を引こうとするも、するりするりと下へさげてくる。際どい部分にまで下着がずれさがり、尻の隙間に鼻息が入りこむ。

このまま脱がされてなるものかとウェスト部を両手で掴んだが、細い布はV字に歪み恥部は露出する寸前だった。そんな場所まで撮影されSNSにでも流出したら、そう考えると恐ろしくなり冷静な対処が出来なくなる。

（アソコまで撮影されちゃったりしたら、私、私っ……！）

さして強引でもないというのに、たかだかこの程度ですっかり狼狽してしまう。一発蹴れば済むというのにそんな程度すら思いつかない。見られる羞恥と恐怖だけを心に思い描いてしまう。

　しかしそこへ、思いがけぬ助け船が入った。そう呼んで良いものか、甚だ疑問ではあるのだが。

「あれぇ、柚月ぃ～……何してるの、そんなとこでぇ～……」

　あわや脱がされる寸前という時に、キッチンの格子戸がガラリと開き、夫の彰浩が顔を出した。

「ん、あれぇ～……なんで脱いでんのぉ～……？」

「あ、えっと、違うの、これはその――お、お洗濯、お洗濯してて……！」

　堀井が手放したショーツを直し、柚月は大慌てで両手を胸元で左右に振った。

「ちょうど今お洗濯してて、だから、その……！」

「ごめんねぇ、ここに来るまでに僕の服汚れちゃってさー」

　上下スウェット姿の堀井が、便乗する形で説明した。

「そ、そうなの、彰浩がその、吐いちゃって、だったら私のも一緒にってことで……！」

「それに君を運んできたせいで疲れちゃってねー。柚月ちゃんマッサージ得意だっていうもんだから、ついでにやってもらおうかなーって」

「そ、そうなの、マッサージ、マッサージするの！　だから服脱いでただけで、別に、そんな……！」

「ふ～ん、そっかぁ～……すぃませんねぇ先輩ぃ、僕、ま～たご迷惑かけちゃったみたいでぇ～……」

口調の怪しさから分かる通り、彰浩は寝ぼけている上に酔いからまだ醒めていなかった。半開きの社会の窓を見るに、トイレにでも起きたのだろう。足元のおぼつかぬまま、再び寝室へと消えていった。

「じゃあ僕ぅ、寝ますんでぇ～……」

「え、ええ、お休みなさい……」

柚月は笑みを引きつらせたまま動悸の収まらぬ胸を押さえた。危ういところだった、万が一彼が酔っていなければ完全にアウトだった。マッサージのため脱衣したなどと我ながら酷い理由付けだった。

「いやー間一髪ってところだったねー」

隣の堀井は、そうは言いつつもさして焦った様子はない。動じることのないふてぶてしさは、ある意味感嘆に値する。

やむなく話に便乗したが柚月は苛立ちを強く覚える。そもそもこの男が来なければ、こんな嘘は不要だったのだ。

「さてと。ここじゃさすがに見つかるといけないし——せっかくだから本当にマッサージしてもらおうかな」

堀井は携帯にパスワードを入力しロックをかけてから、それをテーブルに置き、言った。

「肩凝ってるのも本当だしね、久しぶりにお願いしたいなぁ。——みおんちゃん？」

「だから、その名前は——くっ……」

いちいちそうやってこちらの不安を煽ってくるのを、柚月は心底苦々しく思った。

※

「そ、それじゃ、始めます、から……」

浴室に入った柚月は、床に簡易のマットを敷き、重くなっていた口を開いた。

リラックスした態度でうつ伏せとなる堀井。店ではタオルで腰を隠すところを全裸のままで横たわり、重ねた両手首に顎を乗せてマッサージされるのを待っている。

その腰の裏に下着同然の姿で跨るのは、今となっては別の意味で、強い緊張感があった。

「あ〜いい、やっぱりみおんちゃんのマッサージが一番だね〜」

仕向けておいて、堀井はいけしゃあしゃあと言う。

腹は立つが、これ以上非難しても、かえって面白がらせるだけだろう。その点は諦め、努めて事務的に背中にオイルを塗っていく。

「黙ってないで何か話してよ、いつもみたいにさぁ」

「……店じゃないから、ここ。もうお店辞めたんだし」

だからあなたは客じゃない、暗にそう告げ、内なる不満を仄(ほの)めかす。

当然ではあるが柚月は不満げだった。客でないばかりか脅されてやっているのだ、営業スマイルなど出せるわけがない。

それと同時に目の前の男を、前以上に強く意識していた。

(こんな形でまたマッサージすることになるなんて……この後、どうなるの……?)

店では施術を行いつつ、それとなく刺激し勃起した客を手で射精へと導いたものだ。ある種のルーチンワークと言って良い。多少はあれど大きな変化などはなかった。

しかし今回はどうだろう。弱みを握られ関係を迫られ、応じるを余儀なくされた相手だ。今日はしないとの口約束だが信用に足る要素などない。不安になるのも当然であった。

しかも今回は店とは違う。男は全裸だし、こちらは白の薄いキャミソールと、同じく無地のショーツ姿だ。一見大差なく見えるが専用のそれとは素材が異なり、湯に濡れて肌に張り付き肌の色が透けて見えた。

先ほど入浴は済ませているため洗浄は省略したものの、緊張感と胸の動悸は店の比ではなかった。

(やだ、腰もぞもぞ動いてる……じっとしててよ、上手く塗れないじゃない……)

その原因が勃起にあるのは想像するに容易だった。腰の下で硬化したため腰を浮かせているのだ。

それ自体は珍しくもなく店でもよくある話だった。気にするのは客側だけでエステ嬢側はいつものことだと気にも留めないのが一般的である。

だが今は微妙に違う、尻と尻とがこすれ合うたび相手を意識してしまっていた。

（なんで？　お尻の感触、気になっちゃう……なんだかどきどきしてきちゃって……）

手を出されることへの不安もあるが、それだけでは無い気がする。自分とは異なる男然とした硬い皮膚、その感触と触れ合いに意識が向いて仕方なかった。

（さっきお尻触られたから？　あんなに嫌だったのに……）

後ろ手に脹脛へオイルを塗りながら普段の己との差異に戸惑う。緊張感が持続するのか、さっきから尻が妙に敏感に思えてならない。オイルによるぬちゃぬちゃとした粘り気が、普段と違い気になって仕方がない。

足首までオイルを塗ると、今度は仰向けでの施術となる。これを終えれば今日は終わり、そう自分を安心させ、男の身体を仰向けにさせる。

（っ、あ――も、もう、こんなに……！）

男が体勢を入れ替えた途端、柚月は小さく息を呑んだ。分かってはいたが、とうに勃起しきっている。感じやすい胸や鼠径部など触れていないというのにだ。期待しているのは目に見えて明らかであった。

「どうしたのみおんちゃん、早く頼むよぉ」

言われて我に返ったものの、動悸が速まっているのが自分でも分かった。改めて見てもなかなかに大きい。ことに長さは夫のそれより確実に上だ。子宮にまで響く奥深い記憶が不意に下腹部に蘇る。

（このまま乗ると、あ、当たっちゃう……やだ、こんなにも緊張しちゃって……）

店ではタオル越しなのもあって意識することはさほどなかった。初期こそ狼狽えたが慣れれば割と平気だった。いくら勃起したところで挿入などありはしないのだと。けれど今回は違う、ショーツがあるとはいえペニスが直接局部に触れる。スマタの経験は多少ある、が、こんな形は初めてだったし状況も大きく異なった。

「ね～みおんちゃん、早く～」

「え、ええ……んっ、ん……」

今は何も考えるべきでない、終わらせることだけ考えればいい。

柚月はそう意識を切り替え、太腿の辺りに豊尻を乗せて、男の胸板へと両手でオイルを塗り広げた。

「あ～いいよ、いつもみたく乳首にも頼むよぉ……」

「え、ええ……い、いかがですか、痛かったり、しませんか……？」

昔取った杵柄とでも言おうか、意識を切り替えると客に対する口調となっていた。そうとも、これは商売だ。相手は客で自分は一介のエステ嬢。ただそれだけ、それ以上でも以下でもない。そう割り切って一年もの間あの店で働いたではないか。

かつての自分にあえて立ち戻る心境で、柚月は口調を柔らかくした。

「しっかりマッサージしていきますね……胸だけじゃなくって、脇腹なんかも……」

言葉も重要なファクターであることは研修中に学んだ。施術も大切だが意識させせねば意味がない。性的興奮が得られなければ客足は遠退いていってしまう。

「んっ、んっ……こうやって、ゆ～っくり、マッサージしていきますね……」

もちろんそれだけでも足りない、視覚的にも興奮させる必要がある。触れる寸前まで胸を寄せ、覆い被さる風にして脇腹に手を滑らせる。湯と汗とオイルで濡れたキャミソールに胸の先端が淡く浮かび上がる。前屈みとなったせいで腹に男のモノが触れた。

「んっ、んっ、こっちも、しっかり……」

腰の横にも手を滑らせ、軽く触れたまま太腿へと向かう。鼠径部を撫でリンパを刺激し、腰の中央は後回し。焦らすことで興奮度を高め終了間近で触ってやるのだ。もどかしさに耐えかね延長が取れれば成功だった。

と、そこまでやってから、はたと気づいて目が覚めたように目を瞬かせた。

(何、本気でやっちゃってるの、店みたくやる必要なんてないのに……!?)

途中で我に返ったものの、その頃にはすでに足首まで終え、残すはリンパのみとなった。あまりに自然に動いていたため気づくのが遅れた。

そんな自分に驚きを禁じ得ず、わずかの間とてエステ嬢になりきっていたことを、少なからず恥に思う。

また、客に見立てた男の反応にも、今頃気づいて動揺していた。

(やだ、こんなギンギンになって、私、いつの間に……)

見れば股間でそそり立つ肉棒は鈴口から露を垂らすほどになっていた。男の股間という意味だけではない、文字通りこちらの太腿の間という意味でだ。

遅ればせながら柚月はカッと頬を赤らめる。エステ嬢になりきっていた際はさほどでもなかったのだが、我に返ると急に羞恥心がむくむくと湧きあがってきていた。

「さすがみおんちゃん、手慣れてるねぇ。おかげで僕もびんびんだよ」

こちらの赤面に気づいた堀井が仰向けの腰をゆすゆすと揺すってくる。

「そういうとこ見ると新妻ってよりエステ嬢の方が向いてる気がするよ。さっきの表情、とってもエロくて興奮しちゃったよ」

「だ、誰が、私もう人妻で、あっ……!」

「じゃあ次はこっちも頼むよ、み・お・ん・ちゃぁん」

男の腰が揺れるにつれて肉棒が太腿をぺちぺちと叩いた。硬く熱を帯びた感触が、女としての生殖本能を急かすかのように揺すってくる。

柚月は唾を飲みしばし震え、自らの太腿をさするかのようにして、男の鼠径部をマッサージし始めた。

「あ〜いいよ、気持ちいい……血行が良くなってくるのが分かるよ」

堀井はうっとりした様子で全身を弛緩させた。気持ちいいのは嘘ではないのだろう、かなりリラックスして見えた。

反面その太長い肉棒は、ますます緊張したかのごとく硬くいきり立ち強く弧を描く。

「みおんちゃんの手ってすべすべで柔らかいからねぇ、ああそこ、玉も触ってよ、そこ触られるの好きなんだよ」

「っ、ん、んっ……」

以前にも増して不躾なことを男は要求してくる。そういった態度は概ね好まれず調子に乗っていると陰口を叩かれ、次からはサービスを拒否するエステ嬢もいた。

それは柚月とて同じことで、かつてなら不愉快に思ったに違いない。

だというのに今はなぜか、妙に興奮しているのに気づいた。

(こ、こんなにびくびくさせて、すごい、まだ、硬くなって……?)

想像以上の反応の良さに目が背けられなくなる。リンパマッサージは血行を良くし性機能改善効果が見込める。平素以上に勃起するのは特段不思議でないとはいえ、こうもあからさまな勃起反応は初めてかもしれなかった。

その赤黒く充血した肉棒を見ていると、自分の中の牝の部分が徐々に鎌首をもたげ始める。一週間前に意図せず味わった、心はともかくも身体だけは満たされた感覚。あの原因が今目の前にあると思うと、忌避する反面、危険がゆえにこそ触れてみたいという冒険心じみた感情が湧いてくる。

(こんなにもびくびく、硬くなっちゃうなんて、あぁ、なんだか、私……)

室内にたちこめる湯気のせいか、視界に薄く靄がかかり、口蓋がじっとりと潤んでくる。

ちょっとだけ、ちょっとくらいなら──湧きあがる好奇心に負けて、柚月はそっと睾丸にも触れ、鼠径部ごとすりすりとなぞるように指先でさすった。

「あぁいいよ、気持ちいい──もっと頼むよ、みおんちゃん……」

予想通り堀井は快感を口にし、肉棒をびくりと脈打たせた。

それを見た柚月の喉が、再びコクリと音を立てる。

それは緊張から来るものか、それとも興奮から来るものなのか。

当の彼女自身にすら、不思議に判別がつかなかった。

「あぁいいよ、みおんちゃんは玉の扱い方が上手いねぇ」

「て、適当なこと言わないで、ったら……」

言いながらもみおんこと柚月は、睾丸ごと鼠径部を、なおも指で刺激していった。

ここに来てようやく吐息が湿っているのを自覚する。見知らぬ異性の陰部に触れるのはこれが初めてというわけではない。にもかかわらず羞恥ばかりでなく性的興奮をも覚えつつあった。

(お、お尻、むずむずしてきてる……オイルで濡れて、太腿と擦れて……おちんちんも、内側に当たってる……！)

軽く内股で跨っているため太腿の間で肉棒が小さく擦れ合っている。あと少し腰を前にずらせば、局部とも擦れてしまうだろう。

そこまで考えた時、柚月は自分が濡れているのではと気になってしまった。

（まさか、これはお湯とオイルよ、濡れてきちゃってるなんてこと……！）

慌てて胸中で否定はしたが、一度意識すると止まらなくなるのが性衝動というものだ。元より今夜は夫と愛しあう予定だったのだ、身体の方は準備万端でいつでも濡れて良い状態にあった。性的興奮を得ると同時に綻んでいくのが自分でも分かった。

「どうしたのみおんちゃん、さっきからそわそわしちゃって」

額にうっすらと汗を浮かせ、堀井が笑みを向けてくる。

「な、なんでもない、なんでもない、から……」

「そう？　じゃあそろそろ、コッチでお願いしようかな」

「え、あぁっ……！」

男の両手が尻房に伸び、軽く手前へと腰をずらしてきた。今にも触れそうだった局部が陰茎にぴたりと密着する。

言わんとすることはすぐに分かる。スマタでしろと言いたいのだ。柚月自身は経験は少ないが、店では割とメジャーなプレイだった。

こういうことはあんまりしたくなかったのに。

貞操観念から店では極力避けてきたが、今はとにかく満足してもらわねばならない。

柚月はやむなく跨ったまま、腰をゆさゆさと揺すり始めた。

「んっ、んんっ、こ、今回だけ、今回だけ、だからぁ……！」

「あぁいいよぉ、おぉ、みおんちゃんの初スマタ……！」

男は両手を後頭部に回し腕枕となって快楽に笑んだ。いかにも余裕綽々で、こちらが逆らうなどと考えてもいない態度だ。

いい気になって、と柚月は内心反感を覚えるも、腰を止めようとはしなかった。むしろ無自覚に流れに乗ってしまっていた。

「んっ、んんっ、こ、こんなに、硬くしてぇ、あッ、裏筋、ぴくってしてぇ……！」

オイルの乗った局部と股布は肉棒の上でスムーズに前後へと滑り、擦れ合った。臍まで反り返るペニスの裏側にぷっくらと膨らむ柔らかな恥丘を強く密着させた形で。

そこから生み出される摩擦感は、これまで体験したことがないほどに濃厚で刺激的だった。さして激しいわけでもない、まだ序の口という運動。だというのに恥丘は早々と感度をあげ、刺激に熱を帯びていった。

（嘘、どうして、私っ……感じちゃってる、こんな男に、ちょっとスマタしたくらい、でぇ……！）

マッサージのおかげで肉棒はより硬く、圧し掛かる女の体重にも負けずぐいぐいと恥肉を押し返してくる。心地よさげに血管を脈打たせ、肉の割れ目にまで圧をかけてくる。

その反応は女の肉体を昂らせるためのトリガーとなり得る。男がそうであるように、女とて男の興奮を見れば肉欲を刺激され心に火が付く。別段好みの異性でなくともなんらかの性的感情は得るものだ。

今の柚月はまさにその状況下にあった。繰り返しとなるが、堀井は決して好みのタイプでない。しつこさに辟易したことも多々ある。そんな男の肉体の反応に、自らの肉体まで期せずして反応を余儀なくされていた。

(あ、当たってる、食いこんでる、カチンカチンのおちんちんの裏、私のアソコにぐいぐいってぇ……!)

擦れ合うたびに肉棒はビクつき強く反り返って今にも布を突き破らんばかりの勢いだ。早く入れたい、生の膣肉を堪能したい、そう言葉なく訴えている。ショーツという名の薄壁がなければ今頃は確実にそうなっていただろう。

柚月はそれを心と身体とで実感し、胸の動悸を一層激しくした。恥肉にぐいぐいと食いこむ感触。布越しに擦れ合う粘膜と粘膜。牝として強く求められる自意識。それらが積み木のごとく折り重なり、堆(うずたか)く積もっていく。

(い、意識して、おちんちん意識して、熱くなっちゃう、感じて、きちゃうぅ……ッ!)

両手を背後につき腰を前に突き出した姿勢で、柚月は息を弾ませ始める。自然と腰が小刻みに動き、ぬちゅぬちゅと卑猥な音を奏でる。

傍からすればサービスなどではなく、エステ嬢こそ発情し、昂っていると見えるに違いない。

それが分かるから恥ずかしい。恥ずかしいからなおさら興奮する。興奮するからなおさら感じやすい。その繰り返し。一旦嵌まったら容易にその輪から抜け出せないのが男女のセックスというものだった。

「みおんちゃん、ああいい、腰使いすごいよ、こんなにされたら我慢出来なくなっちゃうじゃない……」

いつしかハァハァと呼吸を乱し、びくびくと腰震わせつつあった柚月に、堀井はさりげない風を装って、そっと手を伸ばした。

「はぁはぁ、あっ——ダメぇ……！」

右手の指がショーツの股布をそっと脇に寄せてみせた。火照って色づくぷっくらとした形良い恥丘と、薄い陰毛に覆われていた淡いピンクの秘裂があらわとなる。

男が腰を軽く揺すり肉棒がぬるりと秘裂を擦ると、柚月は思わず肩をヒクつかせ、甘い鼻声で鳴いてしまった。

「はぁあんッ——ダメぇ、か、感じ、ちゃうぅ……ッ！」

声に出してから屈辱を覚え、きゅっと小さく唇を噛む。感じていると言ってしまった。つい口から出てしまった。それが堪らなく悔しくて情けない。

だが身体の方は心とは裏腹に、とうに受け入れの準備を終え、直に触れ合う熱い牡肉に蜜汁をとろりと塗してしまっていた。

「おぉ、みおんちゃんも濡れてるんだねぇ。追加のオイル気持ちいいよぉ」

「違う、私、濡れてなんて、あぁッ、擦れるの、ダメぇ……ッ！」

布を介さぬ粘膜の触れ合いはさらなる官能をすぐさま呼び込んだ。血管脈打つ熱硬い感触に濡れた肉ビラがぴくぴくと震える。筋張った裏筋が裂け目をこすると奥まった肉孔まではっきりとわななく。クリトリスなどはすっかり勃起し肉棒が擦るたびぷるぷると細かく痙攣していた。

(スマタなんかで、こんなにも、感じてぇッ……ダメなのに、欲しくなっちゃってる、硬いおちんちん、入れたくなってぇ……!)

己の中の淫らな一面がどうしようもなく蠢き始める。恋愛好きで少々惚れっぽく恋とセックスとに溺れやすい内面、女然とした欲深な感情が相手もわきまえず鎌首をもたげる。

柚月は必死にそれに抗い夫の顔を思い浮かべようとした。自分が愛するのは彰浩ただ一人、他の男など眼中にない。こんな下種相手に感じるはずもなければ、欲しがることなどあり得ない、そう強く念じながら。

——ぬちゅっ、ぬちゅっ、ぬちゅっ、にちゅっ。

「はぁはぁはぁあ゛んッ、あ゛あッ……!」

しかし念も虚しく摩擦は強くなり、官能の痺れが着実に下腹部を侵食していった。男は腰を軽く浮かせ、自ら秘裂を肉棒で擦ってくる。官能でこちらを翻弄(ほんろう)してくる。自身も気持ち良いのだろうが、感じる様に興奮を得ているに違いない。

片や柚月も知らず腰を振り、自ら粘膜を擦りつけていた。心はともかくも身体は官能を受け入れつつあった。

そして腰が大きく前に出て、裂け目にカリ首が嵌まり込んだ、その次の瞬間、

——ぬちゅっ、ヌプリッ……！

「はぁ゛あッ、そ、そんなぁ……!?」

角度がかみ合ってしまったのだろう、前から後ろに腰引いた途端、ペニスがずっぽりと膣内に収まってしまっていた。

「だ、ダメ、抜いてぇ、今日はしないって約束だったじゃない……！」

「おおっと、ごめんねぇ、うっかり入っちゃったみたいだよ」

それを聞いて柚月は悟る、堀井はあえて角度を合わせたのだと。考えてみればそう易々とスマタで偶然入るわけがない。

だが言ったところで素直に聞く男でないことは、すでに分かりきった話だった。

「これは事故ってやつだよ、お店でだって時々あるでしょ、偶然触っちゃったりだとか、偶然入っちゃっただけーとか」

「そんなこと、ただの口だけっ、はぁあ゛んッ……！」

そう、店での「偶然」とは責任逃れの方便に過ぎない。万が一他に知られたとしてもそれで押し通すための。

そんなことはこの男とて百も承知に違いなく、その上でとぼけるのだから悪辣にも程があった。

「ダメぇ、は、早く抜いてぇ、ああッ、゛ん゛んッ……！」

　そしてそれが分かっていながら柚月の方も抗えない、下から肉棒でずぷずぷと突き上げられ感じて腰をくねらせてしまう。

（き、気持ち、いい……ずっと疼いちゃってたから、ちょっと突かれただけで、どんどん……！）

　ここに来て己の感じやすさを改めて実感する羽目となった。挿入されてからまだ十数秒、明確な前戯があったわけでもない。にもかかわらず膣肉は蕩け、柔らかく肉棒に絡みつきながら官能の甘い痺れを生み出していた。

「はぁはぁ、そん、なぁ、腰、止まらな、いぃ……！　ふ、深いとこ、ぐちゅって当たってぇ……ッ！」

　自分で腰をあげれば良いものを力が入らず抜くことすら出来ない、動くとたちまちヒダ肉がこすれて感じて脱力してしまう。

　その様子をニヤニヤとした顔つきで見上げ、堀井は自らも腰をゆさゆさと上下に揺すってくる。

「あぁ気持ちいい、柔らかいお肉がすぐに吸いついてきてるよぉ。今夜は特に感じやすいみたいだねぇ、やっぱり旦那とヤる気だったのかい？」

「はぁはぁ、そ、そうよぉ、あなたなんかじゃなく、彰浩と、はぁ、あッ……！」

「その割には僕相手でもしっかり感じちゃってるじゃない。やっぱり柚月ちゃんはいやらしい新妻なんだねぇ」

「ち、違う、私いやらしく、なんかぁ……ッ！」

しかし口では否定しようとも肉体の方は官能に打ち震え、牡との触れ合いと繋がりとに身勝手な歓喜を示していた。騎乗位ゆえに結合は深く、そそり立つペニスはヒダ肉を掻き分け着実に深部へと到達する。腰を小さく揺するたびに深部はぐちゅぐちゅと攪拌（かくはん）されて、熱く蕩けた敏感な柔ヒダが小気味良く捲れ引っかかれる。その快感、強い熱、それらが膣底で絶えず渦を巻き、こらえようにもこらえきれず勝手に背筋とくびれが踊る。

（ダメぇ、この体位、か、感じやすくって、もうッ……！）

半ば無意識に腰を振りながらこみ上げる愉悦に小さく首を振る。俗に騎乗位とは女がリードする体位とされるが、尻を深く落とし込むため奥まで入り刺激は強い。裏を返せばそれだけ感じやすく余裕を失うのも早いと言えた。逆に男側はコントロールが難しいため単調になりがちという側面もあった。

今まさに柚月はその状況下にあった。後ろに両手をつき動きを制御しようとするも、男が腰を軽く振るだけで容易く膣底が突き上げられる。自重も相まってそれを止められない。足は力が抜け自由が利かず、両手を後ろで突っ張らせるのがせいぜいだった。

「はぁあッはぁあ゛んッ、もぅ、動かない、でぇッ、はぁ゛んッ、弱いとこすれて、もう、私ぃッ……！」

男はまだまだ余裕があろうが彼女の方はもう限界間近だった。熱気の溜まった敏感な奥を亀頭に執拗にノックされて、目尻がどんどんと甘く垂れ落ちてくる。

けれど堀井は許してはくれず、両手を伸ばしてキャミソールを掴み、ぐいっとたくし上げ揺れる乳房を露出させた。

五指を広げがっと掴むと、上下運動に逆らうようにして下から持ち上げ、むにむにと揉みしだく。

「もうイキそうなの？　ホントに敏感なんだねぇ、そんなにチンポが好きなのかい？」

「はぁはぁ違う、私が好きなのは彰浩で、おちんちんじゃっ、あぁッはあ゛ん゛んッ！」

「嘘はいけないなぁ、こんなに感じて乳首勃起させてるのに」

「あッあッダメぇソコ触るのぉッ⁉」

たわわな果実を掬い上げつつ指は先端の桜を摘んだ。揉みしだきながらきゅうっと引っ張る。感度のあがった突起が痺れ、乳輪ごとぷっくりと卑猥に膨らむ。

女体が強く反応を示し肩を縮めてカクカクと悶え震える。肌に浮いた汗の珠がぱたぱたと散ってマットに落ちた。むき出しとなったピンクの膣口が官能に細かく痙攣を始め、ぱっくりと奥まで飲みこんだペニスをきゅうっと根元から食い締める。

汗ばむ表情はすっかり緩み、噛み締めるように白い歯がカチカチと音を立てる。不本意だがアクメはもう目前。下腹部に溜まった甘美な熱が乳房の官能と混じり合い膨らむ。

そこへ腰で強く突かれれば、とてもではないが耐えられはしなかった。

「ああッアアダメぇもうやめて、あッダメぇもぉイク、イクっ、はぁあ゛んッ！」

「おぉ分かるよ、みおんちゃん、すごく締まってるよぉ……！」

「イクっイクっ、ダメッ、あああアアア――ッッ！」

――ズプッズプッズプッズプッ！

――ビクビクビクビクッ！

跳ね回るに似た小刻みなピストンが確かなアクメへのトリガーとなった。豪快ではない、されど執拗な膣底への乱打。子宮揺さぶる快い律動に、牝の肉体が歓喜に見舞われ甘美な頂へと押し上げられていた。

「はぁはぁはぁはぁ、わ、私ぃ、こん――なぁ……!?」

（こんなにも簡単にイカされちゃうなんて、彰浩とだって、こうまでなったことなかったのにぃ……！）

騎乗位の経験自体も浅いが、男を差し置いて先に果てるのは滅多にない経験だった。あるとしても前戯で一度果て、それから共にまた果てるのだ。結合後一方的に高められたのはこれが初めてだった。

そもそも騎乗位自体が男性側に好まれない。女の痴態を眺めるには良いが、制御が難しく男側は果てづらいためだ。現に彰浩もあまり好まなかった。

それがまさか、このような形で体験し、呆気なく高みへと追いやられるなんて。脳裏がふわふわと快く霞むも、未だ信じられない心地だった。

「はぁはぁ、っえ、ぁ――そんなぁ……!?」

しかもそれで終わりではなかった、堀井がむくりと身を起こし、今度はこちらをマットに寝かせてきたのだ。

「あぁ嫌ぁ、こんな、格好ッ……！」

正常位にも似て思えたが、左脚のみ大きく開かれ抱え込むように持ち上げられた。柚月自身は経験がないが松葉崩しと呼ばれる体位だ。腰を捻って片足をあげるため、Y字バランスでも取り恥部をひけらかす仕草にも見えた。

「は、恥ずかしい、こんな格好でぇ、嫌ぁ、はぁあ゛ん゛んッ！」

「はぁはぁ、どうだい、この体勢も深くまで入るでしょ？　みおんちゃん奥が大好きみたいだから、もっと刺激してあげるねぇ」

「嫌っやめてぇ、こんなんじゃまたっ、ああ゛あ゛あ゛あ゛あッッ！」

堀井も息を切らせてきていたが柚月の方はそれでは済まない、新たな体位での奥深い刺激にたちまち反応し悶えてしまっていた。

（すごい、こんな感じ生まれて初めてぇッ！　いつもと当たるとこぜんぜん違う、おちんちんの擦れ方違うぅッ！）

結合の深さもさることながら、大きく角度の異なる感覚が斬新かつ快感だった。緩い弧を描く長い肉棒は、やや脇側の濡れたヒダ肉をぐいぐいと押し上げ鋭く引っかく。筒状となっている柔らかな肉洞が、普段と異なる歪な形に変形させせられ擦過された。

その感覚、未知なる快感。予想だにせぬ巨大な昂りに柚月はまたしても翻弄される。

「はあぁあ゛んあぁあ゛あ゛あ！　こんなのダメぇ、すごいッ、はぁあ゛ん゛ん゛ん！」

もはや嬌声を押し殺すことも震えを止めることも出来ない。感じてしまう、ただただ快楽に悶えさせられる。夫のために貯蓄してあった生殖適齢期の熱い肉欲が、屈辱と恥辱に揺っ攫われて容赦なく満たされ高められていく。愉悦に押し流され追いやられていく。

夫に気づかれるやもしれない、ふとそう思うが口は一向に閉じようとしない。ずしずしと膣底を打たれるごとに嬌声と共に舌肉が溢れ出る。次々と子宮に愉悦が押し寄せ入り口が震え、表では下腹部がぶるぶるとわななく。膣口がきゅうきゅうと収縮するのは見なくとも身体が理解出来る。

その濡れ膣口を熱心に穿ち堀井も次第に震え始める。強く腰を振り尻たぶを叩き、豊満な乳房ごと揺すりながら。こちらの左脚を右肩に乗せ、圧し掛かる風にしてスパートをかけてくる。

「はぁはぁ、すごいよみおんちゃん、ひょっとしてイキまくってる？　ぬるぬるのマ○コがさっきから食い締めて、ヒダヒダぴったりくっついちゃってるよぉ……！」

「はあッ゛あ゛あ゛あッ、いぃ、言わないでぇ、こんなの初めてで、ダメぇッ、私ぃ……！」

哀願にも似た表情を浮かべ、切羽詰まって柚月は首を振る。バタバタとマットの跳ねる音とじゅぶじゅぶと泡立つ卑猥な蜜汁の音。もう限界はすぐそこ、肉体を押し包む熱と官能とが声を裏返らせ背筋を浮かせる。

「いっ、イクっ、私、もッ、我慢できッ、ん゛ん゛あ゛あ゛ッッ！」

「はぁはぁ、おぉ、そろそろこっちもっ、ああイク、出そうっ……！」

――じゅぶじゅぶじゅぶずぶずぶずぶずぶっ！

堀井が最後の瞬間に向け、脇に手をつき激しく肉棒を往復させる。動きが加速し小刻みになっていく。サオがびくびくと荒々しく脈打ち膣内でぷくりと膨れ上がる。

左手が柚月の胸に伸び、揺れ踊る巨峰をもむんずと掴み指を埋め込む。柔らかな濡れヒダをエラで捲りあげ、膣底にずしんとカリ先を打ちこむ。

「はぁはぁ、みおんちゃん、出すよ、今日はこのまま……！」

「はあはあッ、ダメ、ダメぇ！　中は、ナカはぁ！」

「ごめんっ、もう無理だからっ――おおぉ！」

「ダメぇ、ああッ――はあああ゛あ゛あ゛ん゛ん゛ッッ！」

――びゅぶぶっ、ビュブビュブビュブビュブブッッ！

ひと際大きく脈打った肉棒が、膣内で弾け、何かを一気に打ち放った。灼熱の塊のごとき液体、白い子種汁を膣奥に向けて放出したのだ。

「はあダメぇナカは、出てる、すごいぃっ、ああ゛あ゛ん゛ん゛ん゛ッッ！」

柚月は肢体をがくがくとのたうたせ、悲鳴とも歓喜ともつかぬ声を浴室いっぱいに反響させた。

（ナカは、中出しは、ダメなのにぃッ——夫以外の男の精子、受け入れちゃいけないのにぃッ……！）

夫相手でさえ安全日以外は基本避妊具ありか外出しだった。二人はまだ新婚、今しばらくは二人きりの時間を堪能したい、そう結論付けていた。

それがよもや別の男に強姦さながらに犯された挙句、生の精液を注ぎ込まれ孕む危険に晒されるなんて。

中出しで感じて思いきりアクメしてしまうなんて。

（勢いも、すごい……子宮にどくどく入ってくる……ダメぇ、熱い精液、入って、こないでぇ……ッ！）

膣奥に溜まりゆく熱液の感触、その意味と恐怖と、何よりアクメの余韻に晒される。万が一にも妊娠してしまったりしたら——それを思うと怖気が走り、取る物も取らず逃げ出したくなる。

だが一方で、かつて経験したことがないほど身体が満たされていくのを感じた。安堵を伴う甘い余韻ではない、触れてはならぬ宝石に手を出したような、危険と背中合わせのゾクゾクとした高揚感の伴うものを。

（ナカに、出されて……どうして、怖いのに、こ——興奮、しちゃう……!?）

それはどこか、初めて男を知った際の感情に似ていた。初恋に溺れキスされるまま野外で処女を捨てたあの日。それと似たものが、どうしてか胸の奥深くに広がった。

「はぁ、はぁ……ダメだって、言った、のに……」

　堀井が離れペニスが抜かれると、ぐったりとマットに身を投げ出して柚月が力無く睨みつける。

「いや～ごめんねぇ。この前は出せなかったし、今日の柚月ちゃんは一段と締まりが良かったからさぁ」

「勝手なこと言わないで、も、もしデキたりしたら、どうしてくれるのよ……」

「あ～、多分大丈夫じゃないかなぁ。ほら、吉川君と僕の血液型、一緒だからさ」

　黙ってればバレやしないって。堀井はそう告げ、変わらぬ陰湿な笑みを作った。

　それを聞いた柚月は激情を通り越し呆れを覚えた。幸い安全日が近かったものの、このふてぶてしさには勝てる気がしなかった。

「冗談じゃない、あなたの子なんて死んだって御免――え、ちょっと……!?」

　ともあれ今度こそこれで終わり、そう思った柚月は相手の行動に目を剥いた。

　そそくさと出ていったかと思いきや、堀井はまた戻ってきた。携帯を手に持って。

　そのスマホが構えられシャッター音が耳に入り、柚月は再び赤面しわなないた。

「やだ、なんのつもり、撮らないでったらぁ……!」

「いや～今のみおんちゃんもすごくエロいからさ。せっかくだからってことで、ね?」

「い、嫌よ、嫌、嫌ぁ……!」

　二度に亘る先の撮影など比にならぬほどの羞恥が湧いた。今の自分は乳房も膣口も丸裸。肌はオイルと汗でぬらつき頬は上気しきっている。膣口からは精液が垂れ、情交直後なのは明らかな姿だった。

「お願いやめて、本気で嫌、こんなの彰浩に見られたりしたら私気が変になっちゃう……！」

「大丈夫、ちゃ～んと秘密にしとくから、ね？　――み・お・ん・ちゃん？」

「っっ………！」

柚月は歯噛みし、ぐっと言葉を飲みこんだ。知られたくなかったら分かるよね？――堀井は遠回しにそう言っている。だから源氏名を口にするのだ。その名こそが首輪であり鎖だとでも言いたげに。

沸々と怒りの感情がこみ上げ、いっそ悲鳴をあげてやりたくなる。近所の人が駆けつければこんな男などすぐさまお縄となるに違いない。

出来るわけはない。やれば自分とて身の破滅だ。やれるものならばとうの昔にやっている。

そして――

「ほら、脚開いてみて？　そうそう、いやらしいマ○コぱっくり開いててエロいよぉ」

「っっ、ふーっ、ふーっ、こ、この……変質者ぁ……っ」

頬を背けつつ壁に背を預け、レンズに対して正面を向き、曲げた膝をゆっくりと開く。床に尻をつけた状態での大胆なM字開脚。情交直後の閉じきらぬ膣口から白いものがとろとろと溢れてくる。

(こんな格好、を……私、見られて……撮られて……!)

逆らうわけにはいかない、それは分かっている。破滅へのトリガーはこの男の指が握っている。何があろうと決して引かせるわけにはいかない。

「っ、はぁ、はぁ……お、お願い、もう……許してぇ……」

今度は尻をあげ、裸の局部を真後ろからレンズに収められる。次は乳房、その次は唇、マットの上に寝そべり男を誘うポージングまでも要求され、ヌードモデルさながらに撮影される。

柚月は目尻に涙を溜め、ずっと細かく震えていた。恐ろしい。こうしている間にも一歩、また一歩と、崖っぷちへと進んでいるのがなんとはなしに理解出来る。

そして、それが——先ほど覚えた危険と隣り合わせの感覚を、じわりじわりと呼び込むことも。

(どう……して……頭、ぽーっと……なんだか、夢、見てる、ような……)

長湯でのぼせて思考能力が低下したのか。アクメの余韻が残るがゆえか。

柚月は恐怖からではなく、密やかな興奮に細かく震え続けた。

※

「ごめん柚月、ちょっとだけって先輩が言うもんだから、つい……」

朝食の並ぶキッチンに差しこむ穏やかな朝の光は、間もなく訪れる夏の香りを温かさと共に運んできていた。

今日もよく晴れそう——益体も無いことをぼんやりと考え、柚月は頬杖をつき、曖昧な表情で嘆息した。

「せっかく料理、用意してあったのに」

「ホントごめん！　埋め合わせはきっとするから！」

昨日は交際記念日だった。二人で祝おうと決めていたのだが、見事すっぽかされた形だ。

「先輩にも迷惑かけちゃって……怒ってた？」

「……別に？　送ってくれてから帰っちゃった」

頭を掻く夫の彰浩に、妻の柚月はつんとした表情で言う。

嘘はついていない。堀井は確かに彼を送り届けてから帰宅した。その間にいろいろとあったが「すぐに」とはひと言も言っていない。

夫はまだ不安げで「会社に着いたら謝らなくちゃ」とこの期に及んでも堀井を気にしている。

憤懣はあったが、柚月は特に何も言わなかった。心はどうあれ、身体の方は奇妙に軽かった。

「じゃあ行ってくるよ、また遅くなるかもしれないから」

「気を付けてね、じゃあ」

恒例行事のキスを済ませ、階下へと消えゆく彼を見送ってから、静かに自宅に戻って、吐息。

何気なく胸に手をやる。官能の余韻はすでに遠く失せていた。今なお膣内に残っているであろう体液、それだけがこの身に残る痕跡だった。

「……あんな男に……私……あんなにも……」

俯く顔に浮かぶ表情には、特に何もなかった。怒りも、悲嘆も、後悔も、何も。

見る者が見れば、物憂げに見えたろう。それで間違っていない。彼女自身、己の感情を計りかねていたのだから。

(無理やり抱かれて、中出しまでされて……写真まで撮られて、いいようにされて……どうして？　どうしてあんなにも興奮しちゃったの？)

感じやすいのは自覚がある。惚れっぽいのも。恋愛が好きでセックスが好きで、夢中になりがちである点も。

——でも、嫌いな男に抱かれて感じることなんてなかった。

正しくは、嫌いな男に抱かれた経験などなかった。まして合意なき関係など。

好きでもない男に抱かれて感じるわけがない、ずっとそう思ってきた。快楽は常に惚れた異性との間にあった。今でもそうだ。愛する夫との夜を期待しないではない。

だとするならば昨夜の興奮はなんだったのだろう。夫との蜜時を心の底から求めていながら別の男で満たされた。満たされてしまった。心は別としても、身体の方は。

自分は——分かっている以上に快楽に飢えているのかもしれない。

そう思う。怖い。だが同時に、胸の奥で動悸が速まり震えが来るのも事実であった。恐怖ばかりでない、ゾクゾクと来るあの感覚に。

「っ、あ——」

部屋に戻ると自分のスマホにＬＩＮＥを知らせるサインがあった。

予感があって覗き見る。相手は件の男からであった。特に何も告げぬまま深夜に帰った憎らしい男からの。

また今度。

たったそれだけ。馬鹿馬鹿しいほどシンプルなＬＩＮＥであった。

訪れるのは狼狽だった。あの男は、まだこちらと手を切る気がない。シンプルな文面がそれを示している。

「っ………また、今度……」

手の震えは、確かに恐怖から来るもの。

けれど果たして、それだけなのか。

柚月には、分からなかった。

四章　断たれゆく道

コトン、と軽やかな音色を立てるのは、中庭にある鹿威し(ししおど)であった。

美しい断面を持つ自然石に、隅々まで整えられた松の木。絨毯のごとく敷き詰められた柔らかそうな緑の杉苔。

風流。そう言われるのも、なんとはなしにだが分からなくもない。

実際この古風な家屋には似合っていると、柚月には思えた。

「式場はこちらで手配した。招待客も概ね決まった。そちらはどうだ彰浩？」

「あ、うん、大体決まってるよ。みんな来てくれるって」

縁側を臨む畳の座敷に居並ぶのは、柚月ほか彰浩とその両親、それと彼の兄だった。

郊外の田舎とはいえ大した邸宅である。元旧家という触れ込みも、さもありなん。

堅苦しいのは苦手だったが、柚月は努めて笑顔だった。

「ありがとうございます、何から何まで」

口うるさいと思わなくはないが、親族として協力し挙式の段取りを組んでもらえるのは有り難い話であった。

その日、柚月たちは彰浩の実家を訪れていた。もうしばらくしたら二人は式を挙げ、大々的に夫婦として認知される。柚月としては入籍のみでも夫婦になれるのなら構いはしなかったが、彼の親族は頑なに挙式に拘った。柚月とて式には憧れがあるため、なんら否やはなかった。

当然だが結婚式には多くの面々が関わる。当事者同士だけで片付く話ではない。

こうして互いの親族と顔合わせし打合せをするのも道理であった。

（このまま上手くいけばいいんだけど……）

若い二人を不安視しあれこれと口を出す義両親に感謝の笑顔を振る舞う傍ら、柚月は柚月で密かに不安を抱えていた。

最後に堀井と顔を合わせたのは今から三日ほど前のこと。幸いと言うべきか彰浩に知られることはなかったが、脅され、言いくるめられ、結局は関係を持った。否、持たされた。挙式間近の新妻として許されざる蛮行だった。

（あの人がちょっと何かするだけで、この縁談だって滅茶苦茶に……）

不安で気が気でないのも道理。過去を隠し通すためには今後も堀井の要求を呑まざるを得ないのだ。ここにいる誰もが知らないところで首輪をつけられたも同然だった。

あれから音沙汰はなかったが「また今度」と言うからには某かあるのだろう。手を引いた、などとは今となっては考えられなかった。

しかし――彼女の心を苛む不安は、他にもうひとつ存在した。

二度に亘る半ば強姦と言える姦淫。特に二度目にあった、肉体の昂りにあった。

今思い返しても断じて許せるものではない。愛する夫の目を盗み脅した挙句姦淫に持ち込むなど。生理的にも反吐が出る。殺してやりたいとすら思わなくもない。

そう、怒っている。強く憤っている。嫌で嫌で堪らないと思う。

だというのに記憶と肉体は、あの時の昂りを忘れ去ろうとはしなかった。愛するどころか好みですらもない者に、無理やり肉体をもてあそばれ、あまつさえ官能を植え付けられる。その屈辱、その恥辱、その背徳感。そこに肉体は反応してしまった。持ち主の意に反し高揚感を得てしまった。

(裸まで撮影されちゃって……アソコまで……お、オマ○コまで、撮られて……)

最後の撮影時には特にそれが顕著だった。夫の傍にいながら犯され、ついには膣内に精を浴びた。溢れる精液ごと恥部を撮られ、犯された現実を目の当たりにされた。見てよ、こんなに溢れちゃってるよ——そう言って画像を見せられた時にはゾクゾクとして震えが走った。

(あんな感じ初めてだった……すごく怖いのに意識がぼーっとしてきちゃって……)

中庭から吹き込む初夏の風が、ふわりと髪と肌を撫でつける。

危機的状況にあるのは疑い無い。あの男が過去を暴露すれば、ここにいる全員が一斉に敵に回るだろう。実の家族でさえ許すかどうか。

(それなのに、どうして……もう一度、だなんて考えちゃうの……?)

満足な夜を送れぬがゆえの牝の肉体がそうさせるのか。

きっとそうに違いない。満たされぬ間隙を突かれたに過ぎない。

柚月は横目で隣の彰浩を見て、よし、と無言で意気込んだ。

※

「ど、どうしたんだい、急にこんな……？」

自宅のマンションに戻ったのは六時を少し過ぎた頃だった。

帰宅早々、ひと息つく間も惜しむようにして、柚月は夫をベッドへと誘っていた。

「ン、ンンっ、だってぇ、こうしてゆっくり出来るのって久しぶりなんだもの……」

脱衣の時間すらも惜しみ、スラックスを脱がす傍ら、夫のモノを口に含む。

食事は外で済ませてきたが、シャワーすらなくこうなるとは思ってもみなかったに違いない。

彰浩はベッドに背を預け、股の間に潜り込む妻に少し圧倒されていた。

「ごめん、最近特に忙しくって時間取れなくって……ああっ」

「ンン、分かってる、だから今夜は、ジュルッ、いっぱいしてよぉ……」

初夏の熱気の籠る寝室は蒸して薄暗く、隣室の灯りのみが横からぼんやりと差しこんでいた。

「ンン、彰浩のおちんちん、ちょっとにおう……しょっぱい、ンンっ」

休日ではあるが遠方まで歩いたため、汗と体臭が強く残っている。でも構わない。

一刻も早くセックスがしたい。

内なる欲望を押し隠す必然もなく、蒸れた肉棒にしきりに舌をべろべろと這わせる。

「すごい、気持ちいいよ柚月、こんなんじゃすぐにでも……！」

夫は仰向けで震え、早々に射精が迫るのを訴えた。

「おいで柚月、今度は僕が……」

彼もその気になってくれたか、こちらの腰をそっと抱き寄せ、スーツパンツの下を脱がせた。

「いいの？　皺になっちゃうよ？」

「いいから、早くぅ……」

優しい言葉も気遣いも、この時ばかりは水を差すだけであった。

今夜こそは横槍など入るまい。思う存分二人の夜を楽しめる。

柚月はもどかしげにジャケットも脱ぎ、彼の指が局部をまさぐるに任せた。

「はぁぁ、あはぁ、彰浩ぉ……♥」

「どんどん濡れてくる、すごい、柚月っ……」

指が局部で躍る間にもショーツはみるみる蜜汁の沁みを広げていった。快感ばかりでない、心がとても昂っていた。欲しくて欲しくて堪らなかった。

指がするりとショーツをも脱がし膣口にまで潜り込むと、女の腰が歓喜に跳ね、シャツの内側で乳首がしこる。

「ああはぁ、はぁっあぁん……気持ちいい、もっと、もっと触ってぇ……！」

包み隠さぬ官能と欲望が次々と口を付いて出る。入念な愛撫と甘い抱擁。心身が溶かされ何も考えられなくなってくる。

「はぁ、はぁ、もう、限界……ね、彰浩ぉ……♥」

柚月はシャツの前をはだけ、ベッドに身を投げ出す形で軽く太腿の間を開く。

ゴクッという喉の音。彼もまたジャケットを脱ぎ、社会の窓から飛び出る肉棒をそっと膣口に沿え、優しく押しこんだ。

「ああっ！　柚月、すごくいいよっ……！」

彼は快楽にひとつわななき早速腰を揺すり始めた。

ゆっくりと丁寧に、気遣うようにして肉棒で膣肉を擦ってくる。

「はぁ……はぁ……あ、彰浩ぉ……んんっ……！」

「柚月、はぁはぁ、柚月っ……！」

肘をついて上体を支え、重ねるようにして腰を振る彼。

柚月はそれに応えるように彼の首に両腕を回し、

「柚月、はぁはぁ、もう……イクっ……！」

「はぁ……はぁ……あ、彰浩っ、え——はぁん……！」

——びゅっびゅっびゅっびゅっ！

さっと腰が引かれた直後、膣口から抜け出た肉棒が腹に向けて粘液を放出した。

「はぁ、はぁ、ごめん、シャツ、汚しちゃったね……」

汗ばむ頬に笑顔を作って彼はそっとキスをしてきた。

が——閉じたその目がはっと見開き、驚いた表情で下を見やる。

「ゆ、柚月、ううっ……そんな、手で、また……？」

シャツを残した白い腕が彼の肉棒を握ってしこしことしごいていた。精液と蜜汁に濡れ、ゆっくりと萎み始めていたのも構わず。

「ねえ、彰浩ぉ……もっと、してぇ……せめてもう一回ぃ……」

「そんな、今出したばっかりですぐにはちょっと……ううっ？」

ぬちょりと卑猥な音を立てて再び膣口が肉棒を飲みこんだ。挿入されたのではない、膣口の方が挿入をさせたのだ。

首に回した両腕にぐっと力を籠め、彼を離さないようにする。

「ううっ、自分から腰振って……だめだ柚月、イったばかりで敏感だから、こんなんじゃすぐにも……！」

「お願い、もっとしてぇ、一度きりじゃ物足りないのぉ……」

柚月は陶然となりながらも、その目はどこかギラギラとしていた。満足げな彼とは違う、余韻に浸るには遠い目だ。

へこへこと腰を振りつつ彰浩がぐっと歯軋りをする。

「柚月、はぁはぁ、も、だめだ、また出るっ、ううっ！」

「はぁぁああんっ♥」

哀れなくらい震える腰がどうにかこうにか引き下がると、これまた哀れなほど震えた肉棒が再び白いものを腹にぶちまけた。

それを見た柚月は嬉しそうな、それでいてどこか寂しげな、形容し難い表情となる。

「はぁはぁ、どうしたんだい今日は、こんなにも積極的だなんて……」

肩で息をし続ける彰浩が、余韻残す顔に戸惑いを浮かべる。

「最初のフェラもすごかったし、まるで別人みたいだったよ。あっという間に、二回も出ちゃった……」

多少驚いてはいるものの、どうやら満足してくれたらしい。安堵に似た気の抜けた表情は、俗世間的に言うところの賢者タイムとされるものだった。

「オマ○コの中も、なんだか前よりうねっててさ、こんなに気持ち良かったたっけかなって——うわっ⁉」

が、今度は柚月がぐるりと入れ替わり上になって覆い被さると、その台詞は明確に驚きへと変わった。

「どうしたの柚月、二回もしたのに……？」

「っ、違うでしょ、まだほんの二回。時間はいっぱいあるんだもの、もっとしよ、ね？」

「そ、そんな、あうっ……！」

今度は女が上の体勢で抱きあったまま結合をする。右手でそっと肉棒を梳き、五分勃ちのそれをぬるりと膣口に埋め込む形で。

そして自ら腰を揺すり、震えて動けぬ彼に代わって膣肉で肉棒をしごいていった。

「ゆ、柚月、いくらなんでもこんなっ、ああ……！」

「はぁ、はぁ、ねえお願い、なんなら中でイってもいいからぁ……！」

「だめだって、子供はちゃんと式を挙げてからって……！」

呆気ないほどに官能に打ち震え、三度目の射精に向け高まっていく夫の彰浩。

新妻の柚月は恍惚（こうこつ）の表情で目だけを爛々（らんらん）とギラつかせ、それが過ぎてもなお、延々と腰を揺すり続けた。

※

「いってらっしゃい。気を付けてね」

まだ朝早い時刻。いつものように玄関先で夫の出社を見送った柚月は、自宅に戻り、

「――はぁ……」

人目が無くなったのを良いことに、ひとつ大きなため息をついた。

（結局……あんまり満足出来なかった、な……）

朝食の片付けも後回しにして、ぼふっとソファに尻を投げ出す。

昨夜は久々の甘いひと時を過ごした。愛する夫と夜の営みを楽しんだのだ。

楽しんだ――はずだった。そのはずなのに。

（満たされた感じしない……もっと、もっとって身体が言ってる……）

呆気なく射精へと至ったのは仕方のない話だった。同居から約ひと月弱。最初期以降、永らくご無沙汰だったのだ。溜まった状態で致せばそうなるのは知っていた。

自分は違う。二度に亘って発散した。発散させられた。断じて望んだ結果ではなかったが。

「私って、こんなにも……エッチな新妻だったの？　どうして……あんなにもしたのに、今回はぜんぜん満足出来ない……」

二時間以上も続けたというのにアクメに至ったのはたった数回だった。それもごく軽いものだ、自慰にすらも届かないレベル。すべてが愛撫によるもので、結合によって至れる瞬間はついぞ訪れなかった。

虚しかった。何より不思議だった。あれほど待ちわびた時間だったというのに、一体何が足りなかったのだろうか。

思い出す。前回、前々回と至った際は、果たしてどうだったろうか。あの時はまったく未知の状況下で、危険と背中合わせだった。一歩踏み外せば真っ逆さまに奈落へと落ちる、綱渡りの状況だった。

怖くて、恥ずかしくて、逃げ出したくて。憎らしくて、呪ってやりたくなるほどで。けれど、すごく——興奮しちゃったかもしれない。

ふっとそう思う。今だとて回想すると、恐怖に足が震えるほどだ。恐怖は混乱を生み己という殻にヒビを入れる。ヒビ割れた奥からは人の本性が見え隠れするという。

ならばあれは、あの官能とアクメは、本性だったのではないのか。嫌がりながらも果てたことは紛れもない事実であった。昨晩とは違い。

——他人のに犯されて感じる、いやらしい新妻です……

無理から言わされたあの台詞が今頃になって脳内に反響する。ふざけた話だと憤ったが、今この時でも同じく憤ることが出来るのか。

（あんな男、二度と会いたくないはずなのに……セックスの相性が良かったから？　でも、そんなことで……）

世の男がそうであるように、女とて肉体と心は切っても切り離せぬもの。肉体がなびけば心とてなびいてしまうもの。どこかで聞いたそんな話が思い出されて心を揺さぶる。

「そんなはずない！　私には彰浩がいるもの！」

生理時のごとく苛々してきてソファを蹴って立ちあがる。あんな男のことで思い悩むなど馬鹿らしい、新妻としてやるべきことをやらなければ。

と、その時であった。テーブルに置かれたままだったスマホに、ＬＩＮＥの通知があることに気づいたのは。

「っ——また、あの男……！」

相手は堀井で、外で会えないかとのことだった。良い店があるので一緒にどうだという。

柚月は苦々しく歯噛みし、次いでふと首を傾げる。彰浩はつい先ほど出社した、ということは堀井とて出社するはずではないか。

「そういえば、今日は祝日……でも、どうして？」

休日出勤はこのところ珍しくもないが、それはイコール社内全員という意味のはず。別部署ならあり得る話だが、夫と堀井は同じ部署の部下と上司。有給休暇でも取ったのか、あるいは夫だけ担当が異なるのか。

考えたところで埒は明かず、渋々承知の返答を送り外出のため着替え始める。無視しようにもうっかり既読にしてしまったし、断るのが危険なのは今や言わずもがなであった。

「服装は——適当でいいよね。なんであんな奴に会うのにファッション考えなきゃいけないのよ」

とは言っても最低限のものを選ぶのは、女としての最低限のプライドだ。

軽やかな雰囲気のオレンジ色の半袖ブラウスに、すっきりとした黒のスキニーパンツ。このくらいか。あとは少々のメイクだけしてラフなイメージで、玄関に鍵をかけ、外に出る。

近場の駅にいるとのことで、行ってみるとすぐに見つかった。似合いもしないダメージジーンズがこの男のファッションセンスであるらしかった。

「お、来たね。着いた早々睨まないでよー。せっかくの美人が台無しだ」

大きなお世話だと告げてやると、男は大仰に肩を竦めてみせた。サマにならない、滑稽で癇に障る仕草だ。未婚なのも頷ける。

よもやデートのつもりでもなかろうが、男は肩に手を回し歩き出した。憤慨もあらわに手を払うも相手は気にせず歩を進めた。

「――え？　ここ？　何、居酒屋じゃない」

駅から徒歩数分の場所に目的の店は居を構えていた。どうということもない、そこいらにありそうな小ぢんまりとした居酒屋であった。

「昼間からお酒なんて、どういう神経？」

「そう言わないでよ、美味しい店なんだからさー」

センスを期待したわけではないが、このチョイスは酷いと思う柚月である。

ともあれ仕方なく店に入り、隅のテーブル席に向き合って座る。

外観通り綺麗な店というわけではない、常連のみが訪れそうな場末の居酒屋という風情である。仕事終わりのサラリーマンが一杯飲んでいくような場だ。

「どうして会社に行かないの？　今日は休みじゃないでしょ」

かねてよりの疑問をぶつけると、酒を注文していた堀井は、しれっとした態度でこう言った。

「いやいや休日だよ。だって祝日でしょ」

「だって彰浩は――」

「休日出勤だね。ま――溜まってるみたいだからねぇ、いろいろ頼まれて」

それを聞いて柚月はピンときた。恐らくこの男が数々の仕事を押しつけたのだ。こんな男を夫の上司に持つ我が身の不運を呪った。

同時にここで察したのは、この店に連れてきては彰浩を毎度酔わせたのだろうということだ。

そう考えるに至った理由は、ここが存外良い店だったからだ。リーズナブルな割に出てきた酒は確かに美味い。ついつい進むのも分かる。

（そうだ、ここでこの人を潰せれば、写真のデータを消すことだって――）

気前良く昼間から日本酒を呷る堀井を見て、柚月は不意に一計を案じた。

（そうよ、データが消えれば他に証拠なんてないんだもの、何言ったって知らぬ存ぜぬで通せるかも――）

誹謗中傷までは避けられまいが、決定打となる証拠品は店と先週での写真のみ。これがないだけで状況は大きく好転するに違いない。

「ねー、美味しいでしょここの酒。店主が新潟の人らしくってさー」

つまらない話題をいちいち振っては次々と杯を空けていく堀井。恐らく酒は強いのだろう。負けぬ確信があるから彰浩を連れ込むのだ。

「そうね、確かに美味しい。たまには来ようかな、ここ」

作り笑顔で返してやりながら内心密かにニヤリとほくそ笑む。夫と同じだと思われては困る、生憎と自分も酒は強い。飲み比べで負けぬ自信はあった。

（そんなに飛ばして……見てなさい、後悔させてやるんだから）

相手は油断しきっている、これならきっと成功する、この時の柚月はそう確信していた。

（――甘かった……こんなことに、なる、なんて……）

※

居酒屋に入ってから数時間が過ぎた頃、柚月は激しく後悔する羽目となっていた。しこたま飲む堀井に付き合い一緒になって杯を空け続け、気が付いた時にはこの様。意識が酩酊し足元はふらついて、自力では帰れなくなっていた。

「いやーいけるクチだねー柚月ちゃん」

肩を貸して歩いていた堀井の耳障りな笑声がおぼろげに記憶に残っている。へべれけになって男の肩を借り、途中道端で一度吐いて、後は意識があやふやとなり、目が覚めた時にはどこかのホテルのベッドの上という有り様。

（こんな男に付き合わされたんじゃ、彰浩が潰れるのも無理ない……）

酒量では明らかに相手が上だったのに、結果はご覧の通り惨敗。

挙句はここがどこのホテルかすら記憶にないという状況である。

（っていうか、ここって……）

まだ少し回る視界に入るのは、いやに広々とした間接照明による薄暗い空間と、小型冷蔵庫やテレビ、そして中央には今横たわっている大型のダブルベッド。

金の問題から利用経験は少ないが、俗に言うラブホテルだと見当をつけた。

った。

「お、目が覚めたみたいだねぇ」

ぼんやりと周囲を見回していると、隣室から来た堀井がこちらの様子に気づいて言った。

「随分飲んじゃったみたいだからねぇ、しょうがないからホテル取ったんだよ」

「んん……何、勝手な、ことぉ……――え？」

身体を起こそうとしたところで、柚月は手首が動かないことに気が付いた。

何事かと思い意識をそこにやると、両の手首が頭の上でひと括りにされ動かない。感触からして紐か何かだろう。ベッドの上端に繋がれ固定されている様子だった。

驚いて身動ぎすると、今度は両脚すら動かないことに気づく。こちらは軽く開脚され、やはり足首が紐で縛られ固定されていた。

「え、な、なんの、つもり……ちょ、これって……？」

ひょっとしてこれは危険な状況なのではなかろうか。知らぬ間に手足を縛られベッドに括り付けられている。犯罪の気配を強く感じる。

そしてあろうことか、眠っている間に服を脱がされ、半裸の姿となっていた。

（まさか、嘘、ラブホテルに連れ込まれて、こんな……⁉）

スキニーパンツは取り払われ下は黒のショーツのみとなっていた。上はオレンジ色のブラウスと黒のブラという姿。ブラウスの前はすべて開かれ、文字通りただのお飾りと化している状態だった。

「や、やめて、なんで、こんなこと……！」

未だ目の奥が回る中で、柚月は恐怖に身を強張らせる。

「そんなに怖がらなくても大丈夫。ここの店長とは顔見知りでね、安くしてもらえたから」

「そんなこと、聞いてるんじゃ……あっ……！」

そこで気づいた。堀井はすでにシャワーを浴びたのか、腰にタオルを巻いているだけだった。

この状況下で何が起こるかなど、まさしく愚問というものだ。

怖い、助けて——初めて味わうレイプという名の犯罪の予感に、身体が自然と畏縮する。

「せっかく外で会えたんだしねぇ、こういうところで楽しむのも家とは違っていいんじゃないかってさぁ」

堀井はガタゴトとベッドサイドの引き出しを漁り、中から電動式のバイブを取り出した。

「見てよ、こういう玩具まで置いてあるんだよ。買ってまで使うのは勇気がいるからこういう場所でこっそり楽しむんだねぇみんな」

「い、嫌、嫌ぁぁ……！」

柚月とて大人の女、それがどういったものかくらいは知識がある。お目にかかるのは所詮AVかネットの中だけと思っていたのだが。

堀井がバイブのスイッチを入れるとヘッド部分が細かく振動し始める。表面の小さな突起物はどこかいがぐりを連想させた。それが耳障りな振動音を立て、ゆっくりと局部へと迫ってくる。

「お願いやめて、や、やるならせめて普通に……！」

こちらが怯え、声と顔を引きつらそうとも、男は手を止めぬばかりか、ニタニタといやらしく笑みを作る。

楽しんでいる、怯える姿を。身動きも出来ずもがく様を見て。

それが分かり、柚月は目尻にじわりと涙の滴を浮かせた。

「お願い、やめて、やめっ、は――はぁぁ……!?」

そのまま局部に来るかと思いきや、まず触れてきたのは白いむき出しの内股だった。粘着ローラーでも扱うかのように肌を小さく行き来し始めた。

「大事なところに来ると思った？　そう焦らないでよ、始まったばかりなんだから」

「誰が、はぁ、焦ってなん、てぇ……！」

ほっとするような不安になるような奇妙な感情が柚月を襲う。

幸い激しい感覚はなかった。ちょっとしたマッサージ機と思えばさしたる刺激には感じない。直接指で触られる方がまだ感じると思えるほどだ。

(でも、これ、へ、変な気分に、なってきちゃ、う……こんなとこ触られること、滅多にない、からぁ……）

一方で不安と緊張感は局部に触れられる以上であった。今はこの程度で済んでいるが、この先どうなるのか、どこを触られるのか、不安感は募るばかりだ。

——ヴヴヴヴヴヴヴ……！

耳障りな音も一層不安感を煽る。独特の無機質感はどこか冷たく、不気味に這いずる昆虫を思わせた。蟲が太腿をじりじりと這い上がり、いずれ局部へと到達するのではないか、その予感と妄想とが冷静さを削り焦燥感をもたらす。

（焦らされてる、みたいで……ううん焦らしてる、焦らして、からかってぇ……）

こちらが太腿を閉じんとするのを男がニヤついて見ている。陰湿な笑み。囚われの蝶がどうもがき、どう苦しむか、じっと眺め加虐の悦びを得る観察者のごとき表情。

柚月は改めて恐ろしく思う。今の自分はまさに囚われの蝶、この男の意思ひとつ指ひとつで如何様(いかよう)にもなってしまう。逃れなければ、抗わねば、そうやってもがけばもがくほどに恐らく男を楽しませる。

だがそうと分かったとて歯向かう術(すべ)もなく、酔いの回った頭は働かず、四肢はただぴくぴくと動いてされるがままとなっていた。

「はぁ、はぁぁ……ダメ、付け根のとこ、ちょっと弱いッ……はぁぁ嫌、なぞらない、でぇッ……！」

やがてバイブは鼠径部に到達し、文字通りマッサージをするかのように縁に沿って肌を滑った。

　あと少し、少し近づけば大事な部分に触れられる。そう思うと動悸が一気に速くなる。感覚がだんだんと下腹部に集中し、腰がぷるぷると震えだす。

　それに不思議と内股の肌までが過剰なまでに反応し始めた。

「はぁ、はぁ……い、嫌ぁ、そこ、ぉッ……！」

「おやぁ、ここも感じちゃうのかい？　なんだかさっきから息が荒いよぉ？」

　言われて気づけば呼吸が乱れ、閉じんとして固まる内股が汗ばみ小さく跳ねていた。

　未だ焦らしは続いていたが、些細な刺激に早くも身体が熱くなり始めていた。

（嘘、太腿まで感じるように……痴漢みたいで恥ずかしい、のにぃ……！）

　大抵の異性が手を伸ばしてくるのは胸、尻、局部、あとは唇だ。そもそも特殊なプレイなどは一部の男女でしか行わないものだ。

　柚月もこの手の経験はなく、基本に則った行為が常だ。他はせいぜいオーラルプレイか。

　ゆえに恥部の周辺などはさして触られた経験はなかった。店では触られたこともあるが、それは客からのアピールであり、合否はともかく性的刺激ではなかった。

「はぁ、はぁ、あぁ、ダメぇ……こんなとこ、でぇ……」

　それが今や内腿だけで感じるほどに敏感となっていた。しつこいくせに際どいところで手を伸ばしてこないという、なんとも焦れったい感覚に微かな官能と昂りを覚えてしまっていた。

「おやぁ、パンツが光ってきているよぉ？　もしかして、もう濡れてきたのかなぁ？」

堀井がぬっと局部を覗きこむと、柚月は焦燥のまま、ふるふると首を振った。

「はぁ、はぁ……ち、違う、そんなことぉッ、そんなわけぇッ……！」

「そうかい？　それにしては湿ってるっぽいし、エッチなにおいがぷんぷんするんだけどねぇ？」

「はぁはぁ、はぁァァ……!?」

男の鼻が股布に迫り、すんすんと音を立てにおいを嗅いだ。

柚月は羞恥に半ば目を瞑り、赤らんだ頬にまで汗珠を浮かせる。

「やめて、わ、私っ、そんなエッチな女じゃ、ないぃ……！」

「そうなのかい？　それじゃ、コッチの方は、どう、かなっ――」

――ヴヴヴッヴィイイイインッッ……！

「あッあああ゛あ゛あアア……ッッ！」

ぬちゅりと湿った音と共にバイブがいよいよ局部へと当てられた。ショーツを乗り越え振動が直に膣口を揺さぶる。粘膜を震わせる。奥をも刺激する。振動が恥丘をぶるぶると揺すり、豊尻が堪らずカクカクとのたうつ。

「ダメぇ、ダメッあッはあぁ゛あ゛あッッ！　ゆ、許してぇ、これダメぇ、感じ、ちゃううッ……！」

唇からも、はやばやと官能の台詞が漏れた。酔いのせいか自制は脆く、理性の声もろくに聞かず内なる本音を曝け出してしまう。

（すごい、入り口ぐりぐりされてるだけで、中まで感じてきちゃうなんてぇッ……！）

指やペニスで擦られる方が刺激自体は強かろうが、こちらは粘膜に擦れるというよりかは波が広がっていくように感じる。波は電流に似て、粘膜にあるヒダというヒダを細かく振動させじんじんと痺れさせる。膣口などはもろに擦られ、いがぐり状の丸いイボにずりずりと当たって刺激を受けた。

鼠径部へのマッサージもこの時は効果が出ていた。恥丘の両脇が刺激を受けたため中央部はより敏感となっていた。抉りこむようなヘッドの動きに膣口はおろか恥丘までもが感じて派手にヒクついた。

「はぁはぁ、こ、こすらないでぇ、はぁあダメ、クリっ、こすれ、ちゃううッ……！」

バイブヘッドが上下にずれるとショーツの内側でクリトリスまでもが擦過された。包皮はすでに剥けつつあるのか予想以上に感度が高い。ぐりぐりと、ぬちょぬちょと、濡れた肉が震える音と粘つく粘液の絡む音色が静かな個室にて鮮明となっていく。

「感じちゃうぅ、はぁはぁ、玩具なんかで、私、私ぃッ……！」

豊かな尻を上げては下ろし柚月はベッドの上にてのたうった。踵が擦れ、腰が踊り、背筋がくねり捩れるたびに、綺麗に整ったシーツの波間にいくつもの皺が広がっていった。

照明

（どうして、私っ、こんなにも激しく、感じ、ちゃっ、てぇッ……!?）

手を伸ばそうにも伸ばせぬ己が異様なまでにもどかしく感じる。官能を抑制したくとも、四肢は縛られベッドに括り付けられたまま。何も出来ない。反抗どころか快楽を押し隠すことすらも。なんとはなしにふっと気づく、身動きひとつ叶わぬからこそ、こうも興奮し感じるのだと。拘束がなければ我慢も多少なり楽だったろうにと。

あるいはこの不自由こそがSMプレイの醍醐味なのか——痺れ霞みつつある脳裏でそう思った矢先、不意にバイブの手が引っ込み、横から堀井がぬっと顔を出した。

「随分と感じてるみたいだねぇ。見てよここ、柚月ちゃんのエッチな汁でべとべとだ」

「はぁ、はぁ、はぁ、はぁ……！」

バイブヘッドが目先に突き付けられ、ぬらぬらとした光沢を放つ。言い逃れようもない、ショーツに染み出した自分自身の蜜汁の輝きだ。

酔いと官能が相まってか、意識は今もってふわふわと浮つき何も考えることが出来ない。羞恥と混乱は強くあるが、とにかく頭が回らない。

それゆえかブラをたくし上げられ、豊かな乳房がぷるんとまろび出されようとも、反応らしい反応など何ひとつとして出来なかった。

「大きいねぇ、ホント、写真見ながらこのおっぱいで何度もヌイたんだよ。——ねぇ、サイズいくつ？　是非知りたいなぁ」

「はぁ、はぁ、はぁ……きゅ、きゅうじゅう、さん……G、カップ……」

「おほぉ、そりゃすごい！　まるでグラドルみたいだねぇ」

堀井が口笛を吹き、まじまじと見る。申告通りあらわなバストは肉感に溢れ形も美しい。柚月にしても密かな自慢のひとつであった。

「はぁ、はぁぁ、んんっ……」

「相当酔ってるみたいだねぇ。あっさりサイズ教えてくれちゃうなんて」

堀井は腰のタオルを取り去り、柚月の乳房のすぐ真下に、自身の裸の尻を乗せた。

その肉棒はすっかり怒張と化し、二つの巨峰の間に押し入り、柔肉によって左右から挟みこまれる形となる。

「はぁ、はぁぁ、何をぉ……？」

谷間から突き出て喉元へ迫るそれを、柚月はぽーっとした表情で見下ろす。酔いと官能とで潤んだ眼差しには、わずかな困惑と興奮の色が見え隠れした。

堀井は「よっと」と腰を据え角度を整えると、縛られ動けぬ柚月に向けて、巨峰を使ったパイズリプレイを開始した。

「はぁ、はぁあ、嫌ぁ、む、胸でぇ、なんてぇ……！」

「一度やってみたかったんだ、こんな大きなおっぱいならやらない手はないってねぇ」

大量に浮く汗を潤滑油とし、肉棒はずりずりと深い谷間を往復し始める。

無論、柚月にはなす術もない。両腕は頭上でひと括り、脚も同じく動かせない。腹に男の尻があるため上半身すらままならなかった。

——ぬちゅ、ぬちゅ、ぬちゅ、づちゅ……！

たわわな乳肉をむんずと掴まれ左右からむにむにと圧をかけられても、なんら抵抗など出来はしない。硬い牡肉に谷間を擦られ、白い柔肉で包みこむようにし抉られ、形を歪に変形させられる。

それはまさに凌辱の一環としか見えないだろう。少なくとも合意あるものとは見えまい。無力な歳若い女が、その豊満な肢体をもてあそばれている光景である。

「はぁ、はぁ、はぁあ゛んッ、あはぁ゛あ……！」

しかし柚月は目尻をトロンと下げ、恍惚と見える面持ちでもって眼下の亀頭を見下ろしていた。

「すごいぃ、お、おちんちん、ぴくぴく、いってるぅ……お、おっぱいの間で、熱くなって、るゥ……！」

シャワーを浴びた直後ではあるが生来のものか肉棒は牡臭い。柔らかな脂肪の間を這いずるたび、つんと饐えたにおいが鼻腔を鋭く突く。臭い。けれど荒々しくて男らしい。においと形と有無を言わさぬ強引さとが、不思議に目と鼻と牝の意識に強く何かを訴えかけてくる。

「はぁ、はぁぁ、どうしてぇ、どっ、どきどき、しちゃうぅ……こんなやつ、嫌い、なの、にぃ……！」

恨みがましさを込めた台詞は、しかし反面、湿り気を多量に帯び悩ましく潤んでいる。こみ上げる劣情と興奮とが、酔いに流され濡れた唇から滑り出てくる。

「こんなことぉ、はぁはぁ、あ、彰浩にだって、したこと、ない、のにぃぃ……！」

「ふーっ、ふーっ、そりゃあ勿体ない、こんなもっちもちで気持ちいいおっぱいなのにねぇ」

徐々にコツを掴んできたのか、少しずつペースをあげ堀井が笑って言う。

「案外、ふーっ、淡泊なのかなぁ吉川君って？　入社したてで給料安いし、こういった場所にも来ないのかな？」

「はぁ、あはぁあ゛んッ、あ、あなたには、関係、な、いぃ……はぁあんッ、あはぁダメぇ……！」

硬い牡肉で抉るばかりか、もっちりと形を変えた柔肉にぐいぐいと指を埋め込んでくる。

それにつれて柚月の声音に艶めかしいものが混じってくる。

「胸、お、おっぱいぃ、熱く、なっちゃうぅ……どう、してぇ……！」

「それだけ柚月ちゃんがいやらしいからだよ、嫌だって言ったたって、ふーっ、身体の方はいつも感じちゃってるでしょ……！」

「そんなことないっ、私、はぁはぁ、あなたなんかで感じる女じゃ、ひゃん、はぁあ!?」

――ヴィイイイヴヴヴヴヴッ！

いつの間にか堀井はバイブを片手に持ち、尻をこちらの腹に乗せたまま、後ろ手にヘッドを局部に押し当てた。

パイズリに意識を取られていた柚月は不意打ち同然の官能に驚き、びくんびくんと突き上げるようにして丸いヒップをバウンドさせる。

「嫌ぁ、そっちもうダメぇ！　許して、このままじゃ、んんッ、もッ、イっちゃ、うゥッ……！」

どこかで理性が警鐘を鳴らすも緩んだ意識はその音を聞き取れなかった。無様に感じてアクメが近い、その事実を口にしてしまう。

「お願い、許してぇ、はぁはぁ胸だって、どんどん熱く、なっちゃってぇッ……！」

「パイズリでこうも興奮するなんて、よっぽど溜まってたんだねぇ……あれからまだご無沙汰なのかなぁ、柚月ちゃん？」

「はぁはぁあッ、そ、そう、ずっとして、なかったの、ぉッ……！　昨晩やっと、だったのにィッ……！」

「おぉ、昨晩したんだ？　でも満足出来なかった？　吉川君小さそうだしねぇ」

「はぁはぁッ、そ、そう、そう、なのぉッ……！」

トロンと瞼を半ばまで落とし、腰をカクカクと揺すりながら柚月は吐息を弾ませて言った。

「イけなかったのぉ、三回も出してもらったのに、私ィッ……！」

「はぁ、はぁ、きっと早いんだろうねぇ吉川君。で、大きさは？　大きいのはどっち？　吉川君？　それとも僕？」

「はぁあ゛んッ、こ、こっちぃ、こっちの方が、おっ、大きいの、硬くって、熱いのおッ……！」

ぱんぱんと巨峰を男の腰にて弾かれながら、ついには口を開け、艶めかしくも舌を出し、うねらせる。

「あ、相性もぉ、こ、こっちの、方がぁッ……！」

「ふーっふーっ、そりゃあ良かった、可愛い新妻さんに悦んでもらえて……おおっ！」

堀井の方も腰をびくびくとさせ、こみ上げる快感をあらわとした。

――びゅるっびゅびゅびゅびゅびゅびゅびゅちゅっ！

「はぁあんッあはぁあアア……♥」

震える腰がずんと押しつけられ、喉元にまで迫った鈴口から白い体液が勢い良く放出された。

それを柚月は口を開けたまま、顔中にびしゃりと浴びせかけられる。

「はぁ、はぁぁ、あ――熱、い……くさ、いぃ……♥」

当たり前だが世辞にも良いにおいとは言えなかった。栗の花の香りなどと比喩されることもしばしばあるが、現実はそんな良いものではない。男にとってそうであるように女にとってもそれは異臭に他ならなかった。

しかしこの時は、異臭であるからこそ異様な興奮を得てゾクゾクした。これこそが牝にはない濃厚な牡のにおい、そう鼻腔が強く意識し内なる劣情が一層激しく燃え上がった。

(精子、かけられちゃった……顔、にぃ……！)

自分が酷く汚れているのだと、この時初めて強く感じた。浴びるのはこれが初めてではない。店では何度も手や太腿にかかったものだ。顔中に体液を浴びたことで、そうした過去が一斉に思い起こされたのだ。

望まぬ異性のものである点も自らの穢れを意識させる。憎いほどの男の精液を顔に浴びてアクメする。そう、バイブを押しつけられる膣口は軽いアクメに痙攣していた。女の性感は心の性感、興奮が引き金となり肉体すらもが熱く昂っていた。

(こんな奴に、私、また……彰浩のいない間に、ホテルにまで連れ込まれ、て……)

さらにはこの現状、これも劣情に拍車をかける。傍から見れば今の自分は夫の留守中に逢い引きをする貞操なき人妻でしかないだろう。

そしてそんな状況に、なぜか昂り疼いてしまう己がいる。

「さーて、それじゃ、そろそろかなぁ」

ゆえに堀井にショーツをも奪われ太腿の間に割り込まれようとも、忌避感よりも興奮の方が先立ってしまっていた。

「はぁ、はぁ、ダ、メぇ……」

「安心して、今日はちゃんとゴムがあるからね」

ホテルに常備される避妊具を装着後、未だ角度を変えぬ肉棒が、あらわとなった女の膣口にゆっくりと収まっていく。

「ダメぇ、そういう問題じゃ、ンン──はぁぁああ゛あ゛あ゛ん゛んッッ！」

──ヌプッ、ぬちゅるっ！

主が首を振るのも虚しく、しとどに濡れそぼつ桃色の裂け目は、呆気ないほど易々と硬い牡肉に貫かれていた。

「おぉ、もう中までぐっしょり。こりゃあ相当飢えてるねぇ」

男は深々と挿入させた後、一旦腰を止めてから言う。

「旦那じゃ物足りないってのはホントみたいだね、三回もしてもらっておいてさぁ。ホント柚月ちゃんは、いやらしい新妻だ」

言われて柚月は呻き唇をぐっと噛んだ。頭はまだ回らないが、侮辱の意味を持つことだけははっきりと伝わり腹立たしい。素面（しらふ）ならば黙したままでなどいられまい。

その一方で言われるのも仕方なく感じる。肉棒が膣内に収まった瞬間から甘美感に背筋が震え仰け反ってしまっていた。こうも早くに感じるのは本当に身体が飢えていたからに違いない。

「んんっ、ンンッ、くふぅ、はぁあ゛んッ……！」

緩い抽送が開始されると、なおさら強い甘美感が秘芯を中心にじりじりと広がった。

信じられない、夫以外のモノなどでこれほど感じてしまうなんて。快感のみならず狼狽さえもが四肢を震わせ、怯え竦むかのごとく細腰がぐいっと強く捩れる。

「はぁはぁンンッはぁンンッ……！」

「こりゃあ本気で感じちゃってるねぇ、このままでもイっちゃうんじゃない？」

ゆったりと腰を振る堀井が、両膝をぐいと開いてきて笑う。

「中もぬるぬるで気持ちいいし、僕も一気にやっちゃおうかな？」

「はぁはぁ、い、一気にって、そんな――ああ!?」

――パンッ！　パンパンパンパンパンパンパンッ！

「あッあッあッああ゛あ゛あ゛あ゛あッッ!!」

「どうだい、強くされるとますます感じちゃうでしょ？」

「゛あ゛あッ゛あ゛あッ嫌ッ、嫌ぁ゛あ゛あンンッ!!」

緩やかなピストンもほんの束の間、堀井は間もなく一転し、乱暴に腰を振り立ててきた。

痛いほどに膣奥を突かれ柚月は声を高くしてわなないた。痛い、優しくして、そう言いたいが言葉が出ない。これではまるで本当にレイプではないか。

（こんな滅茶苦茶に突かれて、お、犯される、なんてぇッ……！）

異性との交際は数回あったが、いずれの際も優しい行為で基本ゆったりとしたものだった。時間をかけて甘い情事に浸るのが好きだった。

今、行われているのはそれらとはまったく違う。力任せに両脚を開かせ叩きつけるように腰を振りたくり、容れ物として扱うがごとく乱雑に膣肉を抉ってくる。

憎いと思う。人妻を酔わせホテルに連れ込み昼日中からＳＭ紛いのレイプをする、これが許せるものかと。これがもし初犯であったなら悲鳴をあげ泣き叫んでいたに違いない。

「あ゛、あッは゛、あ゛、あ゛んッ！　すぅ、すごいぃ、こんな、こんなぁァ……！」

それなのに今、感じているのは狂おしいほどの官能であった。荒々しいピストンに膣底が強かに打ち据えられるも、そのたびに苦痛ばかりではなく激しい官能をも子宮が拾う。敏感な箇所にぴたりとフィットする憎らしくも相性抜群のペニス。愛なきはずのその触れ合いに、しかし心身は熱く昂り、迸る愉悦に膣粘膜がうねうねと妖しく波を打つ。

（う、動いちゃう、腰、動いちゃうぅッ——ナカも、オマ○コのナカも、きゅんきゅん締まって動いちゃうゥ……！）

「はぁはぁ、こうやって、激しくされたかったんだろう？　普通にマ○コ突かれただけじゃ、物足りない、んだろう……？」

数少ない自由な腰を揺すって艶めかしく身悶える柚月を責めつつ、堀井が汗を滴らせ獰猛な笑みを浮かべる。

「吉川君はどう見たって草食だしねぇ、ガツガツしたりしないでしょ？　ホントはヤりたくてしょうがないクセに変に真面目ぶってさぁ！」

「゛あ゛あッダメぇ腰掴んでッ、はぁ゛うッ！　強゛いィッ！」

「柚月ちゃんみたいなエッチな人妻じゃ、そのうちつまらなくなっちゃうよねぇ！」

「ち、違う、私、は゛あ゛あッそんなこと゛お゛おッッ‼」

一撃、二撃と鋭く突かれて柚月は悶え、声を裏返らせる。ぎゅっと目を閉じ迫り来るアクメを見まいとする。ギリッと奥歯を軋ませてこらえる。

それを見た堀井は「強情だねぇ」と歯を見せて笑む。「いつまで続くかなぁ」とも。と、その堀井が、ふと腰の動きを緩めた。ベッド脇に放ってあった自身のスマホを片手に取る。

「お、噂をすればだ、吉川君からＬＩＮＥが来たよ。なになに、僕一人じゃ厳しいので今出れませんか、だって」

夫からのＬＩＮＥを読み上げた堀井は「プッ」と吹き出し、そのスマホをこちらに見せてきた。

「忙しそうだねぇ吉川君、可愛い奥さんが昼間からラブホにいるっていうのに」

仕向けておいてそんなことを言い、ヒヒヒと目を細め嘲笑う。こちらの気が咎(とが)めるのも、もちろん承知の上で。

「酷いよねぇ、旦那が汗水垂らして働いてるってのに新婚ほやほやの新妻ときたら、知らないところで別の男と楽しんでるんだもんなぁ」

「ううっぐぅ……！」

柚月はびくびくと痙攣を続けたまま内心で夫に詫びる。ごめんね。こんなことになるなんて思わなかったの。今回だって逆転のチャンスだと思ったのに——と。

だが罪悪感を覚える反面、同時に背徳感に身震いする。夫だけでは満たされぬ肉欲を別の男の肉棒で満たしている、その事実が望む望まぬにかかわらず心身を高揚させ感度をもあげる。

そして——ヴィイイインッ！

「あッあああ゛あ゛あ゛あ゛あいや゛あ゛あ゛ん゛ん゛んッ‼」

再びバイブに膣口をねぶられ堪らず腰がガクンと跳ね上がる。正しくは外側の急所、クリトリスをバイブでこすられて。昂っていた膣と下腹部に、この刺激は完全なる不意打ちだった。

——ずちょずちょずちょずちょぐちょぐちょぐちょぐちょっ！

「は゛あ゛あッダメぇこんなァ⁉　感じッ、すぎちゃうゥ、ヒイイッすごいイィ⁉」

次いで間を置かず激しいピストンが女体を襲う。先ほど同様、否それ以上の怒涛の腰突きが女を責める。外と中とを同時に責めて篭絡せんとしてくる。

柚月は首を遮二無二振って涙ながらに愉悦にのたうった。激しい動きに髪紐がほどけ襟元でまとめた黒髪が広がる。ほつれた髪が体液を吸って頬と唇に張り付くが、みるみる高まる熱感のあまりそれを気にする余裕もない。

「はﾞあﾞあッダメぇ、ダメッ、ダメぇ激しいッ、イク、イっちゃうﾞうﾞんﾞんッッ！」

襲い来る官能の荒波の前に、もはや抵抗は意味を為さない。ずりずりとバイブが引っかくたびに勃起したクリトリスが目に見えて震える。サオが肉ヒダと擦れ合うたびに膣口が歓喜に蜜汁をこぼす。膣底への乱打は一向に止まず、かえって加速し子宮口をも悦楽で蕩かせる。

こんなのダメ、気持ち良すぎる、我慢なんて出来っこない！

そう心中で悲鳴をあげながら柚月はなおも背筋をのたうたせる。弱い膣奥とクリトリス、二重快楽に全身が粟立ち肌という肌から汗が出る。ブラウスが透けて肌に張り付き、ずれたブラごと乳房が揺れ弾む。のっけから続く激しいスパートに巨大なベッドすらゆさゆさと大きく振動する。

「はﾞあﾞあッﾞあﾞあダメぇもう、もうッ～～イクッ、イクッ、ごめん彰浩ぉ、私ッ、イックゥ――――！」

いよいよ差し迫る頂を前にして、夫の名を叫び、ぐぐっと弓なりになる人妻。

その細腰を左右からわし掴み、男はとどめとなるひと突きを、力強く膣奥へと見舞った。

「ふぅふぅ、イクよ柚月ちゃん、おおっ、おおﾞお……！」

「イクッはﾞあﾞあイクッイッ～～クゥ～～ッッ……！」

――びくっびくっびくっビクビクビクビク！

——どぷっ、ぶびゅるぶびゅるぶびゅるぶびゅる……！

女体がブリッジを描いた直後、膣底に食いこんだ肉棒の先端がみるみるうちに膨らんでいった。

薄いゴム越しの膣内射精。その感触、膣内に広がる異物感と膨張感。

柚月はアクメにガクガクと打ち震え、大きく腰を掲げあげたまま、カチカチと白い歯を鳴らす。

「はあはあヒイヒイッ！　す、すごッ——こん、なァ——ッ……！」

己が身で味わった愉悦の大きさに、己自身が信じられない。

あれほど望んだ快楽が、こんなにも容易く手に入った。夫とあれほど励んでも届かなかった場所に、ただの一度で手が届いた。共に昂ったのとも少し違う、ほとんど一方的に高みへと追いやられたのだ。

（こんなの、は、初め、て……イキたくなくて、怖くて、悔しくて、それなのに……！）

アクメの自制を試みることすら、この男が初めてであった。共に果てるか、男だけ果てるか、大抵はそのいずれか。責められよがるなどということもなかった。

そうだ、自分は感じていた。不貞を嗤われ罵られた時、なぜか強く興奮した。だからこうも感じて身悶え、たちまちのうちに果てられたのだ。

「ふぅ、ふぅ……いやーすごい感じっぷりだねぇ。さすがお店でも人気なだけあるよ」

たっぷりと射精を終えた堀井が、ゆっくりと腰を引きペニスを抜いた。

「見てよ、こんなに出ちゃったよ。僕ってほら、一日二回はヌかないと溜まっちゃう性質だしねぇ」

避妊具の先端に溜まった体液は体感通り量が多く、まるで巨大な睾丸のようだった。堀井はそれをペニスから外すと、縛られ弛緩した女の口元に、ドロリと中身をこぼしていく。

「う～ん思ったとおり、どろどろの顔がまたエロいねぇ。スケべな人妻って雰囲気ばっちりだよ」

「はぁ、はぁぁ、ンッ、ング……クチュ、ふぅぅ……♥」

頬を背ける余力もない柚月は、息の荒い半開きの唇に直接粘液を注ぎ込まれ、それを小さく舐めては飲み下す。

（におい、すごい……頭、くらくら、しちゃうぅ……）

顔に向けて出されることもだが、こうしてわざわざかけられるのも当然ながら初体験である。横暴と言うべきか、それとも傲慢と称するべきか。なんにせよ恥辱的行為であることに違いはない。

にもかかわらず柚月の意識に染み渡るのは、汚され、もてあそばれることへの被虐的な興奮だった。

（こんな奴に滅茶苦茶に犯されて、精液、かけられて……でも、あぁ……！）

全身の肌が総毛立つような身震いするほどの強烈な興奮に、酔いの回った意識が溺れ、なおさら何も考えられなくなってくる。

と、不意に堀井が腕を伸ばし、両手と両足の拘束を解いた。両手首はまだ束ねて縛られたままだったが、他は自由となり起き上がれるようにはなった。

「ぇ……あ、やっ……ちょ……？」

しかし素直に終えてくれるほど、堀井という男は生易しい相手ではなかった。

「な、何するの、え、やだっ……!?」

今度は腹ばいにされたと思いきや、尻を掴まれ、ぐいと膝を立たされた。

堀井も背後で膝立ちとなり、新たな避妊具を装着したペニスを軽く突き出された豊尻に押しつける。

「ま、待って、イったばかりだし、それにィ……！」

こんなの恥ずかしい、獣みたいな格好でなんて。

新たな赤面でのその訴えは、けれど呆気なく官能によって遮られた。

——ヌプッ、ずちゅ！ ずちゅ！ ずちゅ！ ずちゅ！ ずちゅ！

「あッ゛あ゛あアア!? ヒィ許して、もぉダメ、もおッ！」

「そんなこと言っちゃって、ココはもっと欲しいって言ってるでしょ？」

「い、言ってない、もぉ嫌ぁ、やすッ、ませッ、てぇエッ……！」

またしても膣孔を牡肉に穿たれ、たちまち息を切らせてしまう。

巨大なアクメを味わった肉体は力が抜けて膝を満足に立たせ続けることすらも難し

い。辛い。力むことが。声を出すことが。何より快感に飲まれ続けるのが。目の奥が霞むくらいに辛い。

柚月は改めてこの男の貪欲さに舌を巻く。女が誘わずともすぐさま続行出来るばかりか、さして休まずとも延々と腰を振り続けられる。これほどの勢いで毎度相手などさせられた日には、いつか腰が抜け失神してしまうに違いない。

それでなくとも宣告したとおりアクメ直後で肌も膣も敏感なまま、数度奥を抉られただけで敢え無く快感に足が震える。十回、二十回、三十回、リズミカルかつ力強いピストンに、尻たぶが弾け蜜汁がぴちゃぴちゃと辺りに飛び散る。

「はぁはぁ゛あ゛あッ゛あ゛あもぉダメぇ――イクッ、またぁア……！」

こらえようと粘ったものの、結局は徒労に終わりまたも容赦なくアクメが訪れた。ブラウスを残すしなやかな背筋が隠しようもなく愉悦にわななき、蜜汁にまみれた柔らかな肉ヒダがぎゅうっとペニスを強く食い締める。

堀井はそのぬかるんだ奥をなおも休まず抉りながら、

「おほぉ、また締まってる、またイっちゃったみたいだねぇ柚月ちゃん」

そう言って右手で尻たぶを掴み、親指をぐいっと肛門へと押しこんだ。

「はぁはぁ、え、やっ～～ああ゛あ゛あ゛あ!?」

「おぉ、こっちもとっくにぬるぬるだねぇ、意外とあっさり入っちゃった」

「ぬっ抜いて、抜いてよ、嫌、嫌あぁ！」

「そうは言ってもねぇ、ココもぐいぐい締めつけちゃってるよ」

柚月は目を剥いて肩越しに見やるが堀井は何食わぬ態度で直腸内で指を動かす。ぐりぐりと粘膜が捏ねられまさぐられる感覚。背筋が冷えるような快感が尾てい骨を駆け抜け、はっきりと肌に鳥肌が立つ。

(嫌、こんなの、こんなのぉ!? お尻でなんて、お尻でなんてぇ!)

これまで経験のない、得も言われぬような感覚に、頭が混乱し目の奥さえもがぐるぐると回りだす。一体なぜなのか、気持ち悪いと思う反面、強い高揚と奇妙な快感とが一緒くたになって背筋を這い上がる。未経験ゆえに抗う術も知らない、何も出来ずただただぶるぶると身震いするばかり。息苦しいほど呼吸が荒くなり酸欠で喘ぐようにしながら、為されるがまま膣洞を穿たれ直腸粘膜をほじくられていく。

「ふーっふーっ、すごい反応だねぇ、マ○コずっと締まりっぱなしだよ、ひょっとして柚月ちゃん、コッチは初めてかい?」

「は゛あ、あッ、そう、は゛あ゛あ初めてぇえッ! だから許して、お願いッ、だからぁア……!」

ついには心の底から許しを乞い、未知の快楽に泣き咽ぶ。

その柚月のだらしなく緩んだ表情を見て、堀井は鼻息を荒くし、二度目のスパートへと転じた。

——ずちゅずちゅずちゅずちゅずちゅぶちゅぶちゅぶちゅぶちゅ!

「は゛あ゛あッダメぇそれダメッ、ああ゛あ゛あ゛ア゛ア!!」

「ふーっふーっ、ホントいやらしいねぇ柚月ちゃん、こっちまでゾクゾクしてきちゃうよぉ！」

昂る劣情もあらわなピストンが容赦なく過敏な肉体を責めてくる。責める、突く、弾く、叩きつける、それこそ獣が犯すがごとく背後からラッシュをかけてくる。

「ダメぇダメッダメッは゛あ゛あもぉ許してぇぇッ！　オマ○コイクっ、お尻イクっ、げんかッ、限界ィッ！」

圧し掛かる形で犯される柚月は顔をぐしゃぐしゃにして髪を振り乱す。目からは涙が止めどなく溢れ鼻水までもが漏れる有り様で、理性や自制などどこを探してもありはしない。縛られた両手でシーツを掴み、ぎゅうっと握り締め身悶えるばかりだ。

膣粘膜は痺れ高まるが、それに加えて鮮烈な官能が直腸粘膜をひたすら火照らせる。ピストンに合わせて抜き挿しする親指、そこから生み出される刺激と摩擦とが恐慌をもたらすほど神経を過敏にする。寒いのか熱いのか、それすらも判別出来ない感覚。とにかく鳥肌は立ち続けるも肌は汗ばみ肉悦によって色づいていく。

（こんなに感じるの生まれて初めてッ、お尻まで気持ちいいなんてェ、もうおかしくなる、もうわけ分からないィ！）

ヒイヒイと無様に喘ぎながらぐったりと肩を落とし愉悦に咽び泣く。尻だけ高く突き出した姿勢で前と後ろの孔を犯される。滴り落ちるほど蜜汁を溢れさせ、ぶるぶると下肢を痙攣させる柚月。

「ダメぇ、らめぇ、ヒグッ、゛もぉイクッ～～ううぅ！」

「ふーっふーっ、お、゛おぉ……！」

——どぶっどぶっびゅくびゅくびゅくびゅくっ！

——ビクビクがくがくがくがくんっ！

肉棒が膣内で大きくしゃくりあげ、避妊具をぶりゅぶりゅと膨らませつつ熱い体液を放出していった。

直後に女体も限界を迎え、しゃっくりに似た嬌声をあげて二度目の強いアクメへと到達していた。

「ヒグッ、゛おぉ、お尻ぃ、きも、ひ、いぃ……！」

「ふぅ、ふぅ、驚いたよ、初っ端からアナルで感じまくっちゃうなんてねぇ……」

もはや前後不覚の柚月に、堀井が少しだけ驚いた表情を向けていた。

※

「………ぁ……ぁ、こ、こ……は……」

重い瞼をゆっくりとこじ開けると、ぼやけた視界の向こう側に薄暗い天井が浮かび上がってくる。

自宅の寝室ではない、ここはどこだったか——未だ朦朧とする意識の中、柚月はぼんやりと自問した。

「……そ、うだ……あいつと、飲んで……そうだ、ホテルで……」

しばし眠っていたおかげか、目が覚めてくると、徐々に意識がはっきりしてくる。

そうだった。昼間から居酒屋で飲んだ挙句、泥酔してしまいラブホテルに連れ込まれたのだった。

まだ少し酔いが残っているのか多少頭がクラクラとする。だが泥酔と言うほどではない。鈍いが思考は巡っている。立てないこともなさそうだ。

はだけ寝乱れたブラウスを直し、身を起こして嘆息する。大失態だった。相手を酔わせて隙を見て証拠を消すつもりだったのが、逆にまんまとしてやられた。これほど酒に強い男だとは完全に想定外だった。

「そういえば……あいつは、どこ……？」

そこでふと、堀井の姿がないことに気づく。よもやホテルに女を残して一人帰る真似はすまい。多分シャワーでも浴びに行ったのだろう。

そしてそこで、ふとまた気が付く。手近な椅子にハンドバッグごと携帯が無造作に置かれていた。これはチャンスだ。予定とは異なるが今ならデータを消去出来る。

「ツイてる、急がなきゃ、あいつが戻ってくる前に……」

大急ぎでスマホを手に取りロックを解除してフォトデータを閲覧する。暗証番号は記憶済みだ、以前操作していたところを横からこっそり盗み見ていたのだ。

「あった、これで……！」

目当てのデータを発見すると一も二もなく消去していった。肩が震えるほど大きな安堵がやってくる。これでもはや言いなりとなる謂れはない。

が——

「困るなぁ、ヒトの携帯勝手に見るなんて」

「っ——それが何よ、あなたがやったことに比べれば」

シャワーを終えて出てきた堀井に、柚月は挑戦的な視線を投げかけた。

「もう証拠は消してやったわ。これでもうあなたなんかに……！」

「う～ん、残念。データはとっくにPCにコピーして保存してあるんだよ」

「っ——な——!?」

「大事なデータいつまでも持ち歩いてると思った？」

勝利を確信した笑みから一転、柚月は見る間に顔面蒼白となった。迂闊（うかつ）だった。スマホ全盛の時代ゆえにPCの存在を失念していた。柚月自身、仕事関連でしか使ったことがなかったのだ。

「自宅のだけじゃないよ、会社のPCにもコピーしてあるんだ。まさかそっちまで消したりしないよねぇ？　万が一見つかったら大変だ」

堀井はニヤニヤと陰湿な笑みを浮かべ、息がかかるほど間近で覗きこんでくる。

「奥さんが会社のPC盗んだ——なんてことになったら吉川君どうなるかなぁ？」

「っ——くぅ……！」

万事休す。柚月はがっくりと肩を落とす以外になかった。

※

「ただいまー。ふー、今日も疲れたよー」

夫の彰浩が帰宅したのは、夕食時を多少過ぎていた時刻であった。

柚月はいつものように玄関にて彼を出迎えた。

「お帰りなさい。——他のみんなは休日だったのに、大変ね」

「そうなんだよー、気づいたら僕だけ仕事が溜まっちゃっててさー」

ネクタイを緩めソファにどっかと座る彰浩は、けれど言うほど疲れた様子はない。

休日出勤ではあったものの定時あがりに近いためだろう。

なぜ自分以外が休日だったと知っているのか、訝(いぶか)る様子もなく、彰浩はささっと食事と風呂を済ませる。

「ねえ柚月？　今日は久々に——どう？」

定時あがりで余力があるのか、珍しく彼が誘ってくる。

平素の柚月ならば、喜んで誘いに乗ったことだろう。

だが今夜は、どうしてもその気になれなかった。

「——ごめん、今日はちょっとお出かけして疲れちゃった」

「そ、そう？　じゃあしょうがないね」

断られるとは思っていなかったのか、彰浩は少し面食らった様子だった。

「――――ごめん……彰浩……」

先に寝室へと入っていく夫の背中を見送り、聞こえないよう小声で呟く。

万が一にも悟られることが怖かった。残り香、体液、なんでもいい、あの男の痕跡を少しでも知られたくはなかった。

別の男に抱かれた直後に愛する夫に触れさせたくない、という思いもある。自分が酷く穢れているような気分もあった。

しかし、それだけか、と何者かに問われたならば、きっと返答に窮しただろう。

泣き咽び許しを乞わねばならぬほど官能で身悶えてしまった己。度重なるレイプとアナルまで開発されつつある我が身。

恐ろしい。酷く不安になる。心の中では常に足元がおぼつかない。

そんな状況に、しかし――身体の芯が震えるほどの高揚感を得ていることも、おぼろげながらに悟りつつあった。

――彼では満たされない。でもあの男なら……。

無意識に夫と比較していることに、柚月は酷く自己嫌悪するのだった。

五章　逃れられぬ悪夢

トントントン、とまな板の上で包丁が軽快な音を奏でていた。

料理の音しか響かぬキッチンに男の声が横槍を入れる。

「──ああ吉川君かい。どうしたの土曜の昼間っから？」

「どう？　少しは残業落ち着いた？」

『いやいや今日も帰れないですよぉ……！』

携帯電話の向こう側から、夫の悲鳴じみた声がくぐもって耳に届く。

彼は今日も休日返上で、あくせくと仕事に追われている。

それなのに自分は一体何をやっているのだろう。

夫が留守の間に別の男を自宅に招き入れ、こんな……。

「……はぁ……ふ、ぅ……」

ワークトップと向き合う最中(さなか)、裸の尻を小さく震わす。そう、裸。少なくとも白い尻たぶは何ひとつ身を隠すものがない。

緊張感とこみ上げる羞恥に、柚月はふるふると肉体を震わせ続けていた。

※

あれから──ラブホテルでの一件から、堀井の要求は加速度的に勢いづいていった。

悪い予感は当たってしまい、堀井はこちらの弱みを盾に、幾度となく関係を求めてきた。

「ず〜っと狙ってたみおんちゃんと、やっとヤらせてもらえるんだもん」

店での鬱憤を晴らすかのように、堀井は柚月の若い肢体を最低週一度は貪った。

ホテルでの一件にて、こちらに打つ手無しと見たのだろう。彼の要求内容と頻度は日増しにエスカレートしていった。

数日後くらいには普通のセックスから外れ始めた。ディルドを持ち出し前戯代わりに膣内へと挿入された。

「嫌ぁ、こんな玩具なんかっ、でぇエ……ッ！」

ローター程度なら経験はあったが異物挿入までは初体験で、肉とは違う無機質な硬さに恐怖感に似た官能を覚えた。

その後今度は衣装遊び、いわゆるコスプレをやらされた。しかもその内容が酷いもので、あろうことか女子学生用の体操着にブルマだった。

「なんて変態なの、大人の女にこんなの着せるなんてぇ……ッ！」

これも同じく初体験で当惑に赤面を隠せなかった。自分が学生時代の頃はすでにブルマなど見かけることもなく、さして際どいわけでもないのだが不思議と下腹部が心もとなかった。

「こういうのもお店でやってみたかったんだよねぇ。柚月ちゃんってちょっと童顔だし、やっぱり似合うよホント」

　褒められるのは存外悪い気はしなかったものの、歳不相応の格好はやはり恥ずかしく思えたものだ。胸や尻のサイズがきつく、ぱつんぱつんだったのも視線を意識する要因になり得た。脱がさず局部のみハサミで切って挿入された際には妙に昂った。

　そして先日には、とうとうアナルをもバックから貫かれた。「コッチでも感じてたし大丈夫でしょ」などと堀井はこちらの拒絶を無視した。

「はぁはぁ、ダメぇ、おぉ、お尻でなんッ、てぇエ……ッ！」

　必死になって否定したが、結局は感じてきて直腸の官能に悶えて果てた。ホテルで味わったあの官能は本物であったと証明されたのだ。

「もうッ、許してぇエッ、お願い、お願いィ……！」

　なおも後ろを貫かれながら、柚月は悶えながら、懇願をし続けた。

　この頃には心がすり減り始め、日常感覚が狂いつつあった。二、三日ほど間を置き、折を見て姿を現す堀井。その都度行われる淫らな行為。自分は一体誰の妻なのか、なんのために日々を過ごすのか、だんだんと分からなくなってきていた。

　どこで間違えたのだろう。怪しいバイトに手を出したことか。金銭欲に目が眩み最後に撮影を許したことか。そもそも親族の言うように結婚を急ぎすぎたのか。

　答えは出ない。今となってはすべてが原因だったように思うし、同時にすべてが的外れなようにも思う。

「どう？　少しは残業落ち着いた？」

『いやいや今日も帰れないですよぉ……！』

そして今日、今この瞬間にもまた、土曜の昼日中から、あくせくと働く夫に隠れて別の男を自宅へと招き入れている――

※

『先輩、なんとか出てきて手伝えませんか？　こっちもういっぱいいっぱいで……！』

ワークトップに向き合う背後から、夫の声が携帯越しにくぐもって聞こえてくる。

柚月は裸の尻を震わせつつ夫の近況に思いを馳せる。ここ最近は特に忙しいらしい。定時どころか午前帰宅は当たり前、泊まりがけという日も時にはあった。週に一日休めるのも稀で、極度の疲労も相まって夜の生活など望むべくもない状況であった。

「う～ん、ちょっと無理かなぁ。今日はお料理教室の日だからさぁ」

椅子に腰かけているはずの堀井が苦笑気味に首を振ったのが気配で分かった。似合いもしない滑稽な嘘をいけしゃあしゃあと口にしている。

『え？　先輩そんなの行ってたんですか。道理でこんこん音がするわけかぁ』

その嘘をあっさり信じた夫が、携帯の向こうでため息をついている。

『一人で片付けるしかないかぁ……』

「がんばって吉川君！　可愛い奥さんのためにもさ！　じゃ……」

『あ、ちょっ――』

プッ――わざとらしい激励で締めてから、堀井は容赦なく通話モードをオフにした。

「さて……と」

椅子から立ちあがり、ぬっと背後に近寄ってくる。

聞かれていたのは承知の上だろう。むしろわざとハンズフリーにして聞こえるよう仕向けていたのだ。忙しい旦那を尻目に悦楽に溺れる新妻――それを強く意識させるために。

「お待たせ、柚月ちゃん♥」

そこまで悟っていながら緊張感に震えてしまう己が情けない。背後からむんずと尻を掴まれ、興奮に声が漏れてしまうことも。

「ひっ……ん、ふぅ……」

「彰浩君まだ仕事終わらないってさ。大変だねぇ、毎日毎日忙しそうで」

裸尻をすりすりとまさぐる傍らで、しれっととぼけたことを言う堀井。柚月は内心悔しさを覚えつつ、尻を撫でられる感覚に身動ぎする。

「はぁぁ……っっ、わざと仕事、押しつけてる、くせに……っ」

当て推量に過ぎなかったが今となっては確信に近かった。この男が夫を多忙になるよう仕向けているのだ。それ以外に考えられない。同じ部署であるにもかかわらず夫一人が毎日多忙でこの男には余裕があるなどと。

改めて考えても稀に見る不運としか言いようがない。秘めておきたい過去を知るばかりか、夫の上司であり間隙を縫うに困らぬ立場、こんな男に巡り合うなど狭い日本でも滅多にある話ではあるまい。

そんな下種男の手や指や口やらに、こうまで馴染み、解きほぐされつつあるということも……。

「ひどいなぁ、せっかく会いにきたのに。一週間も我慢してたんだよぉ?」

「やっ、あ――く、んッ……!」

「でもさ、今朝LINE送っといて良かったよ。こんなエロい格好で待っててくれるなんてねぇ」

「んッはぁ……く、ふぅン……!」

裸尻を撫でるだけに飽き足らず指は谷間の奥へと進んだ。肛門の上を這いずりながら徐々に徐々に前へ前へ。前垂れに隠れた裸の秘裂をくちゅりと開いて中にまで滑り込む。

尻だけ裸なのではない、そもそも柚月は服らしい服など最初から着ていなかった。前垂れ付きの白いエプロン、それだけが彼女の白い素肌を覆っているものだった。俗に言う裸エプロン。プレイの一環とされるものだ。

低身長で比較的細身だが柚月は豊かな胸腰を持つ。背後から見れば豊かな丸い尻が目を惹くのは当然だ。くびれもきゅっと細く締まっており肉感的なラインが際立つ。

さらに横から目を向けると、型崩れのない円錐型の美しい乳房が見て取れた。エプロンの脇から側面を出し、たっぷりとした肉の量感をそれとなくアピールしている。そもそも生地が若干足りず、前から見ても両脇から微かに淡い乳輪部が覗いていた。

（は、恥ずか、しい……彰浩以外の男の前で、こんな……）

屈辱と羞恥と不本意な官能とに、柚月は悩ましくくびれを捩る。男はああ言ったが自分で選んだ格好ではない、事前にそれとなく指示されていたのだ。でなければ誰が好き好んでこんな姿で料理など――。

（でも……あぁ、でも……ッ）

「あれ？　なんか、さっきからモジモジしてると思ったら……」

秘裂をまさぐる硬い指が、今度は再び尻たぶを掴み、両手で秘裂ごと左右に開いた。

「い……や……見ない、で……」

柚月は赤く頬を染め、肩越しに背後の男を見やる。情けないかな、男好きする艶めかしい肢体は、自らに起こる性の変調を誰よりも先に理解していた。

「もうこんなになってるねぇ。もしかして、電話してる間ずっと濡らしてた？」

男の言葉が指し示す通り、秘裂は静かに蜜汁を湛え、キラリと光沢を放っていた。

こんな状況でなぜこんな――柚月は自らの痴態に歯噛みする。望んでこうなったわけではない。破廉恥な姿を隠したくもある。だというのに肉体は勝手にじわじわと熱を帯び、これより始まるであろう行為に向け静かに準備を整えつつあった。

「料理もぜんぜん進んでないし――」

「ひっ⁉ んっ、ふぅ……！」

――ぴちゃっ、ぴちゃっ、ジュル、ジュルッ……

「ぢゅっ――こっちを食べて欲しかったのかなぁ？」

「だ、誰がぁ……んン、あふぅ……！」

ワークトップに両手をつき、屈曲位にて背後からネチネチとクンニを受け続ける。

嫌、そんなにしつこく舐め回さないで。

柚月は内心で訴えるも、しかし抑えの利かぬ官能に四肢を軽く突っ張らせ震える。

「うわぁ、甘い蜜が、ぢゅっ――どんどん溢れてくるねぇ……くちゅ、ぢゅル……」

「あはぁ、ひぐッ……お、奥、にィ……！」

熱い舌肉はストロー状に細長くなり、蜜汁塗す内側のヒダ肉をすりすりぐりぐりと柔く引っかく。蜜汁を啜る男の鼻息が肛門にまで刺激を与える。淡い陰毛を生やす恥丘が触れてくるアゴ髭にじょりじょりとこすられる。

はぁはぁと柚月は吐息を弾ませ、懸命に足を突っ張らせ立ち続けた。この男らしい不躾で無遠慮なクンニ。そこに忌避を抱きながらも感じてしまう己がここにいる。

「そこは、はあぁッ、だっめ……あ、あぁァ……！」

連日に亘る密会と恥辱は、いかに本人が望むまいとも着実に感覚を馴染ませていった。罵ろうとも懇願しようとも快楽を与え続けられた肉体。心はともかくもそちらの方は今の生活スタイルに合わせるようになり始めていた。

（かっ、感じ、ちゃうぅ……気持ち悪いくらい舐められてるのに、気持ち悪いのに、どう、してぇッ……！）

こうしてクンニを受けることとて、これで何度目となろうか。夫の優しいそれとは違う、ミミズが這いずってくるような動き。それに慣れ親しんでいく身体が、己自身が怖くて堪らない。

あるいは相手が夫であるならば素直に受け入れ歓喜しただろう。だが違う、この感触は、この快楽は、憎い男からの凌辱的行為によるもの。それは分かっている、分かっているのに肉体は昂り心までそこへ引きずりこまれゆき、やがて、

「で、でちゃッ——うぅッ——はぁぁ゛あッ……！」

——プシャァァ……ッ！

「おっとと、おー、大洪水♪」

男の笑声が耳に届く中、尻たぶはふるふると官能に打ち震え、ぱっくりと左右に開かれた秘裂はアクメに潮を噴き散らかしていた。

「いやーすごいねぇ、本物の潮噴きなんて初めて見たよ。感じやすいコってホントにいるんだねぇ」

足から力が抜けた柚月は、言い返す気力も出ず、クタリとその場で膝をつき、尻を床にすとんと落とす。

「後ろの孔もすごく敏感みたいだったしねぇ、一緒にされると感じちゃうのかな？

また弱いところ見つけられちゃったねぇ♪」

「はぁ、はぁ、こ……こんなの……彰浩の方が、よく、分かってる……」

もちろん嘘だ、悔し紛れの言い分に過ぎない。夫はおろか別の男にもアナルを触らせた過去などない。初潮噴きを見られた屈辱を紛らわそうとしただけであった。

(どう、して……どうしてこんなにも、感じちゃう、のぉ……)

まるで初体験から数度目の頃のようだと思う。初体験時は不慣れもあって感じはしたが激しくはなかった。それが回数を経ることによって徐々に慣れて感じやすくなり、ある日を境に大きなアクメを迎え、次第に夢中になっていったのだ。

今味わっている感覚は、その初期のものに近い。身体と感覚とがリンクしつつあり、それを頭が上手く処理しきれないでいる。

そこまで考え、はたと気づき内心狼狽する。自分は今、着実にこの男に、この快楽に馴染んできている。許されざるこの関係と日々に――

「へぇ～。じゃあ――」

こちらがぐったりとしている間にも、堀井は次のステップへと進んでいた。

「もっと隅々まで調べさせてもらおうかな。今日は僕がお料理してあげるよ」

「きゃっ……ちょっと……!」

ぐいと掴んでくる男の右手には、サラダ油のボトルがあった。戸棚にあったものを拝借したようだった。

それで一体何をするのか、床に仰向けにされた柚月は汗を浮かせ唇を震わせる。

堀井はまず空いた腕で、エプロンの前をぎゅっと中央に寄せて細くした。ただでさえ乳輪の見えていた乳房が、谷間に布を挟む形でぷるんと柔らかに揺れて顔を出す。

彼はその豊満な膨らみに、ボトルの中身をドプドプと垂らし浴びせていく。

「ひっ、冷た……っ……！」

「まずは、このぴちぴちした料理に、たーっぷり油を塗ってぇ……」

フローリングに垂れるのも構わず男は指で油を塗りたくってきた。「汚れちゃう」との言葉も無視し、あらわとなった豊満な膨らみにヌチヌチといやらしい音を立て塗りこむ。

「ほら、こうやって、オイル塗ってあげるよぉ……おぉいやらしい、綺麗な肌がすぐにぬらぬらしてきたねぇ」

かつての店での意趣返しとでもいうのだろうか、男は五指を執拗に蠢かせ、白と薄桃の美しい乳房を柔く揉むようにマッサージしてきた。

「はぁ、はっ……んぅ、くふぅ……ん……！」

サラダ油特有の香りとぬめりを帯びた程良い摩擦感に、柚月の肌は淡く色味を帯び、呼吸が再び乱れ始める。

「そういえばお店でよくマッサージしてもらってたよねぇ。逆にされる気分はどうかな？」

「べっ、別に……なんともない……わ……はぁぁ……」

そうは言うものの頬は上気し身体が新たな熱を帯びていく。それが分かり、だからこそ余計に息が荒くなる。

当然ながら褒められたものではない、マッサージなどと称するのもおこがましい見よう見真似の素人技である。曲がりなりにも講習を受けている店の女たちとは違う。

しかしそれがなんだというのか。一度アクメを見た肢体は肌の感度も抜群に良く、こうして拙く擦られるだけで見る間に感じて昂っていくというのに。

(彰浩にだって、こんなこと……ううん、出来るわけない、お店のことバレちゃうからぁ……！)

——にゅる、にゅるっ、むにぃ……ぐにぐにっ、クリクリっ……

「はぁあ、あ゛あッ、ンふぅ……ッ！」

こうして乳房をまさぐられるだけでも感度は上昇する一方であった。特に胸が弱いということはない、そのはずだったが乳房が感じて、いつになく熱をあげてくる。中央に寄せて大きく持ち上げられ、先端をぐりぐりと引っかかれると、乳首の芯までじんじんと痺れ官能が周辺へと波及していった。

「先端もよーく塗りこんでぇ……」

「ひ、うッ……ひぁ、ぁアッ……！」

「隅々まで丹念に塗っておこうねぇ……」

「やっ、もぉ……揉まない、でぇッ……！」

口では平然を装いはしたものの、その反応と感じ方は世辞にも平気とは言いがたい。声は掠れ弱々しくなり肌のみならず頬までも色づき、怯えるように閉じた太腿は乳首と同様に細かく震えだす。両の手首を目の前で交差させ目元を隠すのがせいぜいだ。

もちろん堀井とて感じているのは分かっているに違いない。分かっていて黙っている。どこまで強がれるか眺めて楽しんでいる。

「谷間はこれで塗り込んであげるねぇ、ここは特に入念にしとかないと」

「はぁ、はぁ、あっ——やぁ……!?」

堀井はそそくさとズボンをおろすと裸の尻をこちらの腹に乗せ、エプロンも気にせず胸の谷間に肉棒をぐいと押しこんできた。

「おぉ、挟むとすっごい肉厚……！　ホント、柚月ちゃんはおっぱい大きいねぇ」

（また、む、胸で……パイ、ズリぃ……ッ！）

腹に圧し掛かる重量感と人肌特有の暑苦しさに、柚月の吐息がうだるような熱気を帯びる。

思えば胸で奉仕することも、この男以外にした記憶がない。ＡＶなどでは頻繁に見かけるが世間一般では現実的でない。対等の関係で及ぶ場合は女性側が嫌がることも珍しくない。

しかし今、自分はこの男の言いなりだ、拒むことなど出来はしない。たっぷりとした柔肉を掴まれ、深い谷間を肉棒で摩擦されゆく他ない。

そしてそのことに——良いようにされているこの現状に、興奮してしまっている自分がいる。

「すごい、前より気持ちいいよぉ、オイルでぬるぬるしてて最高っ……！」

「はぁぁ、うぅッ、んッ、こんな……っっ……！」

間に布を挟んでおいてさえ胸の谷間はよく滑った。オイルマッサージはこんなところにも効果を発揮し、先の愛撫以上の刺激を硬いペニスに与えていく。大量に油を塗した柔肉は、まるで生き物が吸いつくかのようにもっちりと肉棒を挟んでしごいた。

「ふぅ、ふぅ……こんなに大きいと肩凝っちゃうでしょ、よ〜くマッサージしとかないとねぇ……！」

「はぁぁ、あっ、ふぅぅ……んふゥン……ちゅく……！」

じゅわりと蜜汁が溢れ出すのを強く実感した直後、柚月は知らず伸びていた舌で、喉元のカリ首をなぞるように舐め始めていた。

（わ、私の胸の間で、ビクビク、してて……ぬちぬちって、いやらしい音、聞いてたらぁ……！）

なぜそうしたかと問われれば、彼女自身でも答えが分からない。そうしよう、否、そうしたいと思ってしまったのだ。この硬いペニスに舌を這わせ昂る姿を見ていたい、そんな欲望を覚えたのだ。

興奮しちゃってる、私、すごく……！

この時柚月は内に募った牝の肉欲をはっきりと自覚した。多忙なのは分かっている、日頃から疲れているのも。それでも相手をしてもらいたかった、若い肉体を愛と官能の渦に沈めてもらいたかった。それが叶わぬがゆえにこそ別の男でこうまで昂ってしまうのだ、と。

同時に憎らしさが湧きあがるのは、その元凶こそが目の前にあるからだろう。この男さえいなければ今頃はきっと夫の腕の中で甘美なひと時を過ごしていたに違いない。それをぶち壊しておいて、なぜこの男だけが快感を得ているのか、と。

私だって、私だって気持ち良くなりたいのに……！

身の内からせり上がる欲求に舌がちろちろと動き始める中、堀井が不意にパイズリをやめてニヤニヤとした笑みを浮かべた。

「いやらしいねぇ、自分から舌出しちゃってさぁ。そんなにチンポに飢えてるの？」

「はぁ、はぁ、なっ、ち……違う……これは、違うの……！」

「とぼけちゃってぇ、あれからまた旦那とヤレてないんでしょ？」

言われた柚月は否定しきれずに思わず目を伏せ押し黙る。少なくともご無沙汰続きなのは誤魔化したところで事実であった。

チラチラとした物欲しげな視線を見逃さなかったのだろう、堀井はますます笑みを深め、

「もっと舐めさせてあげようか。ほら、代わりに柚月ちゃんのも……」

「きゃ……や、ン……！」

腹から尻を退けたと思いきや、彼は自らも床に寝そべりシックスナインの体勢を作った。

「ほらほら遠慮しないでいっぱい舐めて、こっちも気持ちよ〜くしてあげるからさぁ」

ロクに反抗がなかったことを同意と受け止めたのだろう。堀井はこちらを上にし、目の前に来させた膣口に再び舌肉を這わせ始める。

「っ、はぁぁ……は、む……ンン……！」

迷わないではなかった。パイズリはともかく口淫に関しては強要されたわけではない。断ったところで恐らくは構うまい。

だが舌で感じた牡臭さと苦みは牝の劣情を高めるにひと役買っていた。臭い立つほどの牡の体臭、えぐみすらある味と塩気、この不気味なペニスがこれから己を貫くと考えただけで、怖いもの見たさにも似た欲望が自然と唇をカリ首に押し当てていた。

「んっ、んんっ、んっんんっ、ちゅく、んんッ……！」

（やだ、私っ、自分から飲みこんで……胸まで、使って……！）

唇を軽く噛んだのも束の間、あまりにも自然な流れでもって口内に飲みこみ舌を這わせていた。そうすることが当然であるように、さしてもたつくこともなく。

重ねて乳房でサオを挟みこみ、上から圧し掛かる体勢を作ってオイルまみれの谷間でしごいた。気持ち良さげに垂れる睾丸すら、まとめて柔肉で包みこむようにして。

そんな己に驚きを禁じ得ないが、一度スイッチが入った肉体は容易に止められはしなかった。両手を添えて乳房を持ち上げ、たぷたぷと上下に揺すりながら唇を伸ばし口淫を続けた。

「んんっ、ンンッ、んプッ、はぁぁ硬いィ、ッぷっ、ヂュププ……！」

「おぉ、ノってきた、てかすごい吸いつきっ……柚月ちゃん、先日より上手くなってるねぇ……！」

珍しく少し戸惑った口調で堀井が快感を口にする。

さもありなん。口内にて舌でぺろぺろと舐めては唇でせっせとしごく刺激に、ペニスはびくびくと脈を打って睾丸までもが軽く震えていた。仮に口で余裕ぶろうとも股間は昂りを隠せていなかった。

「おっぱいも柔らかくて最高、パイズリフェラなんて僕も初めてだしねぇ……！」

唇と乳房での同時摩擦にさしもの堀井も徐々に追い込まれていく様子。巨乳女ならではのプレイにいたくご満悦のようだ。

それでも彼は大人しく身を委ねる男ではない、負けじと反撃に転じてくる。再び油のボトルを手に取ると、目の前にある尻孔と膣口に中身をとろりと垂らしこんだ。

「んんっンン!?　はぁ、はぁぁ～～……！」

「ここにもたっぷり塗っておこうか、うわ、奥までウネウネ動いてるよ」

「はあダメぇ、広げちゃッ、ンン——んんンんんッッ！」

ぱっくりと開かれた膣口の奥には特に念入りにオイルが塗られ、指がつぷりと中に入りこみ肉ヒダにまで塗りこんでくる。皺状となった細かなヒダの波が指の腹に柔く擦りこまれ、たちまちやってくる甘美な痺れに堪らずぷるぷると痙攣を始める。

その刺激、その快感に柚月もまたぶるぶると震えた。敏感になっていた粘膜神経にこの刺激は効果が高く、一旦勢いを静めていた官能が見る間に息を吹き返してくる。

（まっ、また、弱い、ところぉ……あッダメぇ、クリもぉッ……!?）

包皮から顔を出す真珠さえをも親指がそれとなく引っかいてくる。外側の急所への刺激と官能に尻ごと腰がカクカクとのたうつ。

再び差し迫るアクメの予感に柚月は肩で息をしたが、だとしてもペニスを離しはしない、むしろますます深く飲みこむ。舌で舐めるたび唇も窄まり頬と男根との粘膜を擦り合わせる。背筋が跳ねる動作に合わせて豊満な乳房も摩擦を速めた。

「ヂュルッ、ヂュヂュル、ヅッ——おぉすごい、また一段と激しく……こりゃすごい、ああヤバ……！」

堀井も口を深く押しつけ膣粘膜を啜ってくるも、今度ばかりは彼の方が先に音をあげ痙攣を始めた。

柚月の豊尻を両手でしっかと抱え込んだまま、仰向けの腰をびくんとひとつ大きく跳ねさせる。

「う、すご……出る……ううッ！」

「んんッッ！　んんッ、んく、んんッングッ……！」

——ドクン！　ドクッドクッドクッドクッ……！

今回は珍しく彼女より先に男の方が果てていた。粘り気の強い牡の体液が女の口の中に迸る。いつにない積極性にやや押されたかの様子だった。

「はぁ、はぁ、あぁすごい……っと、旦那にバレたくなかったら、こぼしちゃ駄目だからね……」

もっともその傲慢な態度は普段と変わるところはない。今まで通り秘密を盾に要求を上乗せしてくる。

言われなくとも柚月は唇を脈打つペニスから離しはしなかった。離せなかった。口内を埋め尽くし喉を打つ刺激に身体が歓喜し硬直してしまっていた。

（すごい量、油と精液が口の中で混ざってぇ……！）

何度味わおうと決して美味には思えないというのに、粘液の味を噛み締めるたびに肉体の疼きは鎮まるどころか強くなる一方だった。

欲しい——刺激が——ペニスが……。

己の生活を脅かす者、好みどころか嫌いな相手。だというのに、そう思えてしまう。

心より身体が、飢えた肉体が、それを望んで火照ってしまう。

この時になって柚月はようやく、自分の身体がいつの間にか、この男のものになりつつあるのを自覚した。

(嫌よ、嫌……私には彰浩って人がいるのに、こんな下種な男なんかに……)

冗談ではないと頭では思うも、しかし身体は正直すぎて、背中にもオイルを塗りたくられてぴくぴくと反応を重ねてしまう。男の大半がそうであるように女とて身体が肉欲に溺れれば、心もまた肉欲に溺れゆくしかない。

「やっ、あ、あぁ……当たって、ぇ……!」

うつ伏せに変わって背中を撫でたくられ、尻の隙間にはずりずりと肉棒が擦りつけられる。出したばかりの精液が混じってオイルと共に尻の隙間に沁み込んでいく。

「はぁ、はぁ、あ、あぁんン……!」

「背中も弱いねぇ柚月ちゃん、お尻に力が入ってるよ」

堀井が上から折り重なる形で肉棒をしつこく押しつけてくる。拒絶せんと閉じる太腿。が、刺激と牡に飢えた肉体は自然と尻房で肉棒を挟み込み、切なげにふるふると細かく震え、

「はぁ、はぁ、え、ま、待って、入っちゃ——んんゞんッッ!」

ずるりと太腿が根負けし開かれ、上から圧し掛かるような体勢での膣への挿入を許していた。

「うわぁ、奥までもうぐっちゅぐちゅ……マッサージで相当感じてたでしょ?」

「や……あぁッ、感じてなんかぁ、抜いて、抜い、てぇェ……はぁあ゛んッ!」

柚月は首を振るも呆気なく吐息を弾ませ歓喜の入り混じった声を漏らした。

悔しかった、けれどもうどうしようもない。身体が悦んでいる、腰を振られるたび歓喜に鳴いている。満たされぬ欲望を埋められてしまい若い肢体と性感が踊り狂う。

不本意だが認めるしかない、言い訳は利かない。口ではどう言ったところでセックスに溺れてしまっている。元より行為は好きだったのだ、一旦受け入れ感じてしまえば後はなし崩しだった。

（でも嫌、嫌なの、好きでもない男なんかに抱かれて感じちゃうなんてェ……！）

身体の相性も抱かれるたびに良さが分かり、膣の形が変わっていくのがなんとはなしに知覚出来る。馴染むのは感覚だけではない、膣の形状すら相手に合わせて変化していく。きっと肉ヒダがぴたりと吸いつき肉棒を艶めかしくしごいているのだろう、当初以上に粘膜の擦れ合いを強く強く感じるのだから。

今となっては精神のみが辛うじて忌避を示している状態である。万が一心まで折られようものならば、自分は本当にこの男のものにされてしまうだろう。それだけは避けなければ、愛する夫を心まで裏切るような真似は、今の柚月はそう念じながら官能に耐える以外になかった。

――ヴヴッ、ヴヴッ、ヴヴッ、ヴヴッ……！

と、スローセックスに小さく身悶えていた時である。脇に落ちていた自分の携帯がバイブで着信を知らせてきた。

「ふぅ、ふぅ、おっ、柚月ちゃんに電話だ、どれどれ——お、愛しの旦那様からだよ」

上になって腰を揺すり続けていた堀井は、何を思ったかこちらの代わりに携帯を拾い上げ、通話ボタンをタッチした。

「はぁはぁ、なっ……そんな……!?」

『もしもし、柚月？　ちょっと今いいかな？』

柚月は官能に喘ぎつつも思わず絶句していた。堀井はあろうことか、ことの最中にもかかわらず夫からの電話に出ろというのだ。

一体何を考えているのか、よりにもよってこの状況で！

だが腹を立てたとて今さら手遅れだ、こうなった以上は夫に悟られぬよう、極力平静を装わねば。

「ど、どうしたの、突然連絡なん——てェ……ッ!?」

『あ、うん、ちょっと休憩入ったし、話したいことあってさ』

そしてこちらが取り繕うことも予想していたに違いない。堀井は膝裏を両腕で抱え込み、挿入したまま身体を持ち上げ背面座位へと体位を変えてきた。

なおも腰をゆさゆさと揺すりつつ、結合部分にトロトロとオイルを追加してくる。

『柚月、どうした？　なんか変だな、大丈夫？』

「はぁはぁ、ご、ごめん、今——ま、マッサージ受けてて……ッ」

『マッサージ？　珍しいね。あ、最近出来た近所の店？』

「そう、そこっ——担当の人が、すごっ——ツボ押さえてて、上手くてェ……ッ！」

『へ～、そんなに効くんだ？』

　夫の声は至って呑気だが、柚月の方はすでにそれどころではなかった。オイルの追加は抽送をなめらかにするだけではない、ひんやりとした刺激が熱くなった膣口を過敏にする。ぬらぬらとした独特の光沢も視覚的、感覚的興奮を呼んだ。

　そればかりか堀井の指がクリトリスをしつこく捏ね回してきていた。膣内の官能と外側の官能とが互いに満遍なく襲い掛かってきていた。

（声、上擦っちゃってる、気持ち良くなっちゃって、興奮、しちゃってェ……！）

　身を焦がすような背徳感もかつてのラブホテルの比ではない。愛する夫と会話しながら裏では別の男に抱かれて悦んでいる。この背信感、この緊張感、それらが性感と密に結び付きこみあげる快楽をより増長させる。

（わ、私、すごく、興奮してる……彰浩に隠れてこんなことしてるのに、すごくどきどきして、燃えちゃってェ……！）

　気づけばスマホ片手に自ら腰を揺すり始めていた。興奮は今や最高潮で、ギリギリのラインに立つ危機感がそれを後押しし脳裏まで熱くする。身体のみではない、意識すらもが昂りに呑まれ、目の前の快楽に溺れつつあった。

『柚月も毎日疲れてるんじゃない？　同居してまだ短いんだしさ』

「そっ、そう、かもォ……すごっ、気持ち良く、ってぇェ……！」

気持ち良い、そう認めたのもタガを外すきっかけとなった。言葉に出してしまうことで、これまで必死にこらえてきたものが堰を切ったように溢れ出てくる。気持ち良い、もっともっと気持ち良くなりたい、そう願う淫らな牝の衝動が背筋をうねらせ弾むがごとく腰を揺り動かす。

そこへ堀井が乳房を掴みピストンのリズムを速めてくれれば、もはや柚月に自制の術など見つかりはしなかった。

「はぁあ゛んッ!? はあッはあッあはぁあ゛ん……！」

『ん、あれ？　声がよく聞こえないな、もしもし柚月――？』

（だっ、ダメぇ、そんなに激しくオマ○コ擦ったらァ……！）

くぐもった嬌声をあげ続けながら柚月は快感にぶるぶると髪を振る。腰をくねらせる。呼吸を速くする。汗とオイルと蜜汁に濡れる尻を相手に合わせて激しく揺する。

間一髪で口元から遠ざけたが、そろそろ夫も不審に思い始めている様子。悟られてはならない。会話を続けねば。だがそう思うほどに興奮は強く、より一層の背徳感と淫らな本性を引きずり出してくる。もっと感じたい、気持ち良くなりたい、一心不乱にセックスしたいという内に秘めし欲深な本性を。

「はぁはぁ、ご、ごめん、電波、悪くてぇ……ぇエッ……！」

『そうなの？　ちょっと大事な話があるんだけどさ』

妻の膣孔がなおも入念に掘り込まれる中、それと知らぬ夫の彰浩は少し神妙な声音で語った。

『あのさ、そろそろ……子供とか欲しくない？』

「はぁはぁ、どう、したのっ……いきな、り……はぁッ……！」

『うん、前から考えてたんだけどさ、式はまだだけど籍は入れたんだし、そろそろ計画立てていいんじゃないかなって』

唐突な将来設計の話題に柚月はドキッとし四肢を強張らせる。

子作り――夫婦間の濃厚な営みと、妊娠を目指す熱い種付け。

なんと甘美な響きだろうか。愛する夫を持つ女にとって、それはひとつの理想であり恋愛の極致とも言える。

「はぁはぁ、そ……うだね……あか、ちゃんッ……はぁあ゛ん、私も欲し、いィ……！」

柚月は喘ぎ、賛同しながら、さらなる背徳感に打ち震える。夫が種を放つべき場には今、別の男の肉棒が居座りたっぷりと肉ヒダをかき混ぜている。それも生で、直に粘膜を擦りつけ合って。避妊具が未装着である現状を、柚月は今さらに意識した。

（そうよ、ここは彰浩の赤ちゃんが……宿る場所……こんな男の、なんてぇ……！）

微かに首をもたげた理性が瀬戸際で危機感を訴える。このままではいけない、今からでもやり直すべきだ、と。

が――しかし。

「ふぅ、ふぅ、子供の話してるのか……奇遇だね、こっちは今まさに子作りセックスの真っ最中だけどね」

　口端を大きく歪めた堀井が再び体位を変更し、床に仰向けに寝かせてきた。両踵をぐいっと真上に持ち上げ、太腿をぴたりと閉じ合わせる。

　そして今度こそ勢いを乗せ、フィニッシュに向けてスパートをかけてきた。

「はぁあ゛あッはぁあ゛んッ⁉　ダメぇ、激しッ、そんなァア⁉」

　柚月は慌てて逃れんとしたが時すでに遅しだった。時間をかけて楽しんだペニスは、とうに発射態勢へと移行し熱く脈動を速めている。ここまでしておいて果てずに終えるなど女の目から見ても不可能だ。

『あれ、どうしたの柚月、今すごい声が――』

　こうなってはもう止める術などない、火のついた欲望は最後まで突っ切るだろう。妊娠の話がトリガーとなったのは間違いない。

　対する柚月もまた、ずんずんと繰り返し膣底を叩かれ涙を浮かせて悶えよがった。

「は゛あ゛あッダメぇ許してェ、こんなに突かれたら痺れる、溶けるゥッ！」

「すごく感じてるみたいだねぇ、ふぅふぅ、可愛らしいヒダヒダ、いっぱいうねって吸いついてるよ……！」

　大きく圧し掛かり強く突きながら堀井も汗ばみ息を切らせる。忙しなく蠢く柔らかな肉ヒダを開いたエラで盛大に掻き毟る。射精に向けて睾丸をわななかせる。

「はぁはぁ゛あ゛あッ、ご、ごめん、今、ちょっとォ……ッッ～～！」

『あ、うん、まぁあれだね、電話じゃなんだし……』

激しい官能に苛まれる柚月は歯を軋らせては懸命に応答する。相変わらず膣底は弱く、なおかつ身体の相性が良いため快楽指数は下降を知らない。みるみる上がっていく、みるみる昂っていく、子宮揺さぶる甘強い衝撃に肌が粟立ち背筋が跳ね回る。

「はぁはぁ゛あ゛あッ、気持ちいィ、溶けるゥッ、もォ許してェ、イっちゃう、オマ◯コイっちゃうゥッ……！」

呼吸が乱れすぎるあまり嬌声を押し殺すことすら辛い。さしもの夫もいい加減気づくやもしれない。怖い。だがだからこそ興奮する。感度があがり続ける。恐怖の狭間から顔を出す快楽が、なおも溺れゆくように誘（いざな）い意識すらをも愉悦で湧き立たせる。

そのぎゅうぎゅうと締まる蕩けた粘膜をますます盛大に肉棒で擦りながら、堀井が小声で「ううっ」と呻き歯を食いしばる。

「ふぅふぅはぁはぁ、あーもう限界、出そうだよ柚月ちゃん……！」

「はあはあッダメ、ダメェえッ……！」

柚月は差し迫る絶頂にわななき、同時に危機感を覚え身震いした。このままでは中に出されてしまう、夫の子を宿すべき子宮に。本能的にそれを悟り、喘ぎ声で許しを乞う。

「はあはあッ、中はダメェ、許してェ、ヒグッヒグゥッ……！」

『っと、そろそろ休憩も終わりだし、今度ゆっくり時間とって話そうよ、ね？』

「はあはあッ、うん、そうだね、私も欲しい、しッ、今度、ゆっくりいィ――――！」

――パンパンパンパンパヂュパヂュパヂュパヂュッ！

フィニッシュ目前のピストンの中、柚月は快楽に泣きながら詫びる。浅ましいほどにのたうちながら歓喜の瞬間に向け身を強張らせる。

ごめん彰浩、もう私、気持ち良すぎて、限界ィッ――――！

もはや取り繕う術もなく、アクメに膣孔が痙攣するのも止められず。

彼女はプシュッ！　と再び潮を噴き、カリが子宮口を押すに任せた。

「ふぅふぅ、そんなに子供欲しいんなら、一番奥に注いであげますよ……っ！」

「はあッは゛あ゛あ――ヒグッ、クゥゥ～～～ッッ……♥」

――ゾクゾクゾクゾクッ！

――ドプッドプッドプッドププッ！　ビュルビュルビュルルッ！

全身で圧し掛かられると同時、睾丸内にて熟成された熱い体液が膣内へと迸った。

(出てるッ、すごっ、たっぷりィ――イィッ～～！)

子宮内へと流れ込むのが体感としてはっきりと伝わった。単に果てたというものではない、種付けを目的とした、もっとも深い部分への放出。避妊など一切念頭にない無慈悲なまでの膣内射精であった。

(妊娠、しちゃうぅッ……安全日じゃない、のにィ……！)

嫌悪感に泣き濡れる一方で肉体は強いアクメにびくびくと痙攣し続けた。孕むため子宮に精を浴びるという牝としての生殖本能が、当人の意思とは無関係に身勝手なまでに悦んでいた。

「はぁはぁあ、嫌ぁ、抜いて、抜いて、ぇエッ……！」

「ふーっ、たっぷり出た……今日の種付け完了、っと……」

『おーい柚月ー？　どうしたの、急にー？』

望まぬ官能の余韻が続く中、満足げな男の声と戸惑い気味の夫の声とが、彼女の心をなおも容赦なく打ち据えていった。

※

「——妊娠したら……どうする、つもり……？」

ズボンを穿き直す男の背中へ向け、柚月は恨みを込めて呻いた。

「種付け、だなんて……いくらなんでもっ……！」

限度が過ぎる、そう言いたげな彼女の様子に、堀井はあっさりと返答を返した。

「あー、平気でしょ。前にも言ったけど僕と吉川君、血液型同じだから。黙ってれば誰の子かなんて分からないって」

それを聞いて柚月は目尻をキッと吊り上げた。

「誰が、誰があなたの子なんてッ……！」

「おお怖い、そう怒らないでよ。——でも興奮したでしょ？　口では嫌だ嫌だって言うくせして、自分から腰振っちゃったりしてさぁ」

「っっ――く……！」

「マ○コの具合も前以上に良くなってきてるしさぁ。形、変わってきてるよね？　僕のチンポに惚れちゃってるのかなぁ？」

柚月は屈辱にわなわなと打ち震える。

今となっては認めざるを得ない、確かに堀井の言う通り肉体は快楽に溺れつつある。馴染んでいくのも事実だ。関係を持つたび相性の良さも身に沁みて分かってくる。

その快楽に、心すらもが傾きつつあるのも不承不承だが認める。恐らくこれまでの人生の中で、もっとも充足感を得ている。心は別として、身体の方は。

しかしだからこそ、これ以上は危険であると、心の底から強く感じた。

「――会社に、電話するわ。あなたのやったこと全部ぶちまけてやる……！」

携帯を手に取り震える指で操作する。文字通り相打ち覚悟だ。実行すればこちらもただでは済むまいが、少なくともこの男だけは放逐出来る。

「ふぅ……まだ分からないのかい？　もうそんなんじゃ通用しないってのに」

だが堀井はそこまでしてもなお、余裕の態度を崩しはしなかった。

「そんなことしたら今まで撮った写真ぜ～んぶネットにバラまいちゃうよ？　もちろん顔写真付き。名前もね。そうそう、住所とかもつけ加えなきゃ」

「はぁはぁ、な、何、を……！」

「あ、そうだ言い忘れてた。実は前撮った写真の一部は、もう裏サイトにあげてるんだ。安心してよ、ちゃ～んと目隠しされてるからさぁ」

「そんな、嘘ッ……!?」

柚月は乱れたエプロンの胸元をぎゅっと握り締め、ふらりと傾いた。

「分かるよね？　目隠し取ったら一発で身バレ。日本中どこへ逃げたって知ってる人にはすぐ見つかっちゃう。整形でもしなきゃ安心して暮らせないねぇ、きっと」

この男の異常性を改めて理解する。目的のためならば他人の人生など躊躇なく壊せるのだ。陰湿さとて常人とは違う、目つきの通り得物を狙う毒蛇さながらであった。

「こっちはせいぜい会社クビ。そっちはぜ～んぶ失くして、あとは風俗堕ちくらいかな。どっちが有利か――分かるよねぇ？」

男はそう言って自分のスマホを見せてくる。そこには件の掲示板があり、目隠しをされた柚月の裸写真と、それに対する数々の書き込みがあった。

（もう……逃げられ、ない……ずっとこの男に、もてあそばれ、る……）

中には身バレ寸前の書き込みすら、ちらほらとだが見受けられる。かつての客か、そういった類もこのサイトを閲覧しているのだろう。

身も凍るような恐怖というものを、柚月はこの時、我が身をもって体験した。

※

――そして翌週の土曜の深夜。

柚月は堀井に外に連れ出され、真夜中の公園を訪れていた。

「はぁ……はぁ……じょ、冗談、でしょ……？　まさか、ここで……」

その頬はすでに赤らんでおり首筋にまで汗が浮いていた。そろそろ真夏という時期にコートなど着ていたため当然だった。

もっとも理由は、それだけではなかったのだが。

「怖がらなくても平気だよ。ここは青姦のメッカみたいなもんだから」

そう言う堀井はいつものシャツにスラックス姿で、とぼけた笑みを浮かべている。

すでに時刻は０時を過ぎ、安っぽい造りの園内には人影らしきものなどなかった。いや、いる。微かではあるが人の気配がちらほらとある。茂みや物影、街灯の真下などに、男女と思しき二人組が蠢くようにして身体を密着させていた。

柚月は緊張と不安、そして高揚に震え続ける。

ここに来た理由は至って単純。新たなプレイの一環として青姦をしようというのだ。

堀井がベンチに尻を乗せ手招きし、柚月の尻を、自らの膝の上に乗せる。

「外でするのもなかなかいいでしょ。スリルがあってねぇ」

「そんな、誰かに見られちゃって――あぁ……！」

男に背を預け腰かけた柚月は、上から順にボタンを外され羞恥と動揺に頬を歪める。

厚手のコートの前が開くと、月明かりを浴びた白い素肌がぼんやりと夜陰に浮かび上がった。コートの内側に衣類はなく、一糸纏わぬ裸であった。

乳房は無論のこと、下も当然穿いておらず、淡い陰毛の茂った恥部までが月明かりと街灯に照らし出される。

痴女さながらの己が姿に、柚月はガタガタと震え慄いた。

「はぁ、はぁぁ……嫌、帰らせっ、てぇ……！」

「だから平気だってば、ここじゃみんなヤってることだし」

背後から乳房を揉みしだきながら堀井が膝を入れ、太腿を左右に割り開いてくる。

「ここじゃみんな一蓮托生。普通のセックスじゃ物足りなくってスリル欲しさに来てるやつばかりさ。見られたって誰も何も言いやしないから」

むしろ誰かに見られたくてみんなここにいるのさ。堀井はそうつけ加え、柚月の恥部をぐっと派手に開かせた。

「嫌、嫌ぁ、はぁはぁ、見られちゃう、恥ずかしいッ……！」

「どきどきしちゃうでしょ？　知らない人に覗き見されながらするってのも」

胸を揉みしだかれ震える柚月、そのあらわとなった濡れ膣口に、下から肉棒がずるりと潜り込む。

「はぁ゛あッダメ、本気で、そんなァ……ッ！」

怯え慄く意思とは裏腹に膣口はすんなりと肉棒を飲みこむ。自分自身でさえ不思議なほどに、粘膜は熱を帯び蜜汁で溢れかえっていた。

（どうして、どうしてこんなに感じちゃうのぉッ……！　こんなにも腰動いて、いやらしい声ッ、出ちゃってェ……!?）

高まる官能に身震いしつつ己が身に起きた現象に戸惑う。セックスが気持ちいい、それは分かる。この男のことも、この際脇に置いて良い。問題はこの状況下と、それで昂る己自身だ。なぜこうも感度があがるのか、愛撫も無しに濡れていたのか、これがどうにも理解出来ない。

「やっぱりねぇ、こういうシチュもイケる派なんだねぇ柚月ちゃんは。思った通り、もう奥までぐちょぐちょだ」

「はぁはぁ、そん、なァ……!?」

「ここに来るまでにも、ず〜っとモジモジしてたよねぇ？　で、見てみれば案の定マ○コびしょびしょ、入れた途端にすぐ感じちゃう。ここまでいやらしい新妻さんだとは僕も最初は思わなかったよ」

堀井の言う通りであった。ここに来る道中ですら身体は疼き熱を溜め込んだ。歩き内腿が擦れ合うだけで、蜜汁がくちゃくちゃと音を立てていたのも気づいていた。

考えてみれば思い当たる節はあった。単にセックスが好きなだけならば裸エプロンのみで濡れはしないだろう。愛する夫との会話の最中で背徳の愉悦に身悶えはすまい。思えば初めて犯された時でさえ夫を前にして無様にアクメしていたではないか。

（そっか、私——どきどきしてたんだ……彰浩に隠れていやらしいことして、好きでもない奴に何度も犯されて、そんな自分に酔って、燃えちゃって……！）

そして今でさえ夜空の真下で赤の他人に見られることに興奮している。欲情し燃えている。それが分かってしまった。理解してしまった。

「おぉ、すげぇ、マジでヤってんぜオイ……！」

不意にひと組の若い男女が闇からぬっと姿を現した。通りかかった足を止め、ぎょっとした表情でこちらを見てくる。

「はあッはああ゛あ゛あッ！　ダメぇ見ないでぇッ、恥ずかし、いィ……ッ！」

「マジかよ、こんな綺麗なコまでベンチで青姦とかさ……！」

「相手オッサンだしぃ、エッロ、ていうか大胆ー……！」

二十歳そこそこと思しき男女は一様にさっと赤面したものの、自分たちとて同類なのか、それ以上は何も言わず、そそくさと闇に消えていった。

はっきりと他人に見られた。乳房も膣も裸コートという破廉恥な格好も。その確たる事実が脳髄を灼熱させ、眩暈を覚えるほどの興奮を全身隅々まで波及させてくる。

「はあッはぁあッ、見られちゃった、いやらしい姿、オマ○コもおっぱいもォ……！」

「おぉ、きゅうって締まったねぇ。ウネウネして気持ちいいよぉ……」

堀井が乳房を両手で掻き回し、下から肉棒でずこずこと突き上げてくる。

「ほら見て柚月ちゃん、あっちの草むらからも誰か見てるよ。あっちのコたちも真っ最中らしいねぇ」

「はあッはあッ見てるぅ、見られてるッ、ひいイッ……！」

「まあベンチなんかでヤってるのは、さすがに僕らだけみたいだけどねぇ。それで感じちゃう柚月ちゃんは相当いやらしい変態ってことかな……！」

「あッ゛あ゛あッ嫌ッ、嫌゛あ゛あ！」

──プシャアアァッ！

太腿を盛大に開いた姿勢で柚月は膣口から潮を噴いた。官能以上に興奮が先立ち、それだけでアクメへと達してしまったのだ。

(恥ずかしいのに、死ぬほど怖いのに、なのに私ィィ──！)

ゾクゾクと来る巨大な愉悦に身震いが止まらない。頭が半ばまっ白になって涙で視界が霞んでくる。はふはふと吐息漏らす口からは犬のように舌肉までもが溢れ出る。俗に言うアヘ顔となったことに彼女自身は自覚がない。だが知ったとて意味はない。不特定多数の他者からの視線が、被虐的な劣情を呼び込み自制心を打ち崩している。柚月はこの時ようやくにして認識した。己がいかに貪欲で淫らな女であるのかを。ゆえに嬌声を押し殺すことも身悶えを我慢することも、男を否定することすらも出来はしなかった。

「やっと分かったみたいだねぇ、自分がどういう女なのか。それじゃ僕も……！」

──ヂュプッヂュプッヂュプッズチョズチョズチョズチョ！

「はああッ激しいィ、゛あ゛あッは゛あ゛あすごい゛い゛いッ！」

背後からがしりと両腕を掴まれ弓なりのところへピストンが繰り出される。馬の手綱でも引くかのごとく引っ張られながら腰で荒々しく突き上げられる。

痛みすら伴う尻への衝撃に、しかし腰はクナクナと踊り、乳房は先端を尖らせ揺れ弾む。腕ごと袖が引っ張られるためコートはすでに役に立たない。

気持ちいい、セックスが、見られながらの行為が気持ちいい。羞恥が心地よい、視線が快い、ゾクゾクするほどのスリルと興奮に何もかも忘れ溺れてしまう。

今や柚月は一匹の牝と化し、荒ぶるような交尾と官能とに唾液を滴らせ浸ってしまっていた。

「すごいィ、すごいッ、感じるゥ、ひいっ、ヒイイッ！」

（イっちゃう、もうイっちゃうゥ！　こんなどきどき生まれて初めて、頭ん中、全部まっ白になっちゃうゥ！）

半開きの眼差しで夜空を見上げ迫り来るアクメに震え続ける。ガニ股になるほど両脚を開きコート一枚で乱れる自分は、傍から見ればさぞ滑稽な姿であろう。痴女として世間に囁かれる日もさして遠くはないのかもしれない。けれど駄目だ、もう駄目だ。この興奮の味を知ったら忘れることなど出来はしない。気分はさながら麻薬中毒者だ。

先日以上の背徳感と破廉恥な己自身に酔い、柚月は自らも尻を振りたくり、サオの根元を肉ビラでぎゅうっと深く食い締めた。

「おおっすごい、ますます締まるっ～～そろそろ出そうだよ、柚月ちゃん……！」

堀井も堀井で興奮したのか締まる膣孔をなおも荒々しく肉棒で突き抉る。サオの血管をびくびくと脈打たせ発射態勢へと入る。

「ふぅふぅ、どこへ出そうか？　お尻？　それとも背中？」

「はあッ゛あ゛あッ、ダメぇ、汚れッ、ちゃうぅ……！」

切羽詰まった上擦った声で柚月は首を振り訴える。咄嗟に浮かぶのは夫の顔、汚れたまま帰れば発覚してしまうのは必至、ならば――

「なッ、中ァ、中に出してぇえッ！」

ならば膣内射精しかない、そう結論付け自ら望み、ペニスが抜けぬよう、きゅうっと膣肉を収縮させる。

次の瞬間、堀井が「おおっ！」と呻いてわななき、

「分かったよ、中に出すからねぇ――ッッ……！」

「あ゛あッ゛あ゛あ゛あ゛あ〜〜ッ゛あ゛あ゛あ!!」

――ビュルビュルビュルルッびゅくびゅくびゅくっ！

膣内で肉棒がびくんと跳ね上がり、先端が弾け白い粘液をそのまま放出した。

「出てるぅ、精液どくどくッ、はああ゛あ゛あ゛あッッ！」

膣奥を膨らませる粘液の感触に、柚月もまた震え、確かなアクメへと到達した。

(自分から中に出してなんて言って、悔しい、でもォッ……！)

でも気持ち良かった、それが本音であり真実だった。限界を迎えたペニスの痙攣も弾け撒き散らす熱の感触も、膣底を満たし子宮へと流れゆく独特の感覚も甘美だった。

それがいかな危険を孕むのか理解出来ぬではない。今もって恐怖はある。だが一度

火のついた劣情を鎮めるには理性はただ邪魔でしかなかった。

「精子ッ、来ちゃってるぅ……彰浩以外の、熱い精液ィ……！」

そして、またひとつ気づいてしまった。

夫以外の男の子種を子宮に受け入れ温める──その事実、背徳行為が、怖気を震い眩暈がするほどに強烈な興奮を呼ぶということを。

「はあはあ、はは、ハハ……ごめん、ね、彰、浩ぉ……ッッ……♥」

ガクリと頭（こうべ）を垂れたその顔に、締まりなき笑みが浮かんでいたことを、柚月は最後まで自覚することはなかった。

※

「──あれ？　柚月、柚月じゃないか！」

時刻は1時と30分を過ぎ、未明も中ほどという頃であった。

公園から戻り自宅マンションの玄関に来たところで、偶然、帰宅直後の夫の彰浩と鉢合わせした。

「どこ行ってたのこんな時間に、玄関だって鍵かかってるし……」

「ご、ごめん……その、ちょっと……」

「ちょっとって……ねえ柚月！」

お坊ちゃん育ちな夫といえども、さすがに違和感を覚えたらしい。横をすり抜け玄関を開けようとするも、ぐっと手首を掴んで止めてきた。

「あ、ご、ごめん、でもさ、いくらなんでもこんな時間に外出だなんて……」

「痛い、離して……」

彼の言い分は至極当然だ、家庭を持つ主婦が出歩くにはいささかどころの時刻ではない。閑静な住宅街には二人を除き人っ子一人見当たらず、あと一時間も経てば新聞配達員が路上を駆け巡り始めることだろう。

「…………いいじゃない、別に……」

自分でも驚くほど冷めた声音で、柚月は俯き呟いた。

「彰浩の帰りが遅いから……外で時間潰してただけ」

「時間って、でも……！」

「ごめん、シャワー浴びたいから……先、寝ちゃってもいいから……」

要領を得ぬ答弁に、夫の彰浩は目を丸くし唖然とするばかりだ。

言えるわけがない。たった今公園にて青姦をしてきたなどと。そればかりかここひと月ほど、あなたの上司と関係を持ち、ただれた生活を送っているなどと。

言えるわけがない。そうなった原因が、他ならぬ自分の過去にあるということなど。

「ごめん……彰浩……」

言えるわけがなかった。あれほど忌避してきたこの日常に、密かな高揚と陶酔感を覚えつつあるなどと……。

六章　すれ違う歯車

どうしてこうなっちゃったんだろう。

ふっと湧いた素朴な疑問に、柚月は静かな嘆息を漏らした。

夫婦の間がぎこちない——そう感じるようになったのは、おおよそ一週間ほど前からであった。

早朝の出社時。深夜の帰宅時。双方にあったはずの会話が、めっきり数を減らしている。

言わずもがな、原因は例の深夜にあった。あんな夜更けに外で何をしていたのか、気になり問い質したくなるのは当然のことだった。その程度は柚月とて想像がついた。

問題は互いの現状にあった。彰浩にしてみれば問い詰めたくはあるのだろうが、多忙に過ぎるあまり家を空けがちという負い目がある。柚月に至っては打ち明けることなど出来るわけもなく、同様に負い目となる。そうした結果お互いに切り出せず、しこりを抱えたまま会話も滞りがちとなるのだ。

歩み寄ろうとはしている。詫びたい気持ちもある。

しかしその結果、件について話が及べば、一体どうすれば良いものか。

「どうして……こうなっちゃったんだろう……」

結局はそこに立ち戻り、深々としたため息が漏れる。

柚月は一人、リビングに座って物憂げな表情を浮かべていた。

※

「せんぱぁい、僕、自信なくしちゃいそぉですよぉ……」

夜も更けつつある、最寄り駅付近の小さな居酒屋。

上等でもない使いこまれたカウンターテーブルにがくりと頭から突っ伏し、彰浩は酔いどれの顔でぼやいていた。

「柚月のやつ、なんか秘密抱えてんですよね～……聞いちゃっていいものかどうか、分かんなくて～……」

「ははは、随分酔ってるね～。ま、新婚ったって、いろいろあるだろうしね～」

隣の席で酒を呷るのは堀井正也、彼の上司だ。

彰浩にしてみれば堀井は頼れる上司だった。右も左も分からぬ新人にあれこれと世話を焼き、こうして相談にも乗ってくれる。女性社員からはセクハラ男などと陰口を叩かれるが、彼がいなければ回らない仕事も現場には多々あった。

先輩などと気軽に呼ぶのも笑って許してくれる男である。ついつい信頼し内情を吐露してしまうのも、やむなき話であった。

「アッチの方も最近ないのかい？」

「ええ、まあ……なんか、ずっと疲れっぱなしで……」

「そりゃ可哀想に。きっと寂しがってるよ」

それを言われるとぐうの音も出ず、彰浩は消沈するばかりだ。

「それに女ってのはいろいろ過去を抱えてるもんさ。男なら目を瞑って、どんと受け入れてやらなきゃ」

「そうですよねー……子供欲しいって話の時も、なんかちょっと変だったし……」

「マリッジブルーってやつかもしれないよ。生活一気に変わっちゃったんだし、今はそっとしておいてあげたら？」

もしもこの場に柚月がいたならば、その笑顔を見て、実に白々しいと感じたに違いない。

堀井は蛇のような目を細め、囁くようにこう言った。

「でもこのままじゃ溜まっちゃうよねぇ……この際だし、いっそ風俗でもどう？」

「……へ？　フー、ゾク……へぇえ!?」

目をトロンとさせ突っ伏していた彰浩が、がばっと身を起こし、驚いた顔をした。

「だ、だめですって、僕には柚月って人が……」

「固いこと言わないでよ、ここんとこずっとご無沙汰だったんでしょ？　ちょっと羽目を外すだけだから」

堀井は肩をぽんぽんと叩き、次いで肩を組み諭すような口調で言う。

「こう言っちゃアレだけどね、柚月ちゃん、バージンだった？」

「それは……そのぉ……」

「みんなそうだよ、結婚前はどっかで遊んで発散してたんだって。だったら吉川君だって、ちょっとくらい発散したっていいんじゃない？」

初体験は妻であった、その事実を迂遠な形で突いてくる。

「ちょっと気晴らしする程度だって。別に浮気とかじゃないんだから」

「で、でも……」

「バレなきゃ平気だって。無理やり相手させちゃうよりずっといいでしょ？」

言われて彰浩は沈黙した。あれほど夜を望んだ妻が最近は求めてもこない、その現状が重く心にのし掛かった。

「ほらほら、いい店知ってるんだ、僕」

「あ、ちょっと……」

結局は軽い押し問答の末、駅裏にある風俗店の前まで来てしまっていた。

「ここ穴場なんだよ。見てよこのコ、こんな可愛らしいのにテクも抜群なんだよ。エッチ大好きだし、機嫌良ければナマでヤらせてくれるかも……って噂だよ」

彰浩はゴクッと生唾を飲んでいた。思えばここ最近、避妊具ありでしかした覚えがない。将来を見据えてのこととはいえ、やはり心揺れるものはあった。

「い……一回だけ……そう、今回だけってことで……」

久々に滾(たぎ)る劣情が股間を早くも熱くしている。

言い訳がましく心中で妻に頭を下げ、彰浩は酔った勢いを借り、店のドアをくぐっていった。

——カシャッ、カシャッ。

店内に消えゆく後ろ姿を、撮影されていたとも気づかず。

「またひとつ面白いネタ掴んじゃった♪」

堀井は携帯をポケットに戻し、陰湿な笑みを張り付かせたまま、くるりとその場を後にした。

※

抱えるように携帯を掴む両腕が、ぷるぷると細かく震えていた。

——面白いもの見せてあげる。

そう堀井からＬＩＮＥが届き、送られてきた画像を開けば、そこには風俗店に足を運ぶ、夫、彰浩の姿があった。

そんな馬鹿な。あの純朴で一途な夫に限って！

柚月は昼時にも構わず堀井に直接電話をかけた。

「どういうこと⁉　こんな写真どこで……！」

『駅裏の店だよ。柚月ちゃんだって聞いたことくらいはあるんじゃない？』

その手の店に勤めていた過去を暗に仄めかし挑発してくる。

「信じられない、彰浩が、私に隠れてこんなこと！」

女としてのプライドがそう怒鳴らせていた。愛し愛され入籍を終えたばかりだというのに、風俗嬢の女ごときに夫を寝取られたなどと考えられなかった。

『そんなに怒らないでったら。柚月ちゃんだって見てきたんじゃない？　奥さんいるのにそういうお店に通う男をね』

「そ、それは……」

その通りだ、度々見てきた。風俗嬢ごときなどと考えはしたが、他ならぬ自身がそれに片足を突っこんでいた時期があるのだ。見下す資格などありはしなかった。

「――これ、あなたが撮影したんでしょう。でっちあげよ！」

一縷の望みを懸け反発してやると、堀井は電話口で笑ったようだった。

『それじゃあ旦那の服調べてみてよ。財布かもしれないね。きっと証拠があると思うから』

――果たして、それは事実であった。

柚月は深夜、いつものごとく遅くに帰宅した夫の就寝時を狙い、こっそり衣服やらカバンやらを検(あらた)めた。

「嘘……ホントに……」

男というのはなんと嘘の下手な生き物なのか。目当てのものは、不用心にも財布の中に隠されていた。

風俗店用の会員カード。なんということもない、安っぽい小さな紙切れだ。

その安っぽい紙切れこそが、しかし動かぬ証拠であった。

——裏切られた。

それが率直な感想だった。

怒りを抱くよりも気が抜けてしまい、呆然としたまま朝を迎え、慌ただしく出ていく夫を素知らぬ顔で見送った後、恨みを込めて堀井に電話した。

「あなたがやったんでしょう。彰浩をたぶらかして……でなきゃ彼が、あんなところになんて……！」

ああいった店に一人で行く度胸のある人ではない。確信があるからこそ言葉は棘を強く含んだ。

『誤解だよー、僕はちょっと羽目を外したらどうかなーってアドバイスしただけだよ』

もっとも堀井はどこ吹く風といった調子で、逆にこう切り返してきた。

『それに柚月ちゃんだってヒトのこと言えないんじゃない？　一年もの間どこに勤めてたのか……忘れたりしてないよねぇ？』

「そ、それと……これとは……」

『似たようなものじゃない？　店員と客って形でエッチなことするんだから。裏切ったって言うんなら、柚月ちゃんの方が先でしょ？』

そうだ、突き詰めていけば結局はそこに立ち戻るのだ。理由はどうあれあのエステ店で働いた過去こそが、最初にして最大の楔となって今なお現在を脅かすのだ。

自業自得と言うのは容易い。人には人の事情というものがある。

そんなことなど百も承知だろうに、堀井は電話口にて笑声を交えて言う。

『今はともかく昔は完全に柚月ちゃんが裏切ってたよねぇ。ああいう店だしサービスだっていっぱいしてきたんでしょ？』

「し、してないわ、彼と結婚するためにやったんだもの！」

『ホント？　でも素直に信じてくれるかなぁ、旦那』

「ぐっ――ぐう！」

『ま、ここはお互い様ってことでどう？　黙ってりゃお互い傷つかずに済むんだから』

柚月はフローリングの床にへたりこみ己が無力さを痛感した。一事が万事とはよく言ったものだ、ほんのひと時の、されど重大な隠し事が、これほどまでに傘を広げ夫婦の間に深い影を落とすことになろうとは。いっそ素直に打ち明けていれば夫も情を見せたかもしれないが、最初の一手こそがその後の運命をすべて物語っていたのかもしれなかった。

今となっては後の祭りだ。秘密が秘密を呼び、すでに致命的レベルへと達している。現状をありのまま説明すれば夫婦関係など脆くも崩れ去るのは火を見るよりも明らかであった。

『それにさ、これで柚月ちゃんも気兼ねなくいられるんじゃない？　バレそうになったら浮気したのはそっちだって言い張れるんだしねぇ』

震えながら目を閉じれば、堀井の勝ち誇ったような顔が瞼の奥にありありと浮かぶ。

「はぁ……はぁ……っ、そう、よ、ね……彰浩だって、したんだもの……は、はは、ハ……」

それはあまりに愚かなことだが——最後の言葉は柚月にとって、あたかも地獄の底に垂れ下がってきた、唯一の救済の糸のように思えていた。

※

「今日はわざわざ来てもらって悪いねぇ。夜とはいえ外は暑かったでしょ、冷房効いてるから安心してね」

それは日曜、休日での出来事であった。

日頃多忙な夫も今日は一日自宅で休んでいる。会社自体が休みであった。

社内のオフィスに人影はなく、ごく一部以外はすべて消灯され、広い空間は重苦しいほどの静けさと不気味さに包まれていた。

ここが彰浩の仕事場——柚月は声に出さず呟き、雑多な荷物が無造作に居並ぶ生活感溢れるオフィスを眺めやる。

時刻は21時過ぎ。初夏といえども陽は遠くに落ち、窓から一望する都心の街並みは闇の色が濃く広がっている。都心といえど中央ではない。ちらほらとしか見えぬ灯りは不夜城と呼ぶにはいささか物足りない。

唯一オフィスを照らしているのは隅の方にある室内灯だけだった。真下にあるデスのようだ。

クだけがまだ生きているようにも見える。他は薄暗く、まるで疲れ果て死んでいるか

「……こんなところに連れ出して、どうする気……？」

胸騒ぎに近い悪い予感に柚月は早くも少し震えていた。スーツパンツに白のブラウス、七分袖ジャケットという出で立ちは、童顔ということもあり緊張しきった就活生を彷彿とさせた。

夫の職場ということでフォーマルな装いを意識して来たが、こんな時間に呼び出すからにはまともな要件であろうはずもない。

警戒心丸出しの柚月に向けて、堀井はいつもの服装と態度で言った。

「そんなに固くならなくていいよ。今日は旦那の仕事場を見学させてあげようと思ってね」

彼はこちらの肩を軽く抱き、唯一光源が照らす場所、隅のデスクへと誘導した。

「ここが吉川君のデスクだよ。ああ、ちょっと片付けがなってないねぇ。毎日忙しいから大目に見てやってよ」

書類やらペンやらが無造作に置かれたデスクだった。夫は別段整頓が苦手というわけではない、純粋に多忙ゆえこうなのだろう。元凶であるこの男に対し今さらではあるが苛立ちを覚えないではない。

その一方で、これから始まる行為に対し、早くも高揚感を得ている自分に気づいた。

直感ではあるが、男の意図を読み取れるようになってきていた。

「さて、と……それじゃ始めようか、あんまり待たせちゃ悪いしねぇ」

果たして読み通り、男は胸に手を伸ばしてきた。夫を意識させながら抱こうという
に違いない。

「やめて、こんなところでしたら……汚しちゃう……」

「こんなに物あるんだし、ちょっとくらい平気だってば」

やんわりと押し返されるのも構わず、男は両手を胸の上で回すように何度も動かす。

柚月は小さく唇を噛み、ジャケットの下のブラウスが皺になっていくに任せた。

「っ、はぁぁ……せめて、邪魔にならないように、立ったままで……あっ……！」

——スルルッ……プツッ、プツッ……。

脱げぬ程度にジャケットがはだけられ、その下の白いブラウスのボタンが上から順
に外されていく。

やはりここで抱かれるのだ——その予感はボタンが外れるごとに強くなり、ブラウ
スの前が少しずつ開き、黒いあでやかなブラが見え始め、

「ん〜色っぽいブラだねぇ、せっかくだし写真撮ろうか」

「やっ、ちょっ——あぁ……！」

携帯のシャッター音と共に、肩がぴくんと小さく跳ねた。未だ全開でないとはいえ、
半下着姿はそれ相応に恥ずかしかった。

「こういうチラリズムもなかなかそそるねぇ、こういうのもサイトにアップしちゃおうかなぁ?」

「やめて……あ、あなたの、言うとおりにする、から……」

ことここに至っては反撃の手管など思いつかなかった。相打ち覚悟の反抗すら封じられ夫も恐らく篭絡されている。こうなってはもう今ある生活を維持する以外に道はなかった。

「そう? それじゃあ、自分で脱いでみてくれるかな。雰囲気たっぷりで頼むよぉ」

「っ、ふぅ……わ、分かった……」

紺のジャケットにすっと指が伸び、襟をゆっくりと大きく開いて肘の辺りまで下げて止めた。白いブラウスの両肩が出て、オフィスで誘うOLを思わせる挑発的な格好となる。

堀井がニヤけて「いいねぇ」と呟くのを俯き加減で耳にしつつ、今度はジャケットを肘で止めたまま、ブラウスのボタンを下まで外し、左右にそっと開いてみせた。

「おおっと、こりゃホントに色っぽい下着だねぇ。新妻の色気ムンムンだよ」

堀井が褒めるのも無理はない、柚月の胸元を飾る下着は、どちらかと言えばセクシーランジェリーの部類に属していたのだ。

色は黒一色で柄も比較的大人しいもの。その反面生地は薄く、白い肌が透けて見える。カップ上辺には小さなファーを持ち、アンダー部分にはヒダのようなフリルが並び、平時に着けるインナーとはいささか趣が異なっていた。

「いいねぇ」と頷く堀井を前に、柚月は頬を染め目を閉じる。なぜこれを選んだのだろう。着飾る必然などありはしないのに。夫の仕事場だからか？　違う。何も下着まで気にする必要はなかったはずだった。

あるいは——見られることを意識してか。こんな男に？　いや違う。恐らくは羞恥心を高めるため。自分自身を興奮させるため……。

（私、彰浩の職場でこんな格好して……どきどき、してる……熱くなってる……？）

こうして下着を晒しているだけで肌の感度が上昇していくかのように思える。シャッター音が聞こえた瞬間、その想像は半ば確信へと変わった。

「すごく色っぽいよ、こんなの見せたら学生なんて即勃起モンだろうねぇ」

「やだ、そんなに……撮らない、でぇ……！」

今この瞬間でさえ身体の火照りを覚えて身動ぎする。いっそ隠してしまえば良いものをそうしようとしない自分。分かってしまう、カメラを向けられる羞恥に呼応し肉欲が胸中にて蠢きつつあることを。

「いいよぉ、この恥ずかしそうな顔。昔だったら絶対見せてくれなかったよねぇ。きっとこれが柚月ちゃんのホントの顔なんだよ」

「はぁ……はぁ……ん、んぅ……！」

胸を近くで撮影された途端、先端にぴりっとした感覚を覚えて柚月は切なげな声を漏らした。

(そんな、さ、触ってもいないのに、乳首、立ってる……?)

ブラが薄手で柔らかいためか、身動ぎせずとも先端が擦れるのを微かにだが感じた。若く性欲に満ち満ちた肢体は、それが乳首の勃起であることを直感的に察していた。

それを見逃す堀井ではない、すぐさま気づいてそこにスマホのレンズを向ける。

「おやぁ、もう乳首立っちゃってるねぇ? 驚いたな、こうまで変態だったなんて」

(へ、変、態……うう……!)

自分は変態、そう思った瞬間にもまた、ゾクゾクとした感覚が走った。言葉は容赦なく心に突き刺さり被虐の興奮を呼んでいた。

「ち……がう……私、変態、なんかじゃ……」

「ホントかなぁ? その割には、もう少し息が荒いよ?」

堀井はそう言うと、右手をズボンのポケットに突っこみ、ピンク色をした小さな電動ローターを二つ取り出した。

その片方をぐいっと乳房の先端に押し当て、ニイッと口の片端をあげる。

「これ使ってオナニーしてみてよ。風俗とかでも案外オナニーって見せてもらえないからさぁ、一度じっくり見てみたくって」

柚月は返答する代わりにカァッと頬を赤くした。やはりこの男こそ変態だ、男であれ女であれ他人の自慰など見て楽しもうとは。少なくとも自分は男の自慰など見たい

ろ
と思ったことはない。

「はぁ……はぁ……わ、分かっ、た……」

それでも大人しく頷いてしまうのは、どの道逆らえはしないからだ。拒んだところでまた脅されるに決まっている。

「こ、これを……乳首、に……」

「そうそう、あ、デスクにお尻乗せるといいよ、危ないからねぇ」

言われるがままデスク手前端に豊かな尻を軽く乗せ、両手に渡された二つの球体をブラの尖った先端へと近づける。

さして特筆すべき点もない、シンプルなデザインの大人の玩具である。楕円形の小さな球体にスイッチと繋がるコードを持つ、乾電池式の電動ローターだった。

使用経験こそ有りはしないが、ホテルでの一件を鑑みるに、一体どれくらい感じてしまうのだろう。

期待半分、恐怖半分、男の視線を意識しつつ恐る恐る胸の突起に押し当ててみれば。

──ヴヴヴヴィヴィヴィヴィヴィ……！

「はぁあッああ……！　くふッ、ふうぅん……！」

自分自身でも驚くほどに、はやばやと甘い喘ぎ声が口から漏れてしまっていた。

「はぁやだ、急にスイッチ入れないでぇっ……乳首、震えちゃうぅ……！」

スイッチ本体は男が握るため強弱の匙加減はすべて彼次第である。まさかいきなり電源を入れるとは思ってもみず、乳首に染み渡る微細な振動に驚いた形で両肩がヒクつく。

「あ、あぁ、どう、してぇ……ブラ着けてるのに、こんなに、痺れちゃうぅ……？」

下着越しゆえ甘く見ていたというのが本音だ。いかに振動があろうと直接でもなければ大したことはなかろうと。

だが違う、プラスチックの硬い振動はしっかり生地を越え、その下のニプルへと到達してきた。擦れるというよりかは細かく弾かれる感覚だろうか。ピンと尖った左右のニプルが下着の内側でミリにも満たない間隔で揺さぶられた。

「はぁ、はぁぁ、こんな、はしたない、ことぉ……私、どうしてぇ……！」

「もう気持ち良くなってきたみたいだねぇ、エッチな声出っぱなしだよ」

刺激に慣れさせまいというのか堀井はリモコンを何度か操作し、強弱の加減を定期的に変更してくる。

「ダメぇ、声出ちゃうっ……胸ぇ、感じちゃうぅ……！」

「駄目っていう割には指離さないねぇ、そんなに嫌ならやめればいいのに」

そんなこと許す気ないんでしょう、そう言い返したかったが柚月には出来ない、感じてしまって震える自分にすっかり戸惑ってしまっていた。

確かにその通りだ、自分で握っているのだから自分で離すなりすれば良い。ずらすなりして刺激を弱める手もあろう。

にもかかわらずその気になれないのは、この刺激が気持ち良いからだ。この状況に興奮を得ているからだ。

（あ、彰浩のデスクで、私、オナニーしてる、こっそり夜中に忍び込んでまで、こんなっ……！）

堀井の手引きがあったことなど言い訳にはなるまい。唯々諾々とついてきたのは他ならぬ自分自身なのだから。

羞恥はある、迷いもなくはない。それでもこの危険な遊びに早くも溺れゆく自分がいる。熱くなって常日頃以上に敏感になってしまっている自分が。

「いやーエロいねぇ、ぴくぴくしちゃってるよ。ココも尖って浮き出てきそうだよ」

堀井の指がブラの上辺に伸び、カップをくいっと軽く引き下げてくる。

「可愛らしい乳首がすっかり勃起しちゃってるねぇ、こりゃあ感じちゃうわけだ」

「嫌、嫌ぁ、ああッああんんッ……！」

先端の桜が露出されると柚月の声はますますつやめき湿り始めた。せっかくカップごとずれたローターを自ら元の位置に戻し、薄く色づく勃起ニプルに軽く押しあて刺激していく。

（どうしてぇ、止まらない、こんなのいけないことなのにィ……！）

まるで心と身体が剥離し手足が独自に動いている心地だ。なんら指示されたわけでもないのに自分から刺激し快楽を甘受している。これではまさに本物のオナニーだ。

「はぁ、はぁぁ、ち、乳首、立ってきてぇ……ぷっくりと、張っちゃってぇ……！」

「相当感じてるみたいだねぇ、それじゃ次はコッチの方も――」

堀井はリモコンを片手に集めると、空いた右手に別の新たなローターを持たせた。

当惑と官能に震える柚月、そのスーツパンツを膝下までおろし、豊尻をデスクに乗せ太腿を開くと、あらわとなった黒いショーツのクロッチ部分に右手を寄せる。

「ダメ、そこは、そっちもぉ……!?」

「どれ、せっかくだからココも一緒に刺激してあげようか」

――ぴとっ、ヴヴヴヴィヴィヴィヴィ……！

「はうあッはぁあ゛ん゛ん゛んッッッ！」

電動式ローターの振動が今度は布越しに膣口へと伝わり、驚きと官能に反応した足がぶるぶると震えあがった。

言わずもがな、膣口は濡れクロッチは光沢を放っていた。これだけ感じれば当然の結果だ。足首辺りで絡まったパンツすら内側に小さな染みがあった。

言わば準備を着々と進め受け入れ態勢が整いつつある状態、そこにローターが押しつけられれば感じてわななくのも無理はなかった。

「ダメぇ、やめてぇッ、声出ちゃう、大きな声ッ、誰かに、聞かれちゃうぅッ……！」

公園での一件を経てタガが外れてしまったのか、以前ほどにも嬌声を押し殺すことが出来ない。高まる官能を素直に口にしてしまう。そんな己が恐ろしくなる。

それでも心から剥離した肉体は新たな振動を甘んじて受け入れ、あたかもピストンに悶えるかのごとく腰をカクカクと前後に揺すった。

「はぁあ゛んッ、はあぁ――きも、ち、いぃ……オナニー、いぃ……おっぱいも、オマ○コも、感じるぅ……！」

「すっかり本気になっちゃってるねぇ、こりゃあいい光景だ」

口角をあげる堀井の手が一旦ローターのリモコンを置くと、再び携帯のレンズを構え、シャッターボタンを連続で押した。

カシャッカシャッというカメラを模した撮影の音。己の痴態を撮られる興奮に、柚月はなおさら身震いを大きくする。

「もぉやめてぇ、はぁあ、はぁ゛あッ……！」

（ダメ、こ、これだけで身体、オマ○コ、震えるぅ……！）

こうして撮影されればされるほど弱みを握られ歯向かう術を失っていく。崖っぷちに追い詰められ相手の意のままになっていく。

その被虐的興奮とこみ上げる劣情――柚月はこの時、己の中のマゾヒズムを確かに認め、自覚した。

（私、普通のセックスだけじゃ物足りなくって……こういうの、好き、なんだ……だから、こんな下種にだって興奮しちゃって……！）

セックスが好き、それは前々から分かっていた。夜の生活が減少するにつれ悶々としつつあったことも。そうした心の隙間を、この危険な快楽がついてきた。避けようにも退路を断たれ受け入れざるを得なかった。その結果、次々と新たな快楽を知ってしまった。手を出すべきでない愚かな悦びに味を占めてしまったのだ。

まさしくある種の麻薬も同然、恐らくはもう普通の性生活には戻れまい。その事実をも柚月は胸中で認めた。

「出来上がっちゃってるねぇ、色っぽいパンツがもうぐしょぐしょだよ」

自らローターをクロッチに這わせ自慰に耽り続ける柚月に、堀井は次なる指示を出してきた。

「じゃあ今度は、これをつけてみようねぇ」

「はぁ、はぁ、えっ、あ……？」

デスクを降り、床に膝を突かされたと思いきや、鉢巻きに似た黒い布で、さっと目隠しをされた。

「どう？　見えないってのもなかなか興奮するでしょ？」

「つっ、あはぁ……！」

あえて同意はしなかったが興奮に全身が震えたのは確かだ。灯りがあるのはごく一部なため元より室内はぼんやりと薄暗い。そこへ目隠しなどされれば文字通り視界は真っ暗となった。

見えない中で、私、犯されるの？　どこをどうされるかも分からないのに……？

そう考えただけでゴクッと唾を飲み、じわりと下腹部を火照らせる自分がいる。

「それじゃあ、まずはこいつをしゃぶってもらおうかな」

堀井の声が告げると同時、視界の封じられたこちらの口元に、生暖かい何かがぴとりと触れてきた。

（あ、当たってる……分かる、このにおい、熱さ、形、この男のおちんちんなんだって……！）

夫に代わりこの二ヶ月ほど幾度となく貫いてきた肉棒である、見えずとも唇で触れただけで、それと確信を得るに至っていた。

「んんっクチュ、ジュルッ、クチュ……♥」

頭を片手で掴まれるのも、喉奥に触れて少し辛いのも、これすら今や慣れたものだった。口に咥えるとよく分かる、夫のモノより確実に長く形もエグい。顔と同様、鎌首をもたげた蛇という形容が相応しい牡肉であった。

「んんっふゥ、クチュ、あむジュル……硬い……熱くって、びくんびくんしてェ……♥」

まったく、と柚月は思う。この肉棒には様々な意味で何度泣かされたことだろう。屈辱、苦悶、懊悩、歓喜、あらゆる記憶がこの肉棒と共にある。それらはきっと二度と消せまい。

そして今、彼女の中に渦巻く感情は、この肉棒に貫いてもらえることへの期待感と渇望であった。

「ジュルッ、んふぅ、先走り汁……漏れてる、おいひぃ……♥」

「あぁいいよ、すごい、先っちょペロペロしてみて……」

言われた通り一度口から抜き、鈴口をぺろぺろと舌で舐めてやる。見えぬゆえ念のために沿えた両手でサオをしこしことしごきながら。

堀井は「おおっ♪」と悦びの声をあげ緩く腰を前後させてきた。こちらもリズムに合わせる形で唇を使ってカリ首をしごいてやる。

「あぁすごい、熱心にしゃぶって……すごく上手だよ、さすが人妻って感じ」

——ね、すごいでしょ？

不意に聞こえた小声での囁きに、柚月は微かな引っかかりを覚えた。

（え、何？　今の……）

一体誰に向けての台詞なのか。自分に向けて？　その割には声を潜めていたように思う。

だがそんな疑念もシャッター音がすぐさまかき消した。フェラチオに没頭している姿を撮影したに違いなかった。

（嫌、彰浩以外のおちんちん咥えてるところなんてぇ……！）

続く興奮と劣情とに膝と太腿と腰が震える。ショーツの奥で膣口がヒュクッと小さくわななく。はしたなくも蜜汁が垂れ、太腿の内側を静かに伝う。

恐らくここでの写真も後に裏サイトにアップされるのだろう。目隠しのおかげで細工も不要、ありのままの痴態が不特定多数の男に見られる。想像しただけで眩暈を覚え、知らず鼻息が荒くなる。

(私、すごく、すごくどきどき、しちゃってェ……あっ――)

と、その時おもむろに変化が訪れた。口の中で脈打つ肉棒が、ぬるっと引き抜かれ離れていったのだ。

柚月の身体に期待の震えと熱が走る。この後はいよいよ貫かれるのか、それともパイズリでも命じられるのか。凌辱の危機を感じる一方で胸の鼓動は速くなるばかりだ。

「さ、柚月ちゃん、もう一度♪」

しかし命じられたのは、予想に反して、再びフェラチオだった。

「んっ、クチュル――ん、んんッ……!?」

しかも即座に違和感を覚えた。唇を押し割り侵入した肉棒は、やや小ぶりで太さも違って思えたのだ。

(どうして、縮んじゃった？　でも、そんなこと今まで一度も……)

確かめる心境で舌を這わせれば、硬度や角度すら微妙に違って感じられる。においすらも。異様なまでに汗臭い脂ぎった風味の肉棒だ。

「あ〜いいよ、もっと舌伸ばして。しっかりしゃぶってね♪」

だが声は確かに堀井のものだ。頭にある指の感触も慣れてきたそれである。ならばきっと気のせいだろう。早く入れて欲しくはあるが、もう少し舐めていたい気もする。

ゆえに柚月はずるずると音を立て、再び唇で肉サオをしごいていった。

「んんっんんッジュルックチュ、ヅルルルッ……！」

「いいよいいよー、その調子♪　いっぱいしゃぶって気持ちよーくしてあげてね」

ご所望に応じ頭を振ってたっぷりと唇でしごいてやった。感じているのか血管は脈打ち傘は大きく開いている。妙に塩辛いエラの裏まで舌を這わして掃除してやる。

（どう、してぇ、このおちんちん、やっぱり変、味だってさっきと違う……!?）

身を焦がす興奮の高まりとは裏腹に、舐めれば舐めるほど違和感はなおさら募っていった。普段より少し短いせいか、深く咥えるたび鼻に体毛の塊が触れる。こんなことは今までなかった。異様に毛深く思えるのも気のせいにしてはやけにリアルだ。

まさか……まさか、これは……！

でもまさか、いくらなんでもそんなはず……！

沸々とこみ上げてくる疑念に震えと鼻息が荒くなっていく中、またもペニスがずるりと引き抜かれ、またしてもペニスが口に割り込んだ。

「んんッんぐううう゛ん゛んッ!?　ほれ、ひがう、ひがううッッ!?」

「おおっと、さすがにバレちゃったかな、形違うもんね」

堀井のその言葉が何を意味するのか、はっきり理解し柚月は心底から震えあがった。

違和感があるのも道理、今咥えたのは堀井のペニスではない！　先ほどのものも恐らくは別人。自分と堀井以外の何者かが、この場に紛れ込んでいる！

「安心してよ、こいつらは僕の子飼いの部下でね、誰かは言わないでおくけど口は堅いから♪」

（そんな、嘘よ、そんなの嫌ああ゛あ゛あッ⁉）

それこそ腸が震えるほどの猛烈な恐怖が襲ってくる。堀井だけならばいざ知らず、誰かも知れない別の男にまでよってたかって犯されるなど。

「んんっジュルジュルッヅルルッ、んんググッ……！」

恐慌に苛まれ抵抗を試みるも、ひと足早く男二人の手が両腕を掴み背後で縛りあげる。そう、二人だ、目の前で腰を振る男を除いて二人。堀井を含め計三人の男がこの場にいる。目隠しをしたのはこのためだったに違いない。

強姦的な口淫の最中、柚月は悟る。この男にあるのは欲と執着のみで、愛はない。ただただ女体を堪能し快楽を貪りたいだけなのだ。であれば先の青姦も、今回の輪姦も説明がつく。羞恥し恐怖し興奮し乱れる、その様を眺め欲望の赴くまま楽しみたいのだ。夫との決定的な差異であった。

（怖い、怖いッ……でも……でもぉッ……！）

同時に身に沁みて思い知る。このスリルに満ち満ちた高揚感、いつ終わるとも知れぬ恥辱、これこそが己を熱く昂らせ尋常ならざる愉悦をもたらすものなのだと。その意味では堀井と大差ないことを。

自分は一匹の、肉悦に飢えた牝なのだということを。

「んブッジュルルッ——はぁはぁ、はーっはーっ……！」

汗とカウパーの滲んだペニスを隅々まで念入りにしゃぶったところで、再びずるりと口から引き抜かれ、荒い呼吸が室内に籠る静寂を乱す。

「いいしゃぶりっぷりだったよぉ柚月ちゃん。今夜は一段と燃えそうだ」

肩で息をし床にへたりこんでしまった柚月を、堀井と思しき男の気配が腰を支えて立ちあがらせた。

「さ、ここに寝そべって、お尻こっち向けて。このエッチなパンツもおろしちゃおうねぇ」

うつ伏せの形で胸を乗せたのは夫のデスクの上に違いない。下半身だけ床に立ち、尻を突き出した立ちバックの姿勢となった。

ショーツを脱がされたあらわな尻たぶに、硬く反り返った牡の性器がぺちりと音を立て押しつけられる。

「ちゃんとご褒美あげないとね。今日は大サービス、三本もあるから♪」

「はぁあぁあッあはあぁぁぁあア♪」

——ずぷぷっずちゅり！

尻たぶを掴まれ貫かれた途端に柚月は甘ったるい嬌声をあげてしまった。

三本、そう聞いた時には恐怖を覚えた。口淫だけではない、やはりすべてに貫かれる運命なのかと。夫持つ妻として、女としての理性と貞操感は、ここに来てもまだ多少なりと残っていた。

しかしそれすらも牡肉に埋められたが最後、呆気なく脇へと追いやられていた。ペニスが気持ちいい、オマ○コが気持ちいい、セックスが好き、セックスがしたい、元来持つ淫らな欲望が即座に呼応し遍く感覚を支配していた。

「これぇ、これいつものおちんちんッ、すごい、はぁ゛あ奥までずんずんくるぅ！」

「おぉ、やっぱり分かるもんなんだねぇ、女のコのマ○コってのはっ」

ぐいぐいと深くまで押しこむようにして堀井がリズミカルに腰を振ってくる。

「それとも柚月ちゃんだからかな？　エッチ大好きな新妻さんだしねぇ」

「はぁはぁ、そ、そんな、ことぉ……はぁあ゛んッ゛あ゛あ！」

「違わないよねぇ、旦那に内緒であんなお店で一年も働いてたんだしさぁ！」

この場で過去をほじくり返すのが、またなんとも憎らしい。部下たちに知れたらどうするのか、否、すでに話してあるのかもしれない、だとしたら自分は一体どこまで探られ、堕ちれば良いのだろう。

そしてそこに屈辱を覚えるほど、官能はより強く、より深く、子宮を打ち据える甘美な振動ごと快楽神経を焼き溶かしていく。

「はあぁ゛あッ、はぁあ゛んッ、あはぁ゛あッ、ひいい゛ん゛んッ！」

「すっげぇ、輪姦されるってのにすぐ感じてやがるぜ」

「綺麗なマ○コしてるクセに男好きなド淫乱かよ、堪んねぇな」

隠す意味も無くなったためだろう、部下と思しき二人の声が左右から聞こえ、恥辱感を一層煽る。

「先輩、もう我慢できねえっす、早く代わってくださいよぉ」

「ふぅ、ふぅ、しょうがないなぁ、それじゃ……」

ひとしきり腰を振った堀井が結合を解き脇へと退くと、今度は別の男のモノが、ぬかるんだ膣孔にずぶりと侵入してきた。

「はぁあ゛んッ!? これぇ違うぅ！ べっ、別の、おちんちん゛ん゛んッ！」

「うわ、もうぐっちょぐちょだし……ヒダヒダ細けぇ、柔らけぇ……！」

声からしてまだ若い、二十代半ばから後半ほどの男であろう。

その若い男がしばしだけ間を置いて後、若さに任せた乱暴なピストンをパンパンと音を立て打ちこんでくる。

「はぁあ゛んッはぁ゛あ！ 強い、強いぃいッッ！」

柚月にしてみれば乱暴に過ぎて技術も何もあったものではない。自分本位なセックスしか知らないのだろう。女には恐らく好かれまい。

だがこれはこれで刺激的であったし疼く粘膜にはちょうど良かった。遮二無二な抽送は荒々しいほど粘膜を擦り立て一気に官能を打ちこんでくる。激しい擦れ合いが心地よい、それが率直な感想だった。

「はぁあッはぁあ、こ、こんな乱暴なセックス、私、初めてぇッ……！」

「ああそうか、吉川君って草食系だもんねぇ。お優しいセックスしかしないよねぇきっと」

「はぁあッはぁあッ、い、言わないで、言わないでぇッ……！」

尻たぶを何度も弾かれながら柚月は悶え、髪を振り乱した。なぜだろう、否定せねばと思いはするも、夫への中傷すらゾクゾクとした愉悦を覚える。名誉すら傷つけられ虐げられ貶められる、その状況に燃える自分を一切合切否定出来ない。

（彰浩まで馬鹿にされて、こんなに乱暴に犯されて、でもッ、感じるゥ、気持ち良くなっちゃうのぉォッ！）

あるいはその優しいセックスこそ、夫に抱く唯一にして最大の——不満、だったのかもしれない。貪欲な牝には物足りなさがあったのかもしれない。

ゆえにこそ苛烈なセックスに燃える。過激なまでの行為に昂る。

男どもに輪姦されようと、恐怖に足が竦もうと、そこに被虐の悦びを見てしまう。

「らめぇ、はあッはあッ、感じちゃうぅ、乱暴にオマ○コッ、突かれるのォッ！」

「次は俺だ、たっぷり可愛がってやるからよ」

「は゛あ゛あ゛んッ、ひ゛あ゛あ!?」

若い男が脇へと退くと、続いて三人目の男が挿入してきた。こちらは野太い声の男で、肌に触れる筋肉の質からしてガタイの良さを感じさせた。

そのガタイの良い男がこれまた派手で、バックから結合したかと思いきや、両脚を抱え込み軽々と立位へと移行してきた。

そしてそのまま力任せにガツガツと下から突き上げてくる。

「はぁ゛あ゛あッひいイすごいィ⁉︎　こんな体位、はっ、初めてぇえエッ！」

「奥さんのマ〇コも大したモンだぜ、速攻で締めつけてきて、くっ、ウネウネ動いて絡みついてきやがる……！」

体力自慢なのかガタイ良い男はこちらを床に降ろそうとしない、一定のリズムで腰を振り続け、文字通り上へと跳ね上げてくる。三人の中ではもっとも肉棒の径が太く、体育会系らしい猛々しさで膣肉を力強く蹂躙してきた。

「はぁ゛あ゛あッ゛あ゛あ゛あすごいぃい太いいィッ！　広がっちゃう、オマ〇コみちみちいってるゥウッ！」

「はぁはぁ、先輩、なんなんスかこの女、マジでエロいしマ〇コもすごい、こんなぷりっぷりのヒダ初めてですよ……！」

初めて味わう膨張感に柚月はガクガクと痙攣しよがったが、男の方とて驚いた様子で早くもペニスをびゅくびゅくと震わせる。汗臭い吐息を耳元で弾ませ、快感に呻く素振りを見せる。

「輪姦されてるクセにマ〇コすっげえ悦んでやがる、チンポ吸いついて離しやがらねぇ、なんてぇエロい女だっ……！」

「だろ？　やっと堕としたコなんだ、誰かに自慢したくってな」

堀井の笑声が正面から近づき脱げかけたパンツを足首から引き抜いた。パンプスのみを残した両足をぐいと左右に開かせる。

そしてあらわとなった膣口に、冷たい何かをぴとっと触れさせ、

「ねえ柚月ちゃん？　キミだって見られるの好きだもんねぇ？」

「はぁあ゛んッはぁ゛あ゛あ゛あダメぇえ゛え゛え゛えッッ!!」

——ヴヴヴヴヴィヴィヴィヴィヴィッ！

クリトリスへの振動と官能に柚月は奇声じみた嬌声を張りあげた。見えずとも分かった、先のローターがクリトリスに触れ刺激を追加してきたのだ。視界が利かぬため完全なる不意打ちであった。

「ヒイッイクゥ、イッ〜〜クゥゥ——ッッ!!」

——プシャアアアァァッ！

その不意打ちはあまりに効きすぎて、ぐちゅぐちゅと膣肉をかき混ぜられながら柚月は潮を撒き散らした。もはや自制も何もない、膣口も膣内も敏感になりきって失禁もかくやというものだった。

「ゆっ許してェ、イキすぎちゃうッ、身体飛ぶ、飛ぶぅうゥッ！」

「くおっ!?　すげえ、また締まってやがる、痛えくれぇだっ……！」

アクメし収縮する膣肉の感触にガタイ良い男もひと際わなないた。愉悦に小さく歯

を噛み合わせ、グラインドをつけ腰で突いてくる。

「はぁっはぁ、あダメぇ今突くのダメぇぇエッ！　またイクッ、イクッ、イックゥ～～ッ！」

「はぁはぁ、こっちもイキそうだっ、なんだよこれ、名器ってやつかよっ……！」

——ズブズブズブズブどすどすどすっ！

ガタイ良い男はやや腰を落とし本気のピストンを叩きこんできた。痙攣を始める太い肉棒は射精感の高まりを示す。「このまま一気にぶちまけてやる！」と言葉以上に肉体が物語る。

「ダメぇは、あ、あッ強いい、い、いッ!!　びくびくしてる、中でびくんびくんッ、ダメぇ気持ちいいッ、もうダメ、またイクゥ～～ッ！」

柚月も派手な痙攣を繰り返し迫り来るアクメを訴え叫んだ。なおもクリトリスは振動に晒され絶頂直後のまま官能が渦巻き、狭まり密着した柔らかな肉ヒダは極太のカリ首に削られるがごとく引っかかれ続ける。燃えるような苛烈な官能、それは延々と下腹を苛み理性ごと性感を溶かし尽くしていく。

「あぐッは、あ、あもぉダメぇイクッ、飛ぶ、身体ァッ——！」

「中には出さないでやってよ、ゴム着けてないんだからさ」

「おおっおおお……！」

ついには歯をぎりりと軋ませ両脚を目いっぱい突っ張らせる柚月。

そのアクメに震える膣孔から抜けたのは、偏に堀井の言葉あってだろう。

ギリギリで外に出たペニスは、尻房の間でひとつ脈打ち勢い良く体液を撒き散らした。

——ビュルビュルビュルルルッびちゃびちゃっ！

「はぁあ゛んッはぁ゛あ、出てるゥ、せぇえき出てるゥンッ！」

「くそ、堪んねえ、あんた最高にエロい女だぜっ！」

尻の隙間で脈打つ感触に柚月は歓喜の声をあげていた。目が見えずとも射精であることは本能として理解出来ていた。

「あーあーいっぱい出しちゃってぇ、デスクべちゃべちゃだよ」

「俺にもヤらせろよ、中途半端で辛いんだよぉ！」

ガタイ良い男が果てたのも束の間、若い男が正面に陣取り、再び肉棒を膣へとねじ込んでくる。

「は゛あ゛、あンッそんなァ!?　いっ、イったばかりッ、なのにィ！」

「うるせぇよ、その割にゃ、うぉ……きゅうきゅう締めつけてるじゃんかよぉ……！」

待ちくたびれたと言わんばかりに若い男は遮二無二腰を振りたくってくる。ガタイ良い男と挟みこむ形で一緒になって膝裏を抱えて。

柚月は果てた直後の肢体を休む間もなく痙攣させよがった。気分はまさしくまな板の鯉、立て続けの快楽に四肢が脱力し何ひとつ抵抗など出来はしない。

――ズチュズチュズチュズチュずりゅずりゅずりゅずりゅ！

「は゛あ゛あダメぇイクッ、イクッ、オマ○コイクッ、またァああ⁉」

「ハァハア、もうイってやがる、くっそ、さっきからずっと締まりっぱなしでヒダヒダ食いついて堪んねぇ、ああチ、チンポ、蕩けるぅ……！」

のっけからのスパートに男も昂り、膣内でペニスを跳ねさせるようにして歓喜に悶えた。射精が近いのか身を強張らせ、動きを小刻みに変えていく。

対する柚月とてアクメはもう間近、一切冷めぬまま熱が再燃し瞬く間にレッドゾーンへと手が届き、

「イクッ、イクッ、もぉダメ、くひいイイッ⁉」

「うおっおおうぅっ……！」

腰の動きが止まると同時に膣肉がびくりと大きく痙攣した。射精が来る、精液が来る、その予感が心身を震わせ甘美な頂へと感覚を押し上げた。

――ぬぷっ、びゅるるっびゅびゅ～～～っ！

予感に反して肉棒は引き抜かれ間一髪で外に放たれた。そこに安堵をするべきか、あるいは物悲しさを覚えるべきか、立て続けの快楽に蝕まれた脳は、もう判断が出来ない。

「ヒグッ、もッ、もぉ、ダメ、ェえエ……飛んじゃう、頭、意識ィ……！」

「どうだい柚月ちゃん、みんなでスルのもなかなか興奮しちゃうでしょ？」

若い男が脇へと退くと、今度は堀井が前に進み出て、ガタイ良い男と挟みこむ形で再び挿入を試みてくる。

「自分じゃ分からないだろうけど、顔なんてもう汗まみれ涎まみれ、見てるこっちが恥ずかしいくらいアヘ顔だよ」

ぬぷりと卑猥な水音を立てて肉棒が膣奥へと侵入してくる。蜜汁にまみれた桃色の膣口は、閉じるのも忘れてぱっくりと開ききり漏れ出た肉ビラを早速吸いつかせる。

「はぁッあは゛あぁぁ゛あ゛あ゛ア゛アッ！　゛あッ、゛あッ、いいのぉ、硬いおちんちん、奥までッ、アア来てるぅ♥」

「奥までこんなに汁まみれにして、ホントいやらしいエロい奥さんだよ」

堀井は言いながらゆったりと腰を振ってくる。少しずつ高めてくるように、否、あえて弱めの刺激を与えてアクメ寸前をキープさせようと。熱く隅々まで蕩けた蜜壺を丁寧に肉棒で攪拌してくる。

「気持ちいいでしょ？　顔も見えない男どもに輪姦されてるのに興奮しっぱなしでしょ？　そういう女なんだよ、柚月ちゃんは」

そう、そうだ、その通り——一向に衰えぬ甘美感の中、柚月は認める。自分は性に貪欲な女、男好きな淫らな牝、男とまぐわうこの瞬間こそが身も心も満たされる至福の時なのだと。ゆえにこそ元からセックスが好きだった、エステ嬢も務まった、異性とまぐわう時間欲しさに件のバイトに明け暮れたのだ。相手が夫であったのは肉悦と共に恋愛を楽しみたかったからに過ぎない。

(でも、もういいよね、彰浩だってお店なんかで別の女と楽しんでるんだし、私だって別の男と楽しい思いしちゃっても……!)

それが詭弁に過ぎぬとしても今の柚月には無関係だった。女とは生来嘘の達人、男と違い己自身を騙す術に長けている。どれほど歪もうが狂気に走ろうがそれを真実と定義すれば当人にとっては紛れもない真実となるのだ。

だからもういい、楽しんじゃえ。

柚月はそう心に決め、だらしのないアヘ顔に、恍惚の笑みを織り交ぜた。

「は゛あ、は゛あ、き、気持ち、いい……私、気持ちいいの、好きィ……!」

両脚を抱えられ動きづらい中、自らも腰を前に突き出し、進んで堀井の肉棒を飲みこむ。

「だからァ、もっと、もっと突いてェもっとォ……♥」

次の瞬間、男三人が「ひゅーっ!」と口笛を吹き歓声をあげた。

心の底から快楽を受け入れ、甘んじて現状に身を委ねる。自ずから股を開き、蕩けた蜜壺に夫以外の牡肉を迎え入れる。

吉川柚月という一人の新妻が、淫らな牝として心身堕ちた瞬間であった。

「嬉しいねぇ、じゃあいくよ、がっつり突いてあげるからねぇ♪」

——パンッ! パンパンパンパンづぢゅづぢゅづぢゅづぢゅ!

「はぁあ゛んッはぁ゛あ゛あ゛あいいのぉいいイイッ!!」

じっくりと膣孔を掘っていた肉棒が勢いを乗せた採掘を開始し、熱の籠った濡れた膣奥を力強く押し上げてきた。

(すごい、気持ちいいッ、イキそうだったのが、またすぐイっちゃいそォ!?)

続く官能に浅ましく身悶え柚月は歓喜の面持ちで舌を出す。紛れもない愉悦、性の陶酔、牡との触れ合いが生み出す多幸感、すべてが渾然一体と化し荒波のごとく肉体へと押し寄せる。

「すげえ顔してんぜ、堀井さんの言う通りだ、とんでもねぇどスケベ女だぜ!」

若い男が横から覗きこみ耳障りな声で嘲笑するも、それすら今は歓喜となって荒ぶる劣情を強くする。見られている、破廉恥な自分を。嘲っている、無様な姿を。その上で欲情するギラギラとした空気がまた、堪らなく淫らな衝動を掻き立てた。

「はぁあ゛んッはぁあ゛んッ、見ないでェ、スケべな私ッ、いっぱい見ないでェッ♥」

「ふぅふぅ、嬉しそうに言ったって説得力ないよ柚月ちゃん、ホントはもっと見てほしいクセに、さぁ!」

「きゃ゛ん゛ん゛んッ!! そ、そうっ、れもいわないでぇぇッ♥」

ズンッ! と膣底をひと突きされれば抑えようもなく嬌声が漏れ出る。裏返りかけた甲高い声が薄暗いオフィスの静寂を打ち消す。

おしめを替えられる赤子にも似た無様で卑猥な格好のまま、柚月はしきりに尻を振りたくり肉棒と快楽とを啜り甘受する。もはや理性など欠片もない、夫への操も頭にない、不倫であろうが凌辱であろうが気持ち良いのなら構いはしない。頭の中は牡一色で、あたかもハーレムにいる気分だった。

「くそ、堀井さん、俺もう我慢できねぇ、さっきからずっとビンビンになっちまって

……！」

と、背後で両膝を抱きかかえる大男が腰を揺すって尻に肉棒をなすりつける。

「ふぅふぅ、それじゃあ後ろの孔に入れなよ、ソッチも開発済みだからさ」

「はあ゛っは゛あッ、え、嘘、そん――嫌ぁ⁉」

すっかり愉悦に溺れていた柚月も、背後の気配にさすがに慌てた。ガタイ良い男が

角度を調節し、尻の孔に狙いを定めたのだ。

「ダメよ、ダメぇ、お尻も弱いの、お尻も感じちゃう、オマ○コ感じてるのに、そん

なァ……⁉」

ほんの刹那だけ理性が舞い戻り緩んだ頬が恐怖に引きつる。今ここで入れられれば

きっと正気ではいられまい、そう本能が警鐘を鳴らす。

されど現実はどこまでも無慈悲で、蜜汁のみならず腸液にまでもじっとりと濡らさ

れた尻孔がこじ開けられ、

――ずぬるっずちゅるるるるっ！

「ぎ゛いッいい゛い゛い゛いイイイッッ⁉」

文字通り一切の容赦なく、野太い肉棒が腸内粘膜を押し広げ、割り入った。

(そんな嘘ッ、前も後ろも同時だなんてェ!?)

膣と同時に指でまさぐった経験ならある。アナルセックスの経験も。だが二孔同時に肉棒で貫かれたのは今回が初めてだ。

当然ながらその衝撃たるや凄まじいものがあった。強烈すぎる異物感に五感がショートするかに思えた。

それでも——。

「す、すご、きもち、イイッ……お尻、オマ〇コ、どっちも感じるゥ……!」

それでも肉悦に飢えた身体は、異物感以上に強烈な官能を覚え、啜った。堀井の言うように直腸粘膜とてすでに開発済みである。そこに愉悦を覚えたこととて事実。無慈悲なまでの二孔責めは、しかし今の彼女にとって快楽以外の何物にもならなかった。

「はゞあッひゞいあッ、すごい、きもひいゞいッッ……!」

「すげえ、この女ケツまでヌメヌメ動くっ、堪らねぇ、真性のどスケベだぜっ!」

「マ〇コもますますウネウネしてるよ、こりゃあすごい、僕もそろそろっ……!」

——ズヌズヌズヌズヌずちゅずちゅずちゅずちゅ!

——づちゅづちゅづちゅぐちゅぐちゅぐちゅ!

男二人も興奮に色めき立ち鼻息も荒く腰を振り立てた。前の孔と後ろの孔、二つを同時に擦過すべく、タイミングを合わせて鋭く肉棒を往復させる。

「ヒイイッすごいィい゛い゛いッ!? こんなァ、中でごりごりィッ、潰れる、潰れるゥうッ!?」

柚月にとってそれは苦悶であり快楽でもあった。膣内と腸内、その両間は薄い肉壁が一枚隔てるのみ。互いを埋め尽くす硬い異物は互いを絶えず圧迫し歪ませ、普段は決して味わうことのない鮮烈な摩擦感を生み出した。

その感覚はあまりに異様で、未開発の女であれば狂乱したに違いない。

だが今現在の柚月にしてみれば、怖気を震うほどの性の悦びでしかなかった。

「きもち゛い゛いッ、オマ○コぉ、お尻ぃ！ これすごいィ、どろどろになっちゃう、イっちゃう、またすぐイっちゃうう〜〜ッッ!!」

もはや身も世もない嬌声を喉も嗄れよと張りあげる。縛られた両腕を構わず動かし紐が食いこむ痛みすら無視する。初体験のサンドイッチファックに腰をのたうたせ盛大によがる。

そんな彼女をがむしゃらに突きながら男二人もいよいよ息を荒げ始める。二孔同士の異物の擦れ合いは彼らにとっても未知の快感に違いなかった。

「ふぅふぅふーっふーっ！ こ、ここまで乱れるなんて、僕も予想外だよ、こっちが圧倒されちゃいそうで、もう、そろそろっ……！」

「ケツの中まで最高だぜあんた、こんな女っ、マジでいるなんて……！」

「は゛あッは゛あッ、もぉイクのね、イっちゃうのね、私もイクッ、またイっちゃうからぁッ！」

イキっぱなしに近い状態だがそれでも柚月は快楽を貪った。もっと上へ、もっと高みへ、享楽を求め欲するがままより強いアクメを味わってみたい、タガの外れた獰猛な劣情がそう声高に訴え、豊尻を前後に激しく揺すりたてる。

「イクッイクゥ！　突いて、もっとォおッ!!」

「「おおっおおお……！」」

——ズシン！　グリグリグリッ！

「はあぁ゛あッひ゛い゛いイグイグううう゛ン゛ン゛ンッッ!!」

——ビクビクビクガクガクガクッ！

前と後ろを穿つ肉棒が揃って同時に深部を突き上げた。その瞬間、柚月はあられもない声で鳴き、背筋をのたうたせ再び潮を噴き周囲に撒き散らした。

「あぁすごい、僕も出る、出るよっ……！」

「俺も出る、もう限界だぜっ……！」

——ビュルルッビュルルッビュルビュルビュルッ！

——びゅるっびゅるっぶぶっぶぶぶっ！

直後に堀井とガタイ良い男が、肉棒を引き抜き白濁を先端から打ち放つ。

（ああすごいィ、身体中に、せぇえき、いっぱいィ……♥）

白濁は勢い良く頭上へと舞いあがり半裸の乱れし女体へと降りかかる。脱げかけの

ジャケットもブラウスもブラも、痙攣し続ける足先のパンプスも、顔や髪すらもがべったりと汚れ、濁った白色に塗り潰されていく。無論柚月に見えはしないが、体液の熱と粘つく感触がそれを雄弁に教えていた。

「全身ぐっちょぐちょだなぁ、AV女優も顔負けのエロさだぜ」

その有り様を若い男が携帯をかざして撮影した。これもやはり見えはしないが、耳に慣れた音ゆえに分かった。

（また、撮られてる……あぁ、ゾクゾク、しちゃう……♥）

「ふぅ、ふぅ……ほぉら、見てごらん。旦那のデスク、すごいことになってるよ」

度重なるアクメで完全に脱力してしまったところへ、堀井の指が伸び、目隠しをすっと下へとずらしてくる。

「ほら、柚月ちゃんのエッチな汁があんなところにまでかかっちゃって。書類やなんかもベトベトだよ。明日から彼、ここで仕事するんだよ。可愛い新妻のマン汁だらけのデスクでねぇ」

「羨ましい奴だぜ、まったくよ」

「あやかりたいくらいだぜ」

「はぁ……はぁ……あはぁ……♥」

男らの言う通りなかなかに悲惨な有り様であった。二度も派手に潮噴きしたせいか透明な液が至るところに飛び散っている。精液も同様だ。書類のいくつかは台無しになっているやもしれない。

果たして夫は気づくだろうか。知らぬ間に自分の仕事場で、愛する妻が同僚らによって輪姦されたということを。

気づくまい——そう思う。夫は素直でお人好しだが勘の働く男ではない。ここに至るまで未だなんの動きも見せぬのが、何よりの証拠と言えよう。

あるいは——今この瞬間にも、夫は店の女と戯れているのやもしれない。カードを捨てずに所持するということは、つまりはそういうことであろう。

別に構うまい。お互い様なのだ。少なくとも心は互いにある。何も波風を立てる必要はあるまい。秘密は秘密として、お互い心の内だけに秘めておけば。

「ごめんね彰浩……私もう、あなたとだけじゃ満足出来ない女になっちゃった……」

ふらりとその場に膝を突き、堀井の——もしくは他の男の——ペニスに触れ、ちゅっと口をつけて呟く。

「家では、じゅるっ——貞淑な妻でいるから……はむっ、ゆるひれ……♥」

謝罪の言葉とは裏腹に、上気し緩みきった顔には、欲深で淫らな牝の表情が、今なお張り付いたままであった。

七章　仮初の夢

天を彩る広々とした空は、雲ひとつない見事な青き晴天であった。

大安吉日。白亜に輝く荘厳な雰囲気の立派な式場。

今日、この時、この場にて、ひと組の新郎新婦による門出の儀式が執り行われようとしていた。

新郎、吉川彰浩。

新婦、吉川柚月。

入籍を経て数ヶ月の後、両名は晴れて、お披露目となる結婚式を行う。

式場に集う招待客たちは皆一様に笑顔で談笑し、主役二人の話題を口にする。「まだ若い二人」「大学時代からのお付き合いだとか」「新婦は大層美しいそうな」等々、明るい話題は尽きる気配がない。

無論、親族一同にも笑顔は絶えなかった。新婦側は無論のこと、当初は難色を示した新郎側も、この時ばかりは活気に満ちていた。

「まったく驚くばかりですよ。社会人二年目にして早くもこのような立派な式を挙げられるなんて」

「新居もすでに用意済みだとか。後顧の憂いはありませんな」

新郎側の親族たちは口を揃えて両名を褒め称えた。意欲ばかりで若輩な二人を侮っていた――それが今では手のひらを返して褒めちぎっている。ことに新郎両親などは、兄と違い不出来な次男が無事晴れの日を迎えられるとあって、喜びも一入(ひとしお)であった。

それら控えめな喧騒を離れ、式場通路の赤い絨毯の、さらに奥。

巨大な観音開きとなった新婦用の大部屋の奥にて、本日の主役たちが、静かに向かい合い、深い感慨に耽っていた。

「――やっと挙げられたね、式」

グレーのタキシード姿の青年が、穏やかな笑顔を浮かべて立っていた。

「いろいろあったけど、僕たち、これからも一緒だよ」

「うん。ずっと――一緒だね」

向かい合い立つのは純白に煌めく女性であった。あらわな両肩。豊かに膨らむ胸元。細いウェストを飾るサッシュベルト。ヒダの連なるゆったりとしたAラインのスカート。華やかなウェディングドレス姿の、若く美しい女である。

普段肩口でまとめられる黒髪は、今はさらりと背中に流され、華の飾りを軽く戴く。唇には紅が乗り、白い素肌は化粧によって、なおのこと白く透き通って見える。

花嫁然とした美しき晴れ姿。

吉川柚月は、童女のごとき華やかな笑顔を、目の前の新郎に向けていた。

「夢――だったものね。二人で式、挙げるの」

うん、とひとつ頷く夫。その感慨はいかばかりか。

柚月の脳裏にも、これまでの道のりが走馬灯のごとく去来する。

――あれから――夫婦の間に微かなずれが生じてから、しばしの後のことである。

夫の彰浩が、ある夜突然、意を決したかのごとく話し合いの場を持った。

「実は僕、柚月に言わなきゃいけないことが……」

どこか追い詰められたような悲壮感漂う表情を見て、柚月は察した。例の風俗について語ろうというのだと。

「ごめん、実は僕、柚月に黙って――」

「――いいから。なんにも言わなくても……」

重い口を開こうとする夫の唇を、柚月はそっと指で塞いだ。

そしてこう言った。

「誰にだっていろいろあるんだもの。彰浩だって、きっといろいろ……ね？」

二人は無言となり抱きあった。いかな愛があろうとも、人間、互いのすべてを知るなど不可能だ。語りたくとも語れぬもの、知ってほしくとも伝わらぬもの、誰しもそういった部分はある。己一人すらままならぬのだ、どうして他者まですべて理解など出来よう。

本当にいろいろとあった。すべての元凶となったエステ店勤務から始まって一年と半年余り。そこから端を為す何ひとつとて夫には語れない。胸に秘め続けるしかない。

ゆえにこそ夫にも胸に秘めることを求めたのだ。せめてもの償いも込めて。

これが、彼女の下した結論であった。

二人は互いの過去を呑みこみ、その上で決めた。

夫婦でいようと。共にあろうと。

──そして今日、この日、二人は晴れて結婚式を迎えることと相成ったのであった。

「綺麗だよ柚月。とっても綺麗だ」

数々の苦難を乗り越えた末の、ひとつのゴールであり新たなスタートラインなのだ、感激は一入なのだろう。

花嫁姿に感動するあまり涙ぐみかねない様子の夫を、柚月は微笑み柔らかくたしなめる。

「もう、しっかりしてったら。式はこれからよ？」

「ごめん。でもさ、楽しみだねハネムーンも。久々に羽根伸ばさなきゃ」

「はしゃぎすぎないでね、身体壊したら大変だから」

「うん。それに──子供。そろそろ欲しいしさ」

ハネムーンベイビーが欲しい、暗にそう告げる夫。柚月はたおやかに微笑みを返す。

帰国後はまた多忙になるゆえに、この機会に是非と考えているようだ。

「そうね。私も、赤ちゃんが──」

──コンコン。

と、不意にノックの音が響き、静謐であった二人の空間に喧騒の音が水を差した。

控え室のドアが開くと、数名の男が満面の笑みを浮かべて入ってくる。

「やあご両人、改めて結婚おめでとう。天気も晴れで良かったねぇ」

「あ、先輩。皆さんも、ありがとうございます」

現れたのは彰浩の会社の同僚たちだった。中でも特に懇意な者たちが挨拶がてら、式に先んじてこうして控え室にまで顔を出したのだ。

「ありがとうございます、お忙しい中を、わざわざお越しいただきまして」

柚月は新婦の立場として丁寧に頭を下げた。

同僚といっても大半は柚月との面識はない。名前を多少記憶する程度だ。新婦側の友人知人とて夫にしてみれば大差ないだろう。

彼らの中には、聞き覚えのある声の者がちらほらとある。顔は知らない。しかし記憶には新しい声。

そしてその中には、はっきりと面識のある者が一人。

「いやいや、こっちこそお招きいただき、ありがとうございます」

その場を代表して頭を下げたのは、質素なグレーのスーツ姿の、三十半ばから後半ほどの痩身の男である。堀井正也。夫彰浩の職場の上司で日頃から親睦のある者だ。

「いやー僕も嬉しいよ。吉川君がこんな美人さんと式まで挙げるのを見られるなんて」

「もうー、こんなとこでまでよしてくださいよー」

照れ笑いを浮かべる夫の横で、柚月は微かに目元を動かした。

堀井の目が。細長い瞳がこちらを見ている。獲物をつけ狙う毒蛇のごとき眼差しで、じっと。

柚月もその目をじっと静かに見て返す。そこにどういった意味があるのか、恐らく当人たち以外には想像すらつくまい。

「ホント、綺麗だねー奥さん。いつも綺麗だけど、今日は格別だねー」

「ふふ、ありがとうございます」

が、視線の交錯もごく刹那のもの、両者は晴れやかな笑みを浮かべ、互いに軽く会釈をした。

その間にも彰浩は同僚らに祝福され、構われ、あるいは戯れで妬まれていた。

「ハネムーンはグァムだって？　チクショー、土産期待してんぞ」

「オレもこんな綺麗な嫁欲しいぜ、お前紹介しろよな」

「ちょ、ちょっと、やめてくださいよ、もう」

「こらこら、あんまり邪魔しちゃお二人に悪いよ」

あれこれと構い冷やかす部下たちを堀井がやんわりとたしなめる。邪魔にならぬよう、そろそろ会場へ戻ろう、暗にそう告げそれとなく退出を促す。

「それじゃあ、楽しみにしてるからね、吉川君」

「はい。それじゃ先輩、また後で」

同僚らの退出を見送ろうとする夫。

柚月はその肘を、軽く摘んで小さく告げた。

「──彰浩？　私もそろそろ準備があるから──」

「え、あ、そっか。じゃあ僕も、自分の控え室に戻るね」

夫は今頃気づいたという風に軽く頭を掻き一緒になって大部屋を後にしていった。

巨大なドアの向こうへと消えていく、夫を含む男たち数名。

柚月には分かっていた。その内の一名だけは、何食わぬ顔で、この場に残るであろうことを……。

※

「みんな行ったみたいだね」

広々とした静かな控室。巨大な鏡、姿見、化粧道具などが整然と並ぶ、新婦専用のお色直しのための大部屋。

他に人気が失せたのを確認し、堀井は振り返り、ニイッと口端を持ち上げた。

「これで安心かな──どう？　今の気分は？」

「っ──はぁ……すごく……どきどき、してる……」

柚月はひとつ大きく息を吐き、次いで頬をじんわりと赤らめていった。

「こんな時に、こんなところでまで、私……」

これまでの清楚な態度が一変し、急にもぞもぞと尻が動き、眼差しが当惑に揺れ始めた。両手がそっと下腹部に触れ、ふわりと広がるスカートにも構わず、もどかしげにすりすりとまさぐり始める。

「お、お願い……このままじゃ、私……」

「どれどれ、ちょっと見て確かめてみようか」

堀井は後ろ手にドアを施錠し、焦らすかのごとくゆっくりと歩み寄る。その表情は先から一変し、柔和で温厚な仮面が外れ、陰湿好色な笑みへとすげ替える。

男の手が伸びるより先に、新婦の指がスカートを摘む。指先の震えは屈辱ゆえか、それとも恍惚から来るものか。

きっと両方だ——柚月はそう己を理解し、床を擦るほどに長い裾を、ゆっくりと腹までたくし上げた。

「はは、ちゃんと言う通りにしてきてるね」

あらわとなったスカートの奥を、堀井が膝を屈め、首を伸ばして覗きこむ。

ドレスに合わせた純白のストッキングとガーターベルト、ローライズ程度の白く薄い薔薇柄のショーツ。それらがスカートの内側を飾り、ふっくらとした太腿や臀部(でんぶ)に品と色香を与えている。

そしてショーツのクロッチの奥では、ずっぽりと根元まで突き刺さった電動バイブの丸い断面が、内側から布を押しあげていた。

「命令しておいてなんだけど、ホントに入れっぱなしだなんてねぇ。どうしようもないエロ新婦だよ」

「はぁ……はぁ……言わない、でぇ……♪」

あからさまに言葉で嬲(なぶ)られるも、怒りはさして湧きあがらなかった。むしろ意識は陶然となりつつあり、声にも湿り気が交じり始める。

（あぁ、私、もう、こんなに……いやらしい女にされちゃって……）

己が情けなさに細かく震えるも、唇は緩み、自然と締まりのない笑みを作る。

そう——こうして晴れの日を迎えながらも、柚月は未だ、この男の支配下から逃れられてはいなかった。

正確には、今やもう、歯向かおうなどとは考えなくなっていた。過去の秘密を盾に取られ、数々の痴態の証拠を押えられ、果ては淫らな己の本性すら白日の下(もと)に引きずり出された。未知の興奮を次々と与えられ、見知らぬ官能をその都度知らされた。こうまでされてなお歯向かい続けるほど、柚月の心は強靭ではなかった。

「でも興奮したでしょ？　分かるよぉ、こんなに濡らしちゃってるんだからさぁ」

「はぁ、はぁぁ、ぬ、濡れてる、私、濡れてるぅ……♪」

しかもそれだけに留まらなかった。今となっては要求を素直に聞き入れるばかりか、自ら進んで破廉恥な行為を実践するようになるにまで至っていた。

愛する夫との誓いの式にて別の男にもてあそばれている。夫ばかりか大勢の目を盗み、大人の玩具で楽しんでいる。

なんと浅ましい花嫁であろうか。この場に立つことすらおこがましい。

しかしゆえにこそ劣情は強く。被虐の感情は自らを追い詰め。

どうしようもない己が状況に、狂った興奮と欲情を覚えてしまうのだった。

「大勢の客の前で花嫁がバイブ入れっぱなしで感じてました……なんて知れたら、きっと大変だろうね。親御さんなんて卒倒しちゃうんじゃないかな」

堀井がニヤニヤして胸ポケットから機械を取り出した。バイブを動かす無線式リモコンだ。ぽちりとスイッチが入ると同時、膣に収まるバイブが作動した。

「はぁあん、そ、そう、ずっとヒヤヒヤして、ん゛あッ……！　す、すごく、はぁぁ、興奮しちゃう……♪」

——ヴヴヴヴヴィヴィヴィヴィイイン……！

この場に似つかわしくない耳障りな音と、うっとりした調子の悩ましげな声音。

言うまでもないが場所が場所である、一歩間違えば大惨事となるのは火を見るよりも明らか。すでに式場は開放されており、ドア一枚を隔てた向こうでは、大勢の来場者が式の開催を待っている。

にもかかわらず柚月に拒絶の素振りはない。それどころか腰をうねらせ官能に汗を浮かせつつあった。

「どきどき、しちゃう、はぁぁ、結婚式場でなんて、はぁん……♪」

途切れることのない膣への振動に肌全体が熱を帯び始める。微細に擦られ揺れ動く粘膜が、じりじりと官能に炙られ火照りゆく。

見つかる危険と背中合わせの、あまりにも際どい状況。

しかしだからこそ柚月は——今の彼女は高揚感に身震いする。終わりのない恐怖と屈辱に慄き、そこから逃れんとするかのごとく自ら性的興奮へと置き換える。

「あーあー、そんなにヒクヒクしちゃって。もっと締めてなきゃ、ずるっと抜けて落ちちゃうよ？」

「はぁ、はぁ、分かってるっ、けどぉ、オマ○コぐりぐりされちゃって、力、入らなくぅ……！」

スカートの裾をたくし上げたまま柚月が膝まで震わせ始めると「しょうがないなぁ」と堀井が呟きバイブの端を指で掴んだ。

「このままほっといたらイっちゃいそうだから僕が抜いてあげるよ。ほら、もっと腰、前に突き出して」

「はぁ、はぁ、あぁ——んんッ、はうぅあぁ……！」

刺さったバイブが指に引かれ、徐々に姿を見せていく。丸く平たい断面を頭とし、ゆっくりと赤子が生まれてくるように。

柚月は軽く力み、文字通りひり出そうと試みた。けれど出来ない。逆に膣に力が入ってぎゅうっと食い締める結果となった。

「こんなにしっかり銜えこんじゃって。こりゃあ案外、抜かない方が良かったかな？」

「はぁはぁ、あ゛あッくるゥ……!?」

「それともやっぱり抜こうかな？　入れたまんまじゃさすがにヤバいもんねぇ」

「ダメぇ、ぬ、抜くのっ、擦れっ……気持ちっ……はぁあ……♪」

抜くのをやめて押しこんだかと思いきや、結局抜き始めてゆっくりと肉ヒダを捲ってくる。模造ペニスが緩やかに前後し性感帯を摩擦してくる。

堀井はああ言ったが、これがやりたかったのは問うまでもなく明々白々だ。挙式前に膣にバイブを入れておけ、そんな命令をするような輩が大人しく抜くわけがないではないか。

一人この場に残ったのも、特異なシチュエーションにて花嫁をもてあそぼうという魂胆ゆえなのは明白である。

そこに怒りを覚えぬではないが、それすらも今の柚月にとってはさしたる意味などありはしない。与えられるスリルと快感を、ただ一心に噛み締めるのみであった。

「もうぐちょぐちょのどろどろだねぇ、お漏らししみたいにパンツびしょ濡れだよ」

散々弄って満足したのか堀井は今度こそバイブを引き抜いていった。クロッチをずらしてぬぷっと引っこ抜き、振動を続ける疑似ペニスをあえて鼻先に持ってくる。

「コイツもどろどろだよ、きっとここに来る前から、こんなだったんだろうねぇ」

救いようのない変態だねぇ。そう続けて言い、堀井はクツクツと喉の奥で笑う。

「はぁ、はぁ……っ、次は、何、するの……？」

「そうだねぇ、僕も興奮してきちゃったし……まずはお口でしてもらおうかな」

堀井はまた喉で笑い、手近にあった椅子に腰かけ悠々とした態度で股を開いた。

「さ、いつもみたいにお願いするよ。雰囲気たっぷりでねぇ」

「はぁぁ……はい……♪」

膝の間に屈みこんで前歯を使ってジッパーをおろしていく。こうやると余計にいやらしく見えるよ、そう言われたのを思い出して指を一切使わずにさげる。

「ン、ンク——はぁぁ、おっきぃ……♪」

ジッパーをさげ下着もずらすと、社会の窓から飛び出すように、いきり立つ肉棒が姿を現した。とうに欲情し硬化したそれは、いつも以上の見事な弧を描き、隆々と天に向け聳え立っていた。

思わず見惚(みほ)れてしまう柚月に堀井が口端をあげ催促をする。

「さ、頼むよ柚月ちゃん」

「は、はい……はむっ、じゅ、ぢゅる……」

——クプッ、クプッ、クプッ、ヂュプッ……。

純白の花嫁はなんら迷いなくいきり立つペニスを口に含むと、目を閉じうっとりとした表情に変わり、熱心に首を振りしゃぶっていった。

「ンン、ぢゅるっ、くちゅ、ずず——はぁ、苦い、しょっぱい……臭くて鼻につーんとくるぅ……」

「はっはっは、でも大好きでしょ、そういうチンポ。なんたってどスケベなんだから」

「あ、あんまり言わないで、そういうこと言われちゃうと、ンンぢゅずっ——熱くなっちゃう……♪」

口から離し丁寧に下から先へと舐めあげ、さらなる興奮に二度三度と小さく身震いする。吐息が漏れる。高揚感に胸が高鳴る。鼻腔が牡臭さに酔い始める。

（やっぱり……好き。男の人のにおい、臭いくらい強いにおい、私、好き……♪）

口紅が落ちてしまうのも構わず舌肉を這わせ恍惚に酔う。こうまでなってしまう以前とて男の体臭は好きだったのだ、嫌悪感に慣れさえすれば舐めて味わうに否やはない。裏筋をチロチロと舐めていくごとに火照った下腹部に新たな火と熱がくべられていくのがよく分かった。

「あー気持ちいいよ柚月ちゃん、さすが人妻のテク……最初の頃よりもずっといい」

うっとりした様子の堀井の指が、今度は胸元に向けられてくる。

「このままでもいいんだけど、せっかくなんだし、おっぱいで挟んでくれないかな？」

「ンンちゅ、え、胸？　で、でも……」

「実はずっと気になっちゃっててさぁ……なんていうか、エロいし？」

堀井の弁も頷けなくはない。実際に胸元はアピールポイントのひとつであった。両肩を全開にしたウェディングドレスは谷間すれすれまで素肌を晒し、ややもすれば豊満な胸の膨らみがぽろりと露出しかねない印象があった。

それでなくとも柚月の胸は一般平均より明らかに大きく、腰を引き締めた衣装も相まってなおさら豊かに盛り上がって見える。

柚月は内心少し迷う。ここでパイズリなどすれば衣装が着崩れ汚れるのではないか。

だが刹那の自制も、堆く積もる欲望の前には微力に過ぎた。唾液とカウパーでぬらぬらと輝き期待感漲らせ反り返る肉棒、それを目の当たりにしているだけで身体は熱くなる一方だった。

「ね、頼むよ花嫁さん?」

「え、えぇ……じゃあ……んっ……」

——ぱわっ、プルルンッ。

指がドレスの襟元をさげると、淡雪のごとき白い肉塊が柔らかに揺れてまろび出てきた。

堀井が目を細め、感嘆のため息を小さく漏らす。

「大きいねぇ。ってか、まだ大きくなってるんじゃない?」

そう言われるのも不思議はないだろう。柚月自身も自覚があるのだから。ウエストは変化ないがバストは一層量感が増し、小ぶりなメロンほども育ってそろそろGカップを超えそうであった。

そのたわわに実った見事な肉塊を両手で持ち上げ谷間にて挟むと、ただでさえ硬い牡の肉棒が気持ち良さげにびくんと反った。

「あぁすごい、柔らかくって気持ちいいよ。大きいからチンポ隠れちゃいそう……」

「んんっはぁぁ……お、おちんちんも、すごく熱い……おっぱい、火傷(やけど)しそう……♪」

柔らかな肉に包まれたペニスはそれだけで細かく脈を打った。男とは生来柔らかいものを好むと聞く。もっちりとしたつきたての餅のごとき柔肌は、敏感な粘膜にさぞ快かろう。

片や柚月も牡肉の硬さに本能的な興奮を覚える。男とは真逆で女は己にない硬さを好むのだ。惚れ惚れするほどの逞しさに酔い、ゆっくりと、しかしたっぷりと、自ら乳房を小刻みに揺すって快楽摩擦を与えていった。

「はぁ、はぁぁ、唾でぬちょぬちょ滑って、カウパー、漏れてきてぇ……ぬるぬるになってる、私の胸、おっぱいぃ……！」

当初こそやや迷いはしたものの、いざ始まると結局は夢中になってしまっていた。自らが肉棒に塗した唾液は谷間を伝ってとろとろと垂れ落ちドレスをも濡らす。調整したものを脱がしてしまったため形も崩れて皺になっていた。だがそこに気をやる余裕はない、ペニスの脈動と乳肌を擦る熱肉の感触に、早くも心奪われつつあった。

(すごく気持ち良さそう、こんなにすごい反応、彰浩じゃぜんぜん……はぁぁ、しごいてるだけで胸高鳴っちゃう……！)

夫との差異を実感するたびに己の中の牝の部分が前にも増して覚醒していく気がする。夫相手では満たされぬ欲求を別の男で密かに満たしている、そんな自分を浅ましく思い、同時に秘密であるがゆえの背徳の興奮にも酔っていく。

欲しい。もっと興奮が、もっと背徳感が。

柚月はこみ上げる衝動のまま、乳房を大きく持ち上げながら、ぐっと俯きペニスの先端に唇を押しつけた。

「おぉ、自分からパイズリフェラなんて……こりゃあ気持ちいい、サオもカリもすごく感じちゃうよ……！」

乳房をゆさゆさと揺すってしごきつつ、唇を張り付かせ舌で舐め啜る柚月。

堀井はその頭に手を置き、微かに声の調子を乱す。

「上手だよ柚月ちゃん、前よりずっと……さすが元エステ嬢、男を興奮させるのが上手いねぇ」

「ンンッじゅるっクチュ――嘘、お店でしたことなんてないもの……上手だとしたら、それはあなたのせい」

鈴口を舐めながら言う、その口元に浮かんだのは、己が欲求を素直に受け入れた女特有の妖艶な微笑。

柚月はこのまま秘密を秘密とし、この関係を続けていくと決めていた。この下劣な男に心奪われた、そういったことは一切ない。愛しているのは今も夫だけ。結婚生活を守り抜くためやむなく従うに過ぎない。

が、しかし、それはすでに建前と化して久しかった。夫以上の快楽をくれる存在に、心はともかく身体はすっかりなびいていた。夫を愛している、この男への怒りも消えてはいない、だがその一方で意識は自然と割り切りを見せ、夫は夫、快楽は快楽、それぞれ別の存在として捉え、愛せるようになってきていた。

「ンンッはぁクチュッ――ダメ、疼いちゃう……いけないのに、彰浩じゃないのに、身体、欲しくなっちゃうのォ……！」

これも女性特有の心理なのか。これこそが正しい選択、そう思いこむことで自己正当化し嘘でさえをも真実にしてしまえる。逃れることの叶わぬ現実と、一度は裏切られたという消せぬ過去――自己正当化はより顕著となり、間男がいるという現状にすら、いつしか興奮してしまっていたのであった。

「おちんちんのにおい、じゅるっ――強く、なってるぅ……頭くらくらする、ダメ、もうっ……！」

入念なフェラとパイズリによりベタベタとなったペニスを見下ろし、柚月はスカートに隠れた尻を、もどかしさに負け左右に揺すった。

「こんな状態で式なんて始めたら、わ、私ぃ……！」

「困った花嫁だねぇ、晴れの日だってのに別の男のチンポしゃぶって、我慢出来なくなっちゃうなんて」

文字通り淫欲の前に膝を折り、物欲しげに見上げる純白の花嫁に、男がぬっと両手を伸ばし、尻を掴んで手繰り寄せた。

「こりゃあ酷いねぇ、せっかくのドレスがマン汁でびしょ濡れだ。借り物じゃなくて買ったやつでしょ？　一生ものの買い物なのにねぇ」

言わずもがな、捲りあげられたスカートの内側は先より卑猥な有り様であった。垂れた蜜汁がところどころに染みを作り、レンタルであれば確実に賠償ものだった。

当然豊かな丸い尻も、蜜汁にまみれテラテラと光沢を放っている。ショーツをさげられ足首から抜かれれば、唾液まみれの唇のごとき漏れ出た肉ビラがあらわとなった。

「お尻の孔まで濡れちゃってるよ、いやらしいにおいがぷんぷんする。それじゃあまずはっと……」

――ぬぷちゅっ、ずるりゅりゅうっ！

「あッあぁぁああアアアッ！」

「コッチの孔から犯してあげようね！」

ドレッサーに両手をついた姿勢で、花嫁は後ろからアナルを貫かれていた。

「はぁあッああンンッ♪　は、入ってきたぁ、素敵ぃ、感じるゥッ！」

「おやおや、もうそんなに声出しちゃって。お尻で早速感じちゃうなんて、とんだどスケベ花嫁さんだ♪」

「そっ、そうッ、お尻も感じちゃうのぉ、あん、あんっ、だからもっとぉ、もっと突いてェ……♪」

開発を経た直腸粘膜は、当人ですら不思議なほどに敏感な性感帯へと昇華していた。

肛門などで感じるわけがない、そう思っていた時期はあったが、この男との出会いによって古い価値観は完全に覆されていた。

「あんっ、あぁあんっ、硬いおちんちん、お尻の粘膜ずりずり抉ってぇッ、気持ちいい、ぐいぐい広がっちゃうゥッ……！」

（ダメ、お尻までおちんちんの虜になっちゃう♪　コッチの形までどんどん変わってきちゃってぇ……！）

柚月は背筋を仰け反らす形で天井を仰ぎ見て吐息を弾ませる。女の身体は相手の形に馴染むと言うが、馴染んでいくのは夫ではなく自分を脅しもてあそぶ男のもの。直腸粘膜の形状すら変化し快楽を貪る器官と化すことを、今さらになって少し恐ろしく思えてくる。

（でも気持ちいい、ずぼずぼされると力抜けちゃう、オマ〇コまでじんじんしてきてっ、感じちゃう、このままイっちゃいそうッ……！）

すでにコントロールが利かなくなるほど神経は熱く昂っており、ずん、ずん、と抉り込まれるたび悪寒にも似た官能が駆け上がる。背骨を伝って首筋を超え、脳髄さえをも痺れさせてくる。感電を思わせる快い刺激、汗腺が閉じては開くを繰り返す。白い素肌に次々と汗が浮き、化粧を施した頬や目元にもタラタラと透明な滴が伝う。

「はぁ、はぁ、そんなに声出しちゃ外の誰かに聞かれちゃうよ？　今来られたら大変だ」

背後で尻を掴み腰を振るい続ける堀井が、身を寄せぬっと横から顔を出す。

「まあでも、僕としてはエッチな声、もっと聞かせてもらいたいけどねぇ」

「はぁッはぁぁッ、ンぅぅ、ンぅぅッ……！」

柚月はドレッサーに肘を突き両手で己の口を塞ぐ。確かに声を聞かれでもしたら、たちまち怪しまれてしまうだろう。

ところがその仕草はかえって堀井を調子付かせ、ピストンに勢いを与えてしまった。

「そうそう、そうやって我慢しちゃうところが僕は大好きなんだよ、もっと感じさせたくなっちゃう」

「ンぅぅ、あうぅッ、ゆぅ、指ぃ、口にひぃぃ……？」

「ほ～ら、いっぱい我慢しなきゃ声出ちゃうよぉ？　指も舐めて、ほら」

「ンんッはぁあッあふううウンッ……！」

背後から腕が伸びたと思いきや口に指を突っこんでくる。頬を内側から押し開いて声の抑制を許そうとしない。柚月はさらに興奮しわななく。指をぺちゃぺちゃと舐めながら呻く。声を抑えるのは官能の昂りを抑えるも同じ、ぐっと肺腑に溜め込む心地で痙攣しながら四肢を突っ張らせる。

「あうンんンッ、じゅる、クチャッ、ゆぅ、許しれぇ、ひいッ、声、気持ちいいのぉ、我慢、辛いぃ……ッッ！」

懸命に抑え込もうとしたものの、それは同時に愉悦を蓄積し欲望を一層際立たせることになった。尻から伝う甘強い電流、見つかる恐怖に昂る精神、それらがぐちゃぐちゃに溶けて混ざり合い意識を混濁させ自制を削いでいく。それでなくとも肉体は熱を帯び快楽に飢えて貪ることを止めぬのだ、膨らみ続ける愉悦の前に自制心など決壊寸前の堤防も同じだった。

——ぬぷっぬぷっぬぷっぬぷっぬぷっぬぷっぬぷっぬぷっ！

「あうぅッふうう〜〜ッハアハアはぁ゛あはぁ゛あッ、ダメぇ、もうダメぇ、イっ、クゥウ〜〜……ッッ！」

台に爪を立て強くしがみつき華の飾りごと髪を揺すって身悶える。胸元のこぼれ出た乳房を揺すって背筋をたわませピストンを受け止める。今にも落ちそうな膝をなだめ、ぶるぶると内腿を震わせる柚月。

その捲れあがったスカートを掴みヒップを小気味良く腰で突く堀井が、粘っこい腸液を滴らす肉棒を愉悦にびゅくりと脈動させた。

「ふぅふぅ、あ〜いいっ、ぬるぬるしてすごい締めつけ、そろそろ出そう、イクよ、おおっ……！」

「゛あふううッ！　ううう゛ん゛んッッ！」

射精を訴える宣告の直後、ぱんっ！　ぱんっ！　と派手な音を立て、丸い尻たぶが強く打たれた。

力強い突きが引き金となり、押し留めていた愉悦の塊が堤防を打ち壊し一気に流れ出る。

（イクっ、イっちゃう、もぉお尻イクぅッ！）

流れ出た愉悦は巨大な電流の塊となり、緩み蕩けた直腸神経を遍く焼いて背筋を駆け昇る。

そして深々と突き挿さる肉棒も、噛み締めんばかりに食いつく尻孔に歓喜の震えを見せ、勢い良く体液を打ち放った。

――びゅくっびゅくっびゅくびゅくびゅくっびゅく！

「ふううう゛ん゛ン゛ンッ!?　くふぅ、ひぃ゛ぃ……ッ♥」

直腸内部に精液が迸り奥へと流れ込むその感触に、柚月はカリカリと台を引っかき天を仰いで恍惚に身震いした。

「お尻ッ、焼けちゃうぅ……！　どぉしてぇ、お尻に中出し、気持ち、いぃッ……♥」

単純な性の快楽だけではない、もっと別の、身に染みるような深い愉悦というものを感じる。牡の体液、生きた精子が自らの奥へと浸透していく感覚。そこには純粋な官能以上の、言わば牝ゆえの本能的な悦びがあった。

（せ、精子、気持ちいい……中出しされてるって分かるの、こんなにも嬉しくって、頭蕩けちゃってぇ……♥）

胸に満ちゆく不可思議な充足感は、己を女だと強く強く自覚させてくる。自分は女、子宮を持ち子を孕むことの出来る存在。ゆえにこそ精子を胎に受け入れ悦びを得るのは当然の摂理か。

（でも、違うぅ……だってここ、オマ〇コじゃ……子宮じゃ、ないぃ……）

次いで覚えた物悲しさに、なぜか急に泣きたくなった。まだ何か、決定的なものが足りない。精子によって揺り覚まされた牝としての本能の部分が、次に何を求めるべきかを、克明に伝え理解させてくる。

「はぁ、はぁぁ、せ、せいえ、きぃ……精液ほしい、精子ほしいのぉ……！」

余韻にふるふると震える傍ら、下からそっと指を這わせ、自ら膣口をくぱぁ……っと左右に大きく開く。

「お、お願いぃ、こっちにも、オマ〇コにも、ちょぉだいぃ……精液、熱い、精子ぃ……♥」

鼻にかかった声で言ってから、自らの言葉に内心慄く。なんということだろう、要求されてもいないというのに自ら挿入をねだるばかりか、あれほど忌避した膣内射精をも懇願してみせるとは。自分の口から出た台詞なのに信じられない心境だった。

そして悟る。淫欲を認め受け入れた心身は、もはや単なる浮気程度では満足出来ぬほどに堕ちつつある。

より深く堕ち、より強い背徳感を。

柚月は求め、甘えるような悩ましい声音で、背後の憎らしい間男に媚びていた。

「ちょぉだい、オマ〇コにも、精子ぃ……♥」

「こりゃあ驚いた……まさか自分から中出ししてもらいたがるなんて」

堀井は軽く両目を見開き、尻からずぶっと肉棒を引き抜くと、すぐ下の膣口に向け新たに狙いを定めた。

「いいのかい？　確か、そろそろ危ない日なんじゃあなかったっけ？」

「い、いいの、そんなことどうでも……ああ焦らさないで、お願い、早くぅ……！」

桃色の割れ目をネトクチュとこすられ柚月はさらに媚び、切ない視線を肩越しに送った。

「子宮が言ってるの、精液ほしい、精子ちょうだいってぇ……！」

「っ……！　よーし分かったよ、お望み通り生でぶちこんであげるからねぇ！」

——ずぶぶっずぶちゅるるっ！

堀井はニイッと歯を見せて笑い、宣言通り避妊具をつけず生の肉棒で膣口を貫いた。

「はぁぁああ゛あンンッッ！　来た、来たぁッ♥」

柚月は大きく背筋を仰け反らせ、ドレッサーについた両腕をピンと突っ張らせ官能に鳴いた。

(気持ちいい、オマ○コで感じるおちんちん素敵ぃッ！　やっぱりこれがいい、お尻もいいけどオマ○コで感じるのが一番好きぃ！)

膣内を満たす圧迫感にたちまち心身が深く酔い痴れる。快楽も強いがそれ以上に女としての充足を覚える。牝としてあるべき形なるものが今ここにあるのだと実感する。

その悦びが伝わったのか腰が早くもクナクナと捩れ、抽送を催促するかのごとく豊尻がふるると妖しく揺らめく。

堀井はスカートを腰まで捲りあげ、ますますあらわとなったヒップに向け、ぐいぐいと腰を振り始めた。

「おぉすごい、入れた傍からねっとり絡みついてくるっ……なんていやらしいマ○コなんだ、奥までぐちょぐちょで堪らないよ……！」

尻たぶを掴み腰を振りながら、珍しく戸惑った声をあげ、早くも少し息を弾ませる。パンパンとテンポ良く尻肉を叩き、粘膜の合間で肉棒を滑らせる。溢れんばかりに溜まった蜜汁をエラでじゅぼじゅぼと掻き出してくる。

その堀井の動きに合わせ、柚月もまた身体を揺すり、しきりに豊尻を押しつけていく。

「気持ちいい、蕩けちゃうぅ、はあぁッ、隅々までオマ○コ擦れちゃってるぅ♥」

散々コレに擦られたからか、かつては夫にフィットした膣孔が今ではこの男の形に変わっていた。女の肉体は順応性が高く、抱かれゆくごとに相手の男にすべてを合わせようとする。惚れているのならばなおさらだ。そこに愛はない、されどセックスの相性は良く、肉体がこの男のペニスに惚れ込み首ったけとなってしまっていた。

「はあはあダメぇ勝手に腰、動いちゃうゥッ、もっとじっくり感じたいのにィ♥」

「はぁはぁふぅふぅ、す、すごいよ柚月ちゃん、ぴったり食いついたままトロトロになったヒダが動いてるっ、なんて気持ちいいんだ、こんなの初めてだよっ……！」

その一方で堀井はと言うと、じっくりと膣奥を先端で突きつつ快楽に呻き始めていた。

「まるでイソギンチャクみたいだよ、ヒダがぷるぷる動いて舐めてくる、いやらしいなんてもんじゃないよ、これっ……！」

彼はそう言って身体をくの字にし背中にぴたりと密着してきた。脇の下から両腕を回し、裸の乳房をむぎゅりとわし掴みにしてくる。

「ああ゛あダメぇ、胸ぇおっぱいぃ……！」

「こんなスケべな花嫁さんは、とことん突いてあげないとねっ……！」

「はああ゛あ゛あッダメぇああ゛あ゛あ゛あンンッッ♥」

指はぐねぐねと乳肉を揉みしだき、かき乱すように大きく揺すった。爪が食いこむ微かな痛み。それがふしだらな高揚を呼び、胸の性感と意識を追い立てる。

もちろんそれだけで済むはずはない、膣に刺さったペニスの律動が大きく速く大胆になっていく。突いては抜くを間断なく繰り返し、熱く茹だった膣粘膜を激しく執拗に擦りこんでいく。

その激しさは柚月にとってひたすら快感でしかなく、たちまちのうちに汗の量が増え全身がガクガクと震え始めた。

「はあはあすごい、すごいィ、奥当たってる、めちゃくちゃに当たってるゥ、それ好き、大好きなのォ、奥叩かれるの気持ちいいのォおッ！」

「ふぅふぅ、分かるよ、一番奥の柔らかい部分、とろっとろになって絡みついてくる……ホント素敵なマ○コだよ、ホント名器だ、おおっマズイ、気持ち良すぎてもう出ちゃいそうだよっ……！」

——パンパンパンパンぬぶっぬぶっぬぶっぬぶっ！

——ぐちょぐちょぐちょぐちょぶぶっぶぶっぶぶっ！

歓喜に沸き立った堀井の腰が一気呵成に膣奥を突いてきた。ふやけるほどに濡れそぼる肉ヒダを掻き出すようにして捲ってくる。根こそぎ捲りあげ鋭く膣底をノックしてくる。

獰猛なピストンによる激しい腰打ちに白い尻たぶが弾かれ赤らむ。サオが出入りを繰り返すたびに漏れ出た肉ビラがヒクヒクとわななく。歓喜に収縮する肉孔の奥からは卑猥な音色が次々と溢れ出る。

「すごいッ気持ちいいィッ！　奥好き、大好きィ、蕩けちゃう、イっちゃううウウッ!!」

乳房に食いこむ指の圧も抽送に合わせて強さを増していく。捏ね回されて形を変えて指の股からむにむにと柔肉が溢れ出る。痛いほどの刺激と快感に、乳腺すらもが熱を持って身悶えが止まらない。

「はあ゛あッ゛あ゛あ゛あもおダメぇイクぅイっちゃうウッ、ぢゅるっ、クチュルはむずるっ……！」

柚月は愉悦にのたうつと同時に首を回して男とキスをする。何も言わずとも互いに舌を出し舐め合いを重ね唾液を啜る。巨大な官能とそこに折り重なる巨大な興奮。恋人のようなディープキスに、意識すら蕩け膣肉がきゅんきゅんと悦びに締まる。

「じゅるづづっ、ああ柚月ちゃん、もうイク、出るっ、いいよねこのまま……！」

「ンンッふううゞゾッ!! はゞあらしてぇ、せぇし、せぇしィッ!!」

もはや欲望に抗いもせず、男の首を片腕で抱きながら進んで膣底を亀頭に押しつける。

「子宮ッ、子宮がほしい、子宮にいっぱいせぇしほしいのォッ♥」

「おおぉ、おおお柚月ちゃんんっ……!!」

「はああ゛あッ゛あ゛あ゛あぁぁ゛ア゛ア゛ア゛ゾ゛ゾッッ♥」

——ッッドクン！　どくっどくっどきゅっどきゅっどきゅっどきゅっ！

膣肉がキツく食い締める中、みちみちと膨らむ肉棒の先から弾けるがごとく体液が迸った。

柚月には分かった。深くめり込んだ亀頭の先から勢い良く飛んでくる精液の感触が。

その精液が膣底を抜け、一気に子宮へと飛びこんでくる感覚が。

なんて素敵で胎に心地よい——牝としての本能へと響く性の悦びに、花嫁衣裳を纏った肢体がゾクゾクと打ち震え、アクメへと到達した。

「すぅ、すごいぃ、どくどくるぅ、せいえ、きぃィ……♥」

刹那に脳裏を過ったのは夫の笑顔であった。子供が欲しいと言っていた彼。その彼に隠れて別の男の種を受け入れている。不埒な想像が沸々と湧きあがり、背徳の悦びになおさら震えが止まらなくなる。

「はぁ、はぁ、いやぁすごいねぇホント、久々に本気で燃えちゃった」

なおも脈打たせ放出を続けつつ、堀井が首筋に口を付けてくる。

「思いっきり中で出しちゃったよ。柚月ちゃんの危険日マ○コに。こりゃあひょっとすると……あるかもしれないねぇ？」

そんなことを言うからには多少なりとも罪の意識はあるのか。いや違う。この男にそんなものなどありはしない。でなければ神聖な結婚式場にて他人の花嫁に種付けセックスなど行うものか。

「中に出すのも久々だもんねぇ……せっかくなんだし、もうちょっとだけ続けちゃおうかなぁ？」

「あッ、はぁあ゛んッ……！」

男はすっかり精を出しきってから、なおもそのまま腰をゆさゆさと揺すり始めた。

「ダメぇ、気持ちいぃッ、イったばかりで、またオマ○コォ……！」

「一度中に出しちゃったんだもの、二度出したって変わらないよねぇきっと」

緩やかなピストンが肉棒を律動させ再び膣肉と擦れ合わせ始める。アクメ直後のヒクつく肉ヒダを撫であげるように捲ってくる。

またも訪れた快楽の波涛に柚月は為されるがまま流され始めた。膣肉の淫熱はまだまだ収まらず、このまま溺れるのも時間の問題だった。

が——

「柚月ー？　もうそろそろ時間だぞー？」

彼女は喉まで出かかった嬌声を慌ててぐっと飲みこんだ。

どうやら式の時間が迫り夫が知らせに来たらしい。耳をすませばドアの向こうには夫ばかりか親族らの集う気配まであった。

（どうしよう、急いで支度しないと——はぁあ゛んッ⁉）

その時、突然背後から腕が伸び、膝裏を抱えられ持ち上げられた。以前にも体験した背面駅弁ファックと呼ばれる形であった。

決して楽な体位ではない。女はともかく男は相当な体力を要する。以前の大男ならまだしも堀井はさして筋肉質ではない。

にもかかわらず堀井は柚月を抱えあげたまま歩きだした。

「あッ、あッ、はぁンッ、はぁンッ、歩くたびに、ダメぇ、こんこん当たるぅ……！」

片や女にとっては、実は感じやすい体位でもあった。体重が乗るため深く挿入され膣の奥までペニスが届きやすくなるのだ。

感じて思わず声が出る柚月、しかし間もなく恐怖に喉が引きつった。堀井がその体位を維持したまま、ドアの前まで歩み寄ったのだ。

「ダメ、こんなに近づいたら声、聞かれちゃうっ……！」

「静かにヤればバレやしないってば。それにほら、近くの方が燃えるでしょ？」

「そんな、許してぇエッ……！」

柚月はカタカタ震えながら許しを乞うた。関係者以外立ち入れぬようにと施錠こそしてあるものの、係りの者が来ようものならば容易くドアは開けられるだろう。その後の展開など想像もつかない。ドアを開ければすぐ目の前で花嫁が大股開きで別の男とまぐわっていた、これで修羅場にならぬ方がむしろ不自然と言うものだ。

「どうした？　柚月ー、聞こえないのー？」

「き、聞こえてる、ごめん、ちょっと手間取っちゃってて……ん゛ッ゛ッ!?」

「ん？　どうしたー、大丈夫か柚月ー？」

「はぁはぁ、だ、大丈、夫ッ、ちょっと絡まっただけ、゛ン゛ッ、くふうう゛ン゛ッ……！」

たどたどしく応答する中、ぬちゃっ、ぬちゃっ、と下から音がする。膣口が抉られた。

蜜汁が卑猥に泡立つ音色だ。背後で堀井がゆっくりと腰を振っている。

身も凍るような恐怖を覚えつつ、柚月はしかし、身体がなおのこと火照るのを感じた。もし今ドアが開かれたりしたら自分の人生はまさに破滅だ。救いようのないビッチだと罵られ二度と日の目を見られまい。恐ろしい、眩暈がするほど、吐き気がするほど。しかしゆえにこそ被虐の精神が著しく高揚してくる。吊り橋効果に似て思えるほど恐怖と連動し性神経が昂ってくる。

「はぁはぁぁ、ンあッ、お願い、も、許し、てぇェッ……！」

「そんなこと言っちゃって、コッチはそう思ってなさそうだよぉ？」

「ひうッぐんぐんゞンゞン～～ッッ！」

堀井が器用に膝裏を抱えたまま片手でクリトリスを弄ってきた。

突き抜けるような鋭い甘美感に脹脛が突っ張り爪先がぴんと強く伸びる。

「またイったね？　マ〇コ締まっちゃってるよ。さっきより濡れて、もうぬるぬるぐちょぐちょだ」

「はぁーっはぁーっハァーッハァーッ……！」

「こんな変態と結婚するなんて、旦那も苦労しちゃうよねぇ多分」

「ハァーッハァーッ言わないれぇ、身体ぁ、どんどん熱くなっちゃうぅ……ッッ！」

（ダメぇ、狂っちゃう、怖くてぇ……気持ち良くってぇ……頭、変になるぅ……!?）

やはりこの男は悪辣だ、どこまでも追い詰め怯える様を見て楽しんでいる。サディスティックな悦びを得ている。蛇を思わせる造作を持つが、その執拗さは蛇以上だ。

そんな男のもたらす快楽にどっぷり嵌る己もまた、きっと異常者なのだろう。高揚が過ぎて混濁し始める意識の中、柚月はふとそう思う。

「何をもたもたしてるのか知りませんけど、早くなさいね、柚月さん？　皆も待っているのですから」

「はぁ、はいぃ、お義母様ァ……！」

焦れて面倒になったのか、すぐ外にいた義母が夫を連れて離れていく気配がする。

助かった、これでどうにか事なきを得た。

そう思った次の瞬間、下からずんっ！　と突き上げられて甲高い嬌声が一気に漏れ出た。

「きゃうゔんゔんッッ⁉　ひいッヒイッ、ダメ許してェ、今突いちゃダメ、感じる、感じすぎるうウ⁉」

「そうみたいだね、安心してよ、これで、おおっ、心置きなく声出せるからさぁ……！」

「そんなッ、あッあッあッあんあんあんアンアンアンッ！」

堀井はスパートをかける傍ら、再び歩き出し巨大な姿見の前に立った。おしめを替えられる赤子よろしく女の股を盛大に開かせ、あらわとなったずぶ濡れのヴァギナを縦横無尽に肉棒で突き、中をシェイクする。掻き出された大量の蜜汁が失禁もかくやとこぼれ落ち、毛深い絨毯にぽたぽたと染みを作っていった。

「ダメぇダメダメぇ感じるぅすごいいいゞいゞいッッ‼　しぃ、痺れちゃうぅ、きゃんッオマ○コ痺れるゥ、深いとこ当たる、子宮っ、子宮うッ‼」

「ふぅふぅはぁはぁ、こんなに入るの初めてかもねぇ、深いとこ食いこんでっ、ああすごい、突きあたりにごつごつ当たる……！」

熱烈なピストンもさることながら、破廉恥極まりない己が姿にもこの上なく劣情を掻き立てられる。ヒラヒラとした華やかなスカートを大胆にも捲りあげ、着崩し、胸も露出させ、恥部丸出しでよがり狂う自分。なんと浅ましい。なんと無様な。これ以上淫乱な花嫁など恐らくこの日本にはいまい。

弱い膣底を責められすぎたのか、あまりの快感に子宮さえ痺れ、入り口が下へと降りてきている。精液と蜜汁とで濡れそぼる丸い孔がノックを続けるカリに食いつき、さらなる子種を貢いでもらわんと啜りあげるよう収縮を繰り返す。

その孔を突き上げ、ふやけた柔ヒダごと掻き毟るペニスもまた、種付けをせがむ濃密な蠕動（ぜんどう）に悦びをあらわにしびゅくびゅくと脈を打つ。

「ああすごい、マ○コの底？　子宮の入り口？　吸いついたまま離さないよ、ヒダヒダもすごく蠢いてる、気持ちいい、最高だよ、柚月ちゃんっ……！」

「は゛あッは゛あッ゛あ゛あッ゛あ゛あッ、私もすごい、最高ッ、イっちゃう、飛んじゃううううッッ!!　狂っちゃう、あひい゛イ゛イッッ!!」

共に汗を滴らせよがる中、柚月はとうとう舌を垂らし、紛うことなきアヘ顔となった。白目寸前まで瞳を裏返し自らがむしゃらに尻を振りたくり、仰け反る形で男に背を預け狂った歓喜の嬌声を張りあげた。

「飛ぶうッ!!　イクうッ!!　もおダメ待てない、精子ちょおだい、せぇしッ、ナカにいィ!!」

「おおっイクよぉ！　とろとろになった子宮のお口にたっぷりご馳走してあげるから

ねっ……！」

「飲ませてェ、せぇし、せぇえきィ、ヒイィあひッ〜〜ぁ゛あ゛あ゛あ゛あ゛あ〜〜〜ッッ!!」

——ッッドクッ！　どきゅるっどくどくっ、ドプドプドプドプウゥッ!!

子宮底を目いっぱい打たれた直後、これまた弾け飛ぶ勢いで、怒涛の放出が行われた。

過剰な熱を孕む種汁が一斉に丸い入り口を抜け、子宮内部へと雪崩れ込んでくる。

（イクッ、イックゥ!!　頭飛ぶ、身体飛ぶッ、気持ち良すぎてもうッ、わけ分かんないィ!!）

その快感はあまりに大きく、まさに子宮を撃ち抜かれたかのようだった。開発を経て馴染んだ蜜壺、子を孕むことを望む肉体、恐怖も背徳も愉悦にしてしまえる精神、すべてがひと所に集いかつてないほどのエクスタシーを呼び込んでいた。

「はああ゛あ゛あァ、すごッ、ひいイイ……♥」

——ぷしゃっプシャァァ……！

挙句は大股開きのまま、姿見に向けて盛大に潮を噴く。なんと滑稽な姿だろうか。こんな己の痴態を見たならば親族全員その場で卒倒するに違いない。

「せ、せぇえき、どくどく入ってくるゥ……あったかぁい、お腹、奥ゥ……♥」

「はぁ、はぁ、いやー、今回は一段と燃えたねぇ……ホント、デキちゃったらどうしよう、ハネムーンベイビーならぬ、ウェディングベイビーになっちゃうかも、なんてねぇ」

ふざけたことを呑気に口にし、堀井は尿道に残った残滓をも、しっかりと膣奥に、否、子宮内部に注ぎ込んでいく。

その力強い熱、胎に満ちゆく極上の甘美感と陶酔感。

柚月はくったりと弛緩したまま、下腹部を中心に広がる至福に、うっとりと酔い痴れ、震え続けた。

※

「それでは、新郎および新婦の入場です。皆様どうか温かい拍手をお願いいたします」

十数分後。来客の居並ぶ広い式場にて、二人の結婚式は無事開催された。

新郎の彰浩と腕を組み、しめやかに歩を進めながら、柚月はちらと客席に目をやる。

(みんな私のこと見てる……ひょっとして、バレてる、かも……)

ライトスポットが照らし出す花嫁は美しいのひと言に尽きた。一分(いちぶ)の隙もなく整え直された純白のウェディングドレス。化粧を施された整った小顔。紅の引かれた赤い唇。黒髪を彩る華飾り。誰もが納得する麗しの花嫁の晴れ姿であった。

皆は知らない。ほんの十数分前まで、この花嫁が何をしていたのかを。どれほど浅ましく淫らであったかを。誰の前で乱れ、誰の体液をその身に受け入れたのか。知っているのは当人と相手の男のみ。

しかし証拠はすぐ手の届く場所にある。長く優雅なスカートを捲ればたちどころに発覚するであろう。たっぷりと注ぎ込まれた牡の精液、収まりきらずに垂れつつあるそれが、ショーツとストッキングをぐっしょりと濡らしている様が。

メインテーブルに着く柚月は、穏やかな微笑を作ったまま、密かに尻を震わせる。

万が一声が出たらどうしよう。喘いでしまったらどうしよう。抜け落ちてしまったらどう誤魔化そう。

尻の孔には今、先のバイブが挿入されていた。堀井の指示だ。今度は式の間中ずっとこの状態で耐え抜かねばならない。

これほど淫らな花嫁は二人といないと改めて思う。このような大舞台において愚行に手を染めるばかりか、いつ知れるとも分からぬスリルに人知れず興奮を得ている。式の間ですら欲情し続ける。堀井の言う通りだ、本当に救いようがない。

(座ってるだけで、感じてきちゃう……我慢、しなきゃ……♪)

より強い興奮を求めてきた弊害か、この危険な状況下ですら徐々に昂りつつある。恐ろしいと心から思う、だがその恐怖すら狂った感覚を抑制しきれない。今となっては理性や道徳観など薄っぺらな仮面にも等しかった。

ちらりと目をやれば客席の堀井が薄笑いを浮かべてこちらを見ている。式が終わるまで抜いちゃだめだよ、そう視線が訴えてきている。

きっとこの後もこういったことが続くだろう。男に命じられるがまま破滅すれすれのスリルに身を投じ、そこに興奮を得、抱かれ続ける。どこまでも堕ちていく。歯止めを欠いた欲望のままに、どこまでも際限なく。

「それでは次に、新婦、柚月様からの、ご家族へ宛てたお手紙となります」

その間にも結婚式は滞りなく進行し、やがて自分のスピーチとなった。司会の声が促すと同時に大勢の視線が一斉に集まる。

「皆様、本日は私たちのためにお集まりいただきまして、まことにありがとうございます――」

薄暗くなった大広間の中スポットライトの光が当てられ、皆の注目する前にて用意してあった文面を朗読していく。

滞りなく、淀みもない。この日に備えて練習を重ねた礼儀正しき挨拶の儀。

その最中にあって、柚月の意識は、まったく別の場所にあった。

(あ――何、これ……来ちゃう、何か、が……)

おごそかに行われる朗読の最中、不意に下腹部の深いところで、ごくごく小さな変化を感じた。

子宮になみなみと満ちた熱――その一部がじわじわと奥へ流れゆき、より深い部分――卵管をも通り抜け、ついには卵管膨大部にまで到達しつつあるという感覚。

そんなものを自覚出来るはずがない。人は口を揃えてそう言う。柚月自身とてそう思っていた。

しかし今、奇妙に強く覚えているのは、女としての直感とでも言うべきものだった。根拠などない、説明も出来ない、それでも確信に近いもの、それは——

（でき、た——精子、卵子と一緒になって——赤ちゃん、が——）

ちくりと何かが刺さるかのような形容しがたい不可思議な感覚。直感と本能が囁いた。今この瞬間、この胎内に、新たな生命が萌芽したのだと。

「……私どもの我がままをお聞きくださり……お義父様、お義母様にも度重なる……ご迷惑、ご助力、を……」

果たして誰の種なのか、それは愚問であろう。子供云々の話題からこちら、ついぞ夫との夜はなかった。それはこれから始まるはずであった。

「……私たちは手を取り合って……温かい家庭を……きっと……」

言葉に詰まるこちらを見つめて親族たちが涙を浮かべている。ハンカチを手に感涙をこらえている。

理由を聞けば態度を一変させるだろうか。なぜ震えているのか。声が上擦るのか。

それは感動でも、感謝でも、回顧の念でもなく、

（イ——イっちゃっ、た……みんなの前で、受精、しちゃってぇ……♪）

視線と緊張と背徳感から来る小さな、しかし確かなアクメ。

柚月は手紙持つ手を震わせ、皆に向けて、精一杯の感謝の意を語った。

「……お父さん、お母さん、そして、私を家族として温かく迎え入れてくださった、

彰浩さんのお義父様、お義母様、どうかこれからも……末永く、よろしくお願いいたします……！」

マイクの前で深々と一礼すると、客席からは、どっと盛大な拍手が巻き起こる。

――ああ、まるで、アクメを噛われているみたい。

感動の輪が一斉に場内に広がる中、柚月は一人妄想に耽り、深く頭を下げた姿勢のまま「はぁ……♪」と熱っぽく吐息を漏らす。

その白い頬はつやめいて上気し、赤い唇には、陶然とした淫らな笑みが浮いていた。

END

リアルドリーム文庫191

サグラレ堕メ

The road to marriage

2020年3月8日　初版発行

◎著者　089タロー

◎原作　水原優
(サークル Rip@Lip)

◎発行人
岡田英健

◎編集
山崎竜太

◎装丁
マイクロハウス

◎印刷所
図書印刷株式会社

◎発行
株式会社キルタイムコミュニケーション
〒104-0041 東京都中央区新富1-3-7ヨドコウビル
編集部　TEL03-3551-6147／FAX03-3551-6146
販売部　TEL03-3555-3431／FAX03-3551-1208

ISBN978-4-7992-1338-4 C0193